모든 게
착각이었다

모든 게
착각이었다

과앤 장편소설

1

블라썸

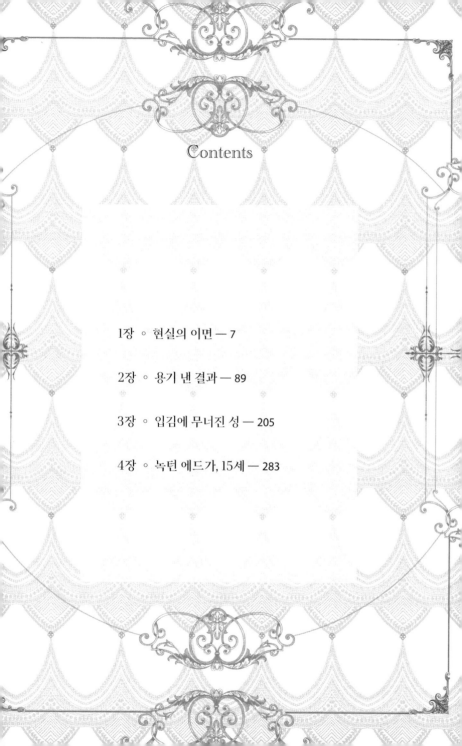

Contents

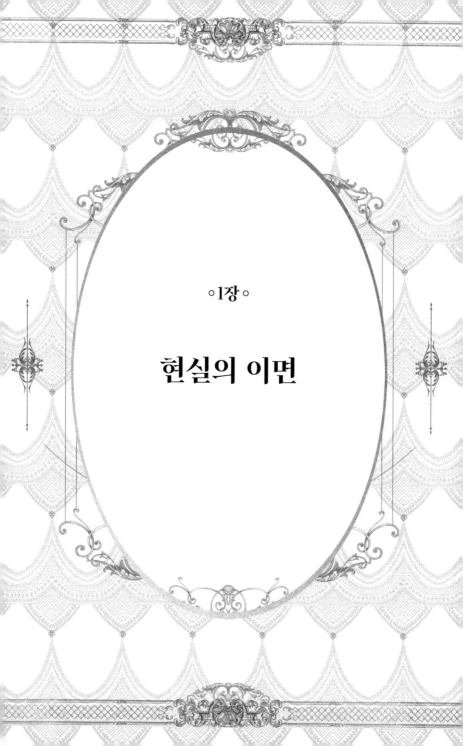

◦1장◦

현실의 이면

무도회장은 언제나 갑갑하다. 입은 옷도 사람들의 시선도 너무 무거워 가끔은 그대로 짓눌려 버릴 것만 같다. 오늘은 특히 그랬다.

누가 볼 새도 없이 무도회장에 들어선 즉시, 나는 테라스의 커튼을 열어젖혔다. 바깥공기와 닿아 있는 그곳에 발을 내딛는 순간, 마음속까지 시원해졌다.

이대로 무도회가 끝나기를 기다리는 것은 좀 무모하겠지, 슬슬 쌀쌀해지는 날씨 탓에 오래 있다가는 앓아누울 것이 분명하다. 귀족의 체면이란 게 대체 무언지.

그럼에도 당장은 기분이 좋아 눈을 감는데, 캄캄한 테라스로 빛이 쏟아졌다. 커튼을 쳐 두었음에도 테라스로 들어오는 것은 무례였고, 그런 행동을 저지를 만한 사람은 뻔하다.

"녹턴?"

내가 여기 있는 건 어떻게 알았지.

기댄 몸을 일으키며 몸을 돌리자 예상치 못한 얼굴이 나를 반겼다.

옅은 갈색의 긴 머리카락이 가닥가닥 흩날린다. 하얀 옷이 놀랍도록 잘 어울리는 여인이 머뭇거리며 들어와, 열었던 커튼을 단단히 닫았다.

"—이 아니었네."

"미안해, 두루아. 예의를 지키고 싶었지만, 조용히 얘기할 시간이 필요했어."

"무슨 일이야, 앨리스?"

앨리스 리모란드였다.

여행을 갔다가 만나 10년을 알고 지낸 내 친구. 한때는 남작가의 구박데기였으나 이제는 공작가의 보물이 되었고, 내 소꿉친구 녹턴 에드가와 약혼하게 될 소설의 여주인공이다.

비유 삼아 하는 말은 아니었다. 정말 믿지 못할 이야기였으나, 나는 책 속에 다시 태어났고 이 애는 주인공이었다. 천사처럼 아름다운 얼굴도, 선량한 성품도, 극적인 배경의 변화도 앨리스의 지위를 증명하고 있었다. 확신하게 된 계기는 다른 곳에 있었지만. 그런 앨리스가, 저토록 망설이는 얼굴로 내게 올 이유가 뭘까.

영 재미없는 추측밖에 떠오르지 않아 나는 흐리게 웃었다. 내가 정말로 녹턴을 사랑하는 건 아닌데, 세상에는 착각하는 사람이 너무 많다. 개중에 내 소중한 친구마저 있다니 슬픈 일이다. 십수 년을 함께했고 녹턴과 친해지려 안간힘을 쓴 입장에서 할 말이 많지는 않았지만, 그래도 아니라고 말했는데 내 말을 듣는 시늉은 해 주지.

그러나 뜻밖에도, 앨리스의 입에서 나온 말은 미안하다든가 어쩔 수 없다든가 하는 사과의 말이 아니었다.

"앨리스, 누누이 말하지만 나는—."

"미친 소리로 들릴 거 아는데 사실 내가 예지몽을 꿔."

"응?"

예지몽이라니 무슨 소리야.

앨리스가 한 말을 인지할 새도 없이, 그녀는 결연한 표정으로 외쳤다.

"에드가 공작은 지독한 악당이야!"

어, 그러니까 뭐라고……?

책 속에서 다시 태어났다는 걸 자각한 시점이 언제였더라. 정확히 기억나지는 않지만 오래 걸리지는 않은 것 같다.

내가 로맨스 소설을 즐겨 읽은 덕이다. 어렴풋한 전생의 기억은 몇 가지 단서만으로 나를 의심하도록 만들었다. 혹시 나는 소설 속에 태어난 게 아닐까.

의심의 시작은, 어느 정도 자라 내 얼굴을 거울로 확인했을 때였다. 장미 같은 진홍빛 곱슬머리, 장미의 잎사귀처럼 탁한 색의 눈동자, 그리고…….

"캐럴."

"네, 아가씨."

"나 되게 못되게 생겼다."

누가 보더라도 날카로운 눈매.

"소설 삽화로 그려진 마녀보다 내가 더 못되게 생겼네."

"음……. 좋잖아요, 카리스마도 있어 보이고……."

"부정은 안 하는구나."

예쁘다는 칭찬만 들어 눈치채는 것이 늦었지만, 눈빛이 놀라울 정도로 사나웠다. 물론 새끼 고양이처럼 사랑스럽다는 말이 거짓은 아니었다. 하지만 가족의 눈매가 모두 순하게 처졌는데, 나만 하늘 높은 줄 모르고 눈꼬리가 솟은 것은 확실히 범상치 않다. 어쩐지 내가 사용인들을 가만 쳐다보기만 해도 움찔움찔 떨더라.

거기서부터 나는 무언가 기시감을 느끼기 시작했다. 이런 외형이 전형적인 악역 캐릭터를 떠올리게 한 탓이다. 지나친 생각이라고 자신을 탓하면서도 거울을 볼 때마다 괜히 찝찝한 기분이 들기 시작했다. 그래도 그때까지는 조금 신경 쓰이는 정도였다.

그러나 부모님을 따라서 간 파티에서 어떤 소년을 본 순간 기시감은 내 마음에 의혹이라는 싹을 틔웠다.

"세상에, 에드가 소공작이에요!"

겨우 열 살이 되었다는 소년의 아름다움은 이미 완성형이었다. 그믐밤을 부은 듯 새까만 머리카락은 우아하게 곱슬하고, 도자기 인형처럼 미려한 얼굴에 연보라색 눈동자가 몽롱한 분위기를 자아냈다. 에드가 공작의 후계가 아니라도, 시선을 빨아들일 것이 분명한 외관이었다.

지독하게 잘생긴 그 얼굴에 감탄하면서도, 나는 에드가라는 말과 소년의 흑발을 보면서 왜인지 모를 익숙함을 느꼈다. 죽기 직전에 봤던 소설 중에, 이름에 에드가 들어가는 남자 주인공이 있었다. 내용은 조금 흐릿해도 흑발의 남성이 옅은 갈색 머리칼의 여성을 끌어안은 표지는 생생했다.

설마 설마 하는 생각이 마음에 불을 놓았지만, 그때까지도 그럴 리 없다며 망상에 빠진 나를 비웃을 수 있었다. 그러나 결국은 깨닫게 된다.

기분 전환 삼아 한적한 영지에 여행을 간 날.

"너 귀족이니?"

"그, 그렇습니다."

가난하고 집안의 구박을 받지만, 세상 누구보다 밝고 아름다운 소녀를 본 순간.

"그런 것 치고는 얼굴이 어딘가 익숙한데. 이름이 뭐야?"

그녀의 머리칼이 옅은 갈색인 걸 본 순간.

"앨, 리스 모멘텀이에요, 영애님."

그녀의 이름이 앨리스란 걸 안 순간.

"이런 미친."

흐릿하던 책의 내용은 선명해지고 번개처럼 깨달음이 찾아왔다.

의심하던 대로, 나는 책 속에 태어났구나.

볼품없는 자각이었다.

기억난 것들을 드문드문 이어 보자면, 퍽 특별한 내용의 소설은 아니었다. 주인공의 유년만큼은 조금 달랐지만.

주인공인 앨리스는 모멘텀 남작가에서 자랐다. 남작이 밖에서 데려온 아이였기에, 취급이 좋을 수는 없었다. 그녀는 갖은 모멸과 구박을 받으며 자랐고, 그럼에도 천성이 밝아 누구보다 선량했다.

그런 앨리스가 성인이 되고 얼마 뒤, 그녀의 유년 시절 전체를 부정하는 사실이 드러난다. 남작의 사생아로 알려진 앨리스는 실은 리모란드 공작의 막내딸이었다. 일의 경과는 다음과 같다.

모멘텀 남작은 공작가의 기사였다. 그는 공작 부인이 이미 두 아이를 낳았을 때 공작가의 기사단에 입단했고, 그녀를 본 순간 첫눈에 반한다. 그는 그녀도 자신을 사랑한다는 망상에 빠져 살다가, 공작 부인이 세 번째 아이인 앨리스를 품은 순간 그녀에게 배신당했다며 분노한다.

"나를 배신하다니 후회하게 해 주겠다!"

대사는 이런 느낌이었지, 아마.

우스운 것은 당시, 남작 또한 이미 결혼하여 두 딸의 아버지였음에도 제 가족은 조금도 신경 쓰지 않았다는 것이다. 제 감정에 취한 남작은 분노와 배신감에 이를 갈며 흉흉한 계획을 세운다. 그리하여 공작가에 세 번째 아이, 앨리스가 태어난 순간 그는 아이를 납치하고 만다.

그는 산파의 약점을 잡아 아이가 사산된 것으로 일을 꾸미고는 그 아이를 제 사생아로 위장하여 남작령으로 데려와 길렀다. 복수심에 데려온 아이였으니, 앨리스가 제대로 된 대우를 받고 자랄 리 만무하다.

그녀는 불행한 삶을 살다가 불행한 결혼에 팔려 가 삶을 마감할 예정이었다. 그러나 20여 년이 지난 날, 그의 협박으로 입이 다물렸던 산파에 의해 앨리스의 불행은 끝을 맺는다. 중병에 시달리던 산파가 유언으로나마 고백한 진실 덕분에.

그녀의 거창한 출생이 드러나고, 공작가의 보물이 된 앨리스는 이런저런 일들을 겪으며 남작 가문에 복수도 하고, 새 가족의 사랑도 받고, 연애도 하게 된다.

이야기의 흐름이 그랬기에, 나는 책 속에서 태어난 걸 자각하더라도 아무것도 달라지지 않을 거라고 생각했다. 애당초 대부분은 평화로운 이야기였다. 주인공의 앞길을 가로막는 삼류 조연이 되지 않는 한은 나와 상관없이 흘러갈 것이다. 비록 책을 완독하지는 않았으나 중후반부까지는 보았기에 중요한 주조연의 이름도 거의 알고 있었다. 그리고 일단 악역 자체가 적어서…….

잠깐만.

나는 불현듯 떠오른 사실에 거울을 꺼냈다.

평소와 다를 바 없는 내 얼굴이 거울에 비쳐 보였다. 장미 같은 색의 머리칼과 동그란 이마와 도톰하고 짙은 눈썹과 매섭게 치켜 올라간 눈매. 사람의 인상으로 인성을 판단할 수는 없었으나, 내 눈빛은 언제나처럼 못돼 보였다. 그 익숙한 눈빛을 보니, 책의 내용이 슬그머니 떠올랐다.

주인공을 괴롭히다 처형당하는 조연의 인상이 딱 이렇지 않았던가?

······로즈는 흐린 눈빛으로 앨리스를 노려봤다. 표독스러운
눈매는 여전했으나, 평소와는 다른 흐리멍덩한 눈빛이······

앞뒤 상황이 정확히 기억나지는 않았지만 그런 구절이 있던 것 같다. 작가의 어휘가 한정된 탓인지 표독스러운 눈매 얘기가 열댓 번은 더 나와 기억한다. 전형적인 신데렐라 이야기에 걸맞게, 주인공뿐 아니라 악역도 클리셰를 답습하는 인상이었던 셈이다.

빨간 머리, 고양이상의 미녀, 컨셉이 장미라 성도 비슷했던······.

맙소사, 내 이름은 두루아 발로즈였다.

꧁꧂

책 속에 태어났다는 것을 자각하고, 주인공을 괴롭히는 조악한 조연이라는 것도 깨달았다. 뻔한 이야기에서는 그런 조연의 결말도 뻔하다. 모욕 주기, 물 뿌리기, 예법으로 트집 잡기 등 시시한 짓에서 시작해 나중에는 주인공의 암살까지 감행한다.

당연히 남자 주인공이 이를 눈감을 리 없다. 에드로 기억하지만, 실제로는 에드가인 주인공은 조연이 지었던 죄를 갈퀴로 긁어내어 기어이 그녀를 화형

에 처한다. 어떤 말로 서술되었는지도 조금은 기억한다.

> 그녀는 저가 자랑스럽게 여기던 붉은 머리칼보다도 더 붉은 불길
> 에 잡아먹혔다.

전 연령 소설에 그런 게 나와도 돼?

읽을 때는 나도 속이 시원하다고 생각한 것 같지만, 본인이 되고서는 완전히 다른 문제였다.

물론 나는 악독하게 살라고 시켜도 자신이 없긴 했다. 이따금 짜증이나 화를 내긴 해도 상식적인 수준으로 행동했다. 상식적이지 않은 것은 못된 고양이 같은 눈매뿐. 성인만큼 이성적으로 살지는 못하지만, 원래 어린아이의 몸이란 기본 설정이 사고뭉치 아닌가, 이 정도면 모범적이지.

그러나 미래의 일이 어찌 될지는 누구도 장담할 수 없었다. 원작을 운명 삼아 내가 누명을 쓸지도 모르고, 어쩌면 사랑에 미쳐 앨리스를 해코지할지도 모른다.

애초에 책 속에서 다시 태어난 것 자체도 예상할 수 없는 일이었는데, 이후로 상식적인 일만 벌어질 거라고 어떻게 확신하겠어.

그런 생각이 드니 찝찝해졌고, 조금이나마 그와 친분을 쌓으면 설사 일이 터지더라도 화형까지는 피할 수 있지 않을까 생각했다.

좀 더 솔직해지자면 남자 주인공이 탐났다. 주인공의 연애사가 특별히 기억에 남지는 않았지만, 장르의 특성상 남자 주인공은 작중에서 가장 완벽한 사내일 것이 분명하다. 외모도 배경도 능력도, 그리고 사랑도. 어쩌면 주인공의 자리를 뺏을 수 있을지도 모른다. 그런 야트막한 욕심으로 나는 녹턴 에드가에게 질척거리기로 했다.

내가 소년을 처음 본 것은 무려 1년 전이었지만, 그때만 해도 그에게 크게 관심이 있지는 않았다. 그저 번듯한 외모에 감탄하고 묘한 기시감을 느꼈을 뿐이다. 물론 녹턴 에드가의 외모가 지나치게 공격적이라는 것은 부정하지 않겠지만, 나는 주목받는 것을 그리 즐기지는 않았으니까.

외모나 배경만으로도 충분히 눈에 띄었지만 그는 구설로도 유명했다. 뛰어난 능력 덕에 셋째 아들임에도, 그리고 어린 나이에도 차기 공작으로 공인받은 녹턴 에드가는 친모의 불륜으로 태어난 것이 아닌가 하는 의혹이 있었다. 그게 진실이든 거짓이든, 사람들은 드높은 에드가의 오점에 환호했고 소년을 즐겁게 헐뜯었다.

그런 생각에는 물론, 시간이 지나면 소년이 후계자에서 끌려 내려올 거라는 얄팍한 전제가 숨어 있었다. 어린 소년이 능력만으로 후계자가 되었다는 건 믿기 쉬운 소리는 아니었으니까.

그 때문에 아름다운 외모와 뛰어난 재능에도 그에게 접근하는 사람은 거의 없었다. 오히려 그의 외관은 조롱거리가 되었고 재능은 외모 덕에 고평가받은 것이라 비하당했다. 나중에 가면 뭐 하나 얻어먹으려고 달라붙는 이들이 넘쳐나겠지만 당장은 그랬다.

그렇기에 내게는 기회였다.

가장 힘들고 외로울 때 다가가면 희망이 있지 않을까? 이기적이고 기회주의적인 생각이었으나, 화형에 처할지도 모른다는 생각에 양심 같은 걸 따질 여력은 없었다.

그리하여 다시 1년이 지난 날, 나는 파티에 나온 녹턴 에드가에게 쭈뼛쭈뼛 접근했다. 소년은 무언가 생각하듯 고개를 숙이고 있었다.

"안녕?"

내가 다가가는 걸 전혀 몰랐는지, 소년이 놀라 고개를 들었다.

멀리서 볼 때도 인상 깊던 얼굴은 가까이에서는 가히 충격적이었다. 과장하는 말이 아니라 정말로, 사람인지 악마인지 의심스러울 정도였다.

"음…… 녹턴 에드가 맞지? 나 알아? 작년에 같은 파티에 갔는데."

"발로즈 후작가의 둘째 영애셨지요. 기억하고 있습니다."

"인사도 안 했는데 어떻게 알아? 정말 기억력이 좋다."

돌아온 대답에 일단은 웃었지만, 어색함에 소름이 돋았다.

왜 존댓말을 쓰지. 또래의 귀족 아이들도 초면부터 반말하던데, 에드가 공작가에서는 교육 방침이 다른 건가. 지나치게 어른스러운 말투에 조금 거부감이 들 정도다.

그때, 내 부정적인 생각을 눈치채기라도 한 것처럼 소년의 눈이 커졌다.

"실례지만 영애, 혹시 마법 물품 같은 걸 가지고 있나요?"

잠시 움츠러든 것이 무색하게도 뜬금없는 소리였다. 이 상황에서 갑자기 마법 물품?

나는 다소 떨떠름하게 고개를 저었다.

"음, 그런데 꼭 존댓말을 해야 해? 작년에 열 살이었으면 나보다 나이가 많을 거고, 그게 아니라도 우리는 아직 어른이 아니잖아? 좀 거리감이 들고. 만약 이쪽이 편하다면 할 말은 없지만—."

"알았어, 네가 그러길 원한다면."

말투는 애늙은이라도 어린애는 어린애인 건지 사람 말을 막 끊어 먹는다.

예쁘니까 봐준다.

녹턴 에드가의 얼굴 이야기를 지나치게 많이 하는 것 같지만 거의 초면이나 다름없는 상태에서 외모에 영향을 받는 건 어쩔 수 없었다. 그의 얼굴은 다른 곳도 다 그림처럼 예뻤으나, 특히 연보라색 눈동자는 볼수록 예뻐서 사람의 정신을 끌어들이는 것처럼 보였다. 내 두 뺨이 따끔하게 달아올랐다.

"영애와, 아니 발로즈 너와 좀 더 이야기를 나누고 싶은데."

독심술을 쓰는 건 아닌데 내가 제 외모에 홀린 걸 어찌 알았는지 녹턴 에드가가 다정하게 눈을 휘었다. 그냥 웃은 건지, 제 잘난 외모를 사용한 건진 모를 일이지만 의도가 어찌 됐건 내 넋을 빼놓기에는 충분했다.

"파티가 끝나도 저택에 와 주면 좋겠어, 발로즈."

생각할 겨를도 없이 내 고개가 멋대로 끄덕거렸다.

진정한 의미에서는 그게 녹턴과의 첫 만남이었다.

녹턴 에드가는 태어나면서부터 타인의 감정에 예민했다. 어려서는 남들이 녹턴 본인에게 어떤 감정을 갖는지 직접 느낄 수 있었고, 자라서는 남들이 타인에게 어떤 감정을 느끼는지도 어렴풋이 알았다. 그가 선천적인 흑마법사이기에 가능한 일이었다.

흑마법, 전문 서적에서는 초미세마법이라고 칭하는 이 특별한 힘은 인간의 감정, 개중에서도 부정적인 정서에 민감했다. 타인의 정신에 간섭할 수 있는 유일한 힘이었다.

선천적인 마법사로 태어나기 위해서는 특별한 상황이 필요했는데 통상적인 마법과 궤를 달리하는 이 마법을 품고 세상에 나려면 다른 마법보다도 특별한 상황이 필요했다.

선천적 흑마법사는 부모의 증오를 먹이 삼아 태어난다. 모친이나 부친 중 한 사람의 감정만으로도 충분했으나, 악마의 감정처럼 질척한 마음이 필요한 것은 분명했다. 과잉 감정으로 초미세 마나가 활발히 움직이는 동안 잉태된 아이만이 가질 수 있는 마법이다.

그렇기에 지금 시대에서 선천적인 흑마법사라고는 녹턴 에드가 한 사람뿐이었다. 유일한 힘은 소년의 유년을 엉망으로 헤집어 놓았고, 그 때문에 녹턴 에드가는 막 열한 살이 되었음에도 사람을 믿지 않았다.

그는 파티장의 가운데에 서서 흘러드는 이야기를 듣고 있었다. 타고난 마법 때문에 남들보다 감각도 예민하여 조그만 소리도 어김없이 들려왔다. 더욱이 그의 특별한 능력은 모욕을 전하는 데 그치지 않았다. 에드가 공작저의 오점인 소년을 향한 갖은 감정들, 이를테면 조롱, 통쾌함, 악의 같은 더러운 감정들까지 모두 느껴졌다.

"에드가 소공작이에요. 열한 살인데 형제들을 제치고 후계자라니……."
"후계자가 된 건 다섯 살이래요. 그렇게 재능이 출중하다던데, 저 나이에 가능한 이야길까요? 확실히 얼굴은 예쁘지만."
"터무니없는 소리. 누군지도 모를 남자한테 홀려 애까지 낳은 마당에, 사생아를 후계 자리에 올려놓은 게 정말 재능 때문이겠소? 아직 정신을 놓고 있는 거지. 당장은 미치광이 짓을 해도 그리 어리석은 사람은 아니니 곧 모든 게 제자리로 돌아올 게요."
"그런데 정말 소공작의 생부가 누구일까요. 각하도 제라늄 공도 닮지 않았으니, 불륜인 건 확실……."

"안녕?"
답답한 군중의 소리가 가까이서 난 소리에 삼켜졌다. 조금 놀라서 녹턴은 고개를 들었다.

장미의 색을 그대로 뽑아 온 것처럼 붉은 머리칼에 탁한 풀색의 눈동자.

화려하게 생긴 여자아이가 수줍게 웃는 얼굴로 그를 보고 있었다. 흘러드는 이야기를 듣느라 주변을 살피지 않았는데 그사이에 다가온 모양이다.

말을 나눈 적은 없었지만, 녹턴은 상대가 누군지 단번에 알았다. 모르기도 힘들 것이다. 파티에서 두루아 발로즈가 부모님을 따라 나타난 순간, 파티장에 있던 많은 귀족이 들썩였으니까.

"어머, 발로즈 후작가의 차녀죠?"

"세상에 정말 귀엽네요, 고양이 같아요!"

"눈매가 좀 사납기는 한데……."

"머리 색이랑 잘 어울리네요."

요란하게 수군거리는 소리가 커 듣지 못한 체할 수도 없었다. 성인뿐 아니라 아이들도 붉은 머리의 여자아이를 힐끔거리기 바빴다.

물론 그 아이가 발로즈 후작이라는 권력자의 보물인 덕도 있었을 것이다. 아무리 예쁘고 반짝거린다 한들 사교계에서는 외모만으로는 넘을 수 없는 벽이란 게 있으니까. 좀 둔한 건지, 아니면 당연한 시선이라 생각하는 건지 당사자는 개의치 않는 것 같았지만. 녹턴에게는 그때가 미형이라고 모두가 조롱거리가 되진 않는다는 걸 깨달은 시점이었다.

"음…… 녹턴 에드가 맞지? 나 알아? 작년에 같은 파티에 갔는데."

"발로즈 후작가의 둘째 영애셨지요. 기억하고 있습니다."

"인사도 안 했는데 어떻게 알아? 정말 기억력이 좋다."

신기한 듯 발로즈가 손뼉을 치며 웃었다. 왼쪽 뺨에만 조그만 보조개가 팼다.

발로즈 후작가에서 아직 차녀한테는 정식 교육을 시작하지 않았다더니, 그게 정말인가 보지.

겉으로는 선량하게 웃었으나, 녹턴은 속으로 비꼬아 생각했다.

부끄럼을 탄 게 언제라고 많이 신난 것 같은데, 뭐가 그리…….

생각하던 중 문득 이질감이 들어 녹턴의 눈이 커졌다.

이상하게도, 두루아 발로즈의 마음이 직접 느껴지지 않았다. 저와 대화를 나누는 누군가가 제게 어떤 기분을 느끼는지 녹턴은 제 마음처럼 생생히 느낄 수 있었다. 태어나면서부터 그랬기에 그건 녹턴에게 몹시 자연스러운 일이었다. 손발을 움직이거나 냄새를 맡는 것처럼. 눈으로 보고 소리를 듣는 것처럼 당연한 일이었다.

마음이 읽히지 않는 상대에게서 그는 답답함을 느꼈다. 화려한 색의 그림에 한 곳만 색이 칠해지지 않은 것처럼 거슬렸다. 그렇기에 그는 분하게도, 일말의 관심도 없던 여자아이에게 물음을 던질 수밖에 없었다.

"실례지만 영애, 혹시 마법 물품 같은 걸 가지고 있나요?"

"응? 아니."

"그러면 왜…… 아, 실례했습니다."

"아니야, 물어볼 수도 있지. 음, 그런데 꼭 존댓말을 해야 해? 작년에 열 살이었으면 나보다 나이가 많을 거고, 그게 아니라도 우리는 아직 어른이 아니잖아? 좀 거리감이 들고. 만약 이쪽이 편하다면 할 말은 없지만—."

"알았어, 네가 그러길 원한다면."

대단한 일도 아닌데 말을 늘이는 게 성가셔서 녹턴이 말을 끊고 답했다. 엄연히는 무례한 행동이었지만, 눈을 동그랗게 뜨고 뺨을 물들인 아이는 그리 생각하지 않는 것 같았다.

저렇게 표정이 솔직한데도 마음을 읽을 수가 없다니. 아예 모를 사람은 아니니 다행이라고 해야 하는 건지. 그럼에도 표정과 말투, 목소리와 몸짓만으로 상대의 감정을 추측해야 하는 건 제법 신기하고 흥미 있는 일이었다. 다소 즉흥적으로, 녹턴은 두루아 발로즈와 좀 더 이야기해 보고 싶다고 생각했다. 그러나 말로만 꾀어낸다면 제 뜻대로 따라 줄 리 없었다.

누구라 특정할 수 없이 많은 사람이 에드가 공작의 치부를 꺼렸다. 아이가 저와 어울리겠다고 말하면 단단히 혼을 내고 녹턴 에드가가 얼마나 더러운 아이인지 성토할 것이 뻔하다. 그러면 아름다운 외관에 홀렸던 아이는 금세 마음을 바꾸어 저를 비난하고 조롱할 것이다. 몇 번이나 있던 일이기에 녹턴은 일이 어떻게 흘러갈지 빤히 알았다.

그러니 이번에는, 달콤한 말만으로는 부족했다. 녹턴의 두 눈에서 마법이 흘러나왔다. 두루아 발로즈에게 제 말을 듣게 하는 간단한 최면 마법이었다. 이전에는 상대의 마음이 비정상적으로 급변하는 것이 느껴졌기에 최면의 성사 여부를 바로 확인할 수 있었으나, 이번에는 그럴 수 없는 게 찝찝하긴 했다.

설마 이것도 통하지 않는 건 아니겠지.

"영애와, 아니 발로즈 너와 좀 더 이야기를 나누고 싶은데."

녹턴은 다정하게 눈을 휘어 웃었다.

어렵지 않은 일이었다. 그의 부친은 세상에서 가장 다정하고 달콤하게 웃을 수 있는 사람이었고 그 웃음이 얼마나 상대를 착각하게 하는지는 그가 가장 잘 알고 있었으니까.

"파티가 끝나도 저택에 와 주면 좋겠어, 발로즈."

얼굴이 새빨개진 발로즈가 고개를 끄덕인 순간, 녹턴은 제 최면이 통했음을 확신했다.

녹턴의 초대에 홀려, 나는 부모님의 만류에도 에드가 공작저를 들락거리기 시작했고…… 딱 세 달 만에, 여주인공 자리를 포기했다.

맹세코, 나는 이렇게 싸가지 없는 애새끼를 본 적이 없다.

누가 주인공이 아니라고 할까 봐, 녹턴 에드가의 인성은 보통이 아니었다. 말이 없고 감정 표현을 못 하지만 조그만 호의에 얼굴을 붉히는 로판형 어린이를 생각하고 갔는데, 실상은 이리 꼬이고 저리 비틀린 애늙은이였다.

예쁜 얼굴로 온화하게 웃는 탓에 처음에는 녹턴의 성격이 나쁜 줄도 몰랐다. 엄밀히는 그의 본성을 외면하고 있었다.

"이런, 차를 엎었네."

"방금 일부러 손 놓지 않았어?"

"요즘 자꾸 손에 힘이 풀려. 미안하게 됐어."

……라든가.

"저것 좀 들어 줄래?"

"양장본 열다섯 권이 묶여 있는 저 책 더미를 말하는 건 아니지?"

"바로 알아봐 주는구나. 몸이 안 좋으니 부탁할게."

……라든가.

"뭘 잡아 달라고?"

"창틀에 있는 9센티미터짜리 사마귀. 가까이서 보고 싶어."

"……차라리 트롤을 잡아 달라고 해."

같은 일이 빈번하게 일어났음에도, 나는 그의 웃는 얼굴에 홀려 내가 엿을 먹고 있는 것도 몰랐으니까. 녹턴 에드가는 몹시도 귀족다워서 꺼지라는 말도 고상하게 돌려 말한 것이다.

나는 못 알아들었지만.

그렇게 몇 달이 지나고는 그런 가식도 지겨워진 건지 녹턴이 본색을 드러
냈다.

제 생일이래서 공들여 선물을 골라 간 날이었다(나중에 알고 보니 그날은 그
애의 생일도 아니었다. 미움받아 가문에서 파티도 열어 주지 않는다는 말에 속아
넘어간 내가 바보였다).

그가 뭘 좋아할지 몰랐지만 연미복의 소매 자락이 허전하던 것이 번뜩 생각
나 커프스 버튼을 준비했다. 검은 다이아몬드가 박힌 단추였다. 마법 처리가
되어 안쪽에 연보라색의 연기가 떠 있었는데 그게 마치 밤하늘에 오로라가 뜬
것처럼 예뻐, 주문해 놓고도 내가 가질까 녹턴을 줄까 고민하던 물건이었다.

"너와 잘 어울릴 거야, 녹턴!"

큰마음 먹고 가져온 커프스를 보고 녹턴은 묘한 표정을 지었다. 소년의 감정
을 읽어 내는 건 원래도 어려운 일이었지만, 그의 표정은 그날따라 유독 알 수
없었다.

"선물을 가져와 줄 줄은 몰랐어, 기뻐."

그러나 그다음에 일어날 일을 감안한다면 녹턴 에드가는 어쩌면 지긋지긋하
다고, 두루아 발로즈는 정말 눈치가 없다고 생각했을지도 모른다.

기쁘게 웃은 녹턴은 내가 준 커프스를 보란 듯이 들어 올리고는.

"미안, 손이 미끄러졌네."

정원의 호수에 떨어뜨려 버렸다.

지금 무슨 일이 일어난 것인가. 힘들게 구해 온 커프스 버튼이 호수에 잠기
는 터무니없는 일을 보고도 나는 상황을 바로 파악하지 못했다. 내 머릿속에
있던 녹턴과, 지금 녹턴의 행동 간에 괴리감이 너무 커서 멍한 얼굴로 녹턴을

바라볼 뿐.

그런 내게, 그는 여상한 얼굴로 웃으며 말했다.

"주워 줄래?"

몇 번을 떠올려 봐도 바보 같은 일이지만, 그때에야 그 웃음이 천사가 아니라 악마의 미소처럼 보였다.

녹턴 에드가에 대해 나는 단단히 착각하고 있었구나, 좋기만 했던 첫인상이 깨지고 얄궂은 진실이 찾아왔다.

꾸욱욱욱

두루아 발로즈를 초대한 이후, 녹턴의 감정은 심하게 오르내렸다.

아이의 감정이 제게 느껴지지 않는 것이 신기해 저택에 부르기 시작했으나 두 사람은 제법 잘 맞았다. 처음의 목적은 까맣게 잊어버리고 마음의 철벽은 차츰 허물어졌다. 상대가 성인이 아니라 어린아이라는 점도, 감정이 표정으로 고스란히 드러날 만큼 솔직하다는 것도 녹턴의 경계를 느슨하게 만들었다. 진심으로 웃는 날들이 늘어 갔고, 그것을 깨달은 순간 녹턴은 제 마음이 조금 위험해졌다고 생각했다.

사람을 가까이하다니, 하물며 최면에 당해 저택에 올 뿐인 이를.

최면, 그래 최면. 두루아 발로즈는 저를 귀애해서 매일같이 저택을 드나드는 것이 아니었다. 멍청하게도 최면에 걸려서는 그가 시킨 대로 행동하고 있을 뿐.

찬물을 뒤집어쓴 것처럼 정신이 깨어났다. 그 자신도 이해할 수는 없었지만 부당한 배신감이 들었다.

그는 행동에 은근히 악의를 섞기 시작했다. 그 애에게 차를 엎고 무리한 부탁을 했으며 아끼던 옷을 망쳐 놓기도 했다. 그가 건 자그만 최면이 어디까지 버틸 수 있는가.

그러나 두루아 발로즈는 최면에 아주 잘 걸리는 체질이었는지 멍청하리만치 일관적이었다. 싫은 티 한 번을 내지 않고 웃는 얼굴에, 기어이는 녹턴의 인내가 먼저 바닥났다.

발로즈가 그에게로 오는 것이 최면 때문임을 알았음에도 마음을 통제하기가 버거워져 갔다. 결국, 그는 발로즈에게 저택에 오지 말라고 말하기로 했다. 그조차 잘 되지는 않았지만.

"다음 주엔, 저택에 오지 마."

"녹턴? 왜? 다음 주에 무슨 일 있어?"

"다음 주뿐만이 아니라……."

앞으로 평생 오지 말라고 말하려던 소년은, 아이의 울먹이는 얼굴을 보자 차마 말을 마칠 수가 없었다. 교활한 혓바닥은 제 주인을 배신하고 다른 말을 내뱉었다.

"내 생일이야."

"정말? 축하해, 녹턴! 그런데 왜 오지 말라는 거야. 설마…… 내가 부끄러워?"

"그런 게 아니야. 그냥…… 그래, 발로즈 너도 그 얘기 알지. 내가 어머니의 불륜으로 태어난 자식이라는 말. 정말 말도 안 되는 헛소문이지만 멍청하게도 믿는 사람들이 있더라고."

그는 변명이라도 하듯 쉴 새 없이 말을 이었다.

"공작저의 사람들도 나를 곱게 보지 않아."

"그건 너무하잖아……!"

"본의는 아니라도 에드가의 평판을 깎아 먹고 있으니 당장은 할 수 없지. 달리 보면 그만큼 에드가에 충성한다는 말이니까. 시간이 지나면 언젠가는 인정하고 받아들여 줄 거야. 하지만 그날까지는 이목을 끌고 싶지 않아."

이해해 줄 수 있지, 발로즈?

녹턴은 평소처럼 다정하게 웃었다. 그의 아버지가 그랬던 것처럼 눈을 가늘게 접고 눈동자에 온기를 담아 세상에서 가장 사랑하는 사람을 보는 것처럼……

"걱정하지 마, 녹턴. 나만 믿어!"

그러나 발로즈는 녹턴의 미소를 제대로 보지도 않고 뛰쳐나갔다. 어쩐지 불길한 예감이 스멀스멀 올라왔다.

그리고 그 다음 주 중의 어느 날.

"구하느라 힘들었어."

의기양양하게 웃으며 발로즈가 그에게 검은 상자를 내밀었다. 손끝이 작게 떨리는 것이 어쩐지 아까운 듯 보였지만 녹턴은 당혹스러워 아이의 마음을 의심하지는 못했다.

상자의 안에는 커프스 버튼이 들어 있었다. 검은 다이아몬드에, 녹턴의 눈동자와 같은 연보랏빛 연기가 오로라처럼 떠 있는 물건이었다.

"네 눈을 닮아서 그런지, 내가 봐 온 커프스 중에 제일 예뻤어. 너와 잘 어울릴 거야, 녹턴!"

마음이 울렁거렸다. 식사로 먹은 수프가 얹힌 것처럼, 기분이 이상했다.

남의 감정도 제 것처럼 느끼던 녹턴이 그 순간만큼은 제 감정도 명확히 알 수 없었다. 하지만 가슴이 뛰니까, 기분이 이상하니까, 처음 느껴 보는 기분이니까.

화가 난 거야.

그래, 하필이면 연보라색 커프스를 가져올 게 뭐람.

발로즈는 정말 눈치도 없었다. 연보라색은 녹턴이 제일 싫어하는 색이었다. 그러나 제 감정을 외면하면서도 그는 체감할 수 있었다.

이젠 정말 위험해졌어.

그는 커프스 버튼을 받고는 발로즈에게 감사 인사를 했다. 그리고 꾸며 낸 미소를 지으며 버튼을 호수에 떨어뜨려 버렸다.

두루아 발로즈가 왔다는 예상 못 할 소식에 정문까지 마중을 나왔지만, 지금 와서는 잘된 일이었다.

카펫보다는 호수에 떨어뜨리는 것이 상처가 되겠지.

발로즈의 얼굴은 희게 질렸고 녹턴의 마음도 좋지 않았다. 하지만 열한 살의 소년은 이미 어떤 상황에서도 웃을 수 있었다.

"주워 줄래?"

나직한 말소리와 함께 발로즈의 얼굴이 일그러졌다. 처음 보는 표정이다.

이제 울려나.

두루아 발로즈는 언제나 웃었고 화도 내지 않았다. 눈매는 사나워도 성격이 밝고 이따금 바보 같을 정도로 선량했다. 마음을 느낄 수는 없어도 이런 사람이 이런 상황에 어떻게 반응할지는 예상할 수 있는 일이다. 눈물을 본다면 조금 껄끄럽겠지만, 차라리 그편이 나았다.

최면을 깨는 데는 충격이 필요했고, 어쩌면 최면이 진즉 사라졌을 뿐 지금 보는 모습이 두루아 발로즈의 본모습이라도 녹턴은 발로즈를 더 가까이할 수 없었다. 누군가를 아끼는 마음이란 그에게 독과 같았으니까.

하지만 이제는 끝이다. 최면이 남아 있었든 아니었든, 두루아 발로즈는 최면에서 완전히 벗어나 다시는 에드가 공작저를 찾지 않을 것이다. 두 사람이 함께한 시간은 미움과 분노로 덧씌워지겠지만, 그마저도 시간이 지나면 잊힐 것이다. 가슴께가 허전한 기분이 들었으나 할 수 없다.

괜찮다. 괜찮을 것이다.

모든 것이…….

"그래, 네가 칠칠치 못하게 흘렸으니 할 수 없지."

순간 들린 싸늘한 목소리에 녹턴의 입이 멍하니 벌어졌다.

뭐?

여태까지의 유순하던 아이는 어디에 간 건지, 두루아 발로즈의 목소리도 표정도 싸늘하기 짝이 없었다. 다음 주에 오지 말란 말을 듣고도 젖었던 눈이 지금은 물기 한 점 없이 건조하다.

녹턴이 당혹감으로 굳어진 사이, 발로즈가 겉옷을 벗었다. 그리고 아차 하는 순간 풍덩, 물소리가 나고 아이는 호수 안으로 잠겨 들었다.

"잠—!"

뒤늦은 소리는 물에 튀는 소리에 묻혔다.

희게 질린 녹턴은 사용인을 부를 생각도 못 하고 허겁지겁 구두의 끈을 풀었다. 몇 번의 헛손질 끝에 뜯어내듯 신발을 벗고 그는 호숫가로 달려들었다. 하지만 물가에 몸을 던지기도 전에 호수에서 무언가 튀어 나왔다.

온몸에 물기를 머금은 붉은 머리의 여자아이.

날은 좀 쌀쌀해도 햇빛이 강한 날이었기에 물에 젖은 두루아 발로즈의 얼굴도 지나치게 빛났다. 젖어서 짙어진 머리칼도, 물이 뚝뚝 떨어지는 살갗도, 분노로 타오르는 탁한 색의 녹안도.

호수에 뛰어들기도 전에 온몸이 젖었지만 녹턴은 어떤 불만도 말하지 못한 채 멍하니 앞을 바라보고 있었다. 무어라 형용할 수 없는 이상한 기분이 들었다.

그러는 새 호수를 나온 발로즈가 다가와 빙글 웃었다.

"주워 왔어, 받아."

아이는 녹턴의 가슴팍으로 커프스 버튼을 내던졌다. 단추는 몸에 부딪혀 힘

없이 튕겨 나가고, 건져 온 보람도 없이 도로 호수로 가라앉았다.

온몸이 젖으면서 기껏 해낸 일이 녹턴 에드가를 비에 젖은 생쥐 꼴로 만든 것뿐이다. 그럼에도 만족했는지, 발로즈의 얼굴 가득 비웃음이 떠올랐다.

"나도 손이 미끄러져서, 미안하게 됐어."

발로즈는 당당한 걸음으로 저택을 등지고 나갔다.

그 이후, 녹턴은 몇 가지 사실을 깨달았다.

아이가 저를 모르던 만큼이나 저가 발로즈를 몰랐다는 것, 마냥 천진하게만 보였던 발로즈가 실은 받은 건 돌려줘야 직성이 풀리는 성격이란 것.

그리고 발로즈를 밀어내야 한다고 애쓰던 제 강박 어린 마음속에 숨은 본심이 무언지도 알았다. 그런 짓까지 벌였음에도 얼마 뒤에 두루아 발로즈가 다시 나타난 순간, 아마도 그 무렵부터였을 것이다.

녹턴은 발로즈란 이름에 건 최면이, 남았는지 사라졌는지도 모를 그 연기 같은 결박이 날아가지 않길 바라게 되었다.

그럼에도 실상은 달라지는 것이 없었다. 그와 친분을 쌓으려 한 건 예쁘고 선량한 소년과 친해지고 싶다는 귀여운 이유 때문만은 아니었으니까. 비록 녹턴을 갖는 건 깔끔히 포기했더라도 그의 인성을 확인하니 더더욱 피상적인 친분이라도 쌓아야겠다고 느꼈다.

그는 정말로, 무슨 일이 벌어지면 나를 화형에 처할 것 같았으니까. 생존형 친분을 위해 나는 눈물겹게도 아득바득 그에게 붙어 있었다. 그쯤에서 떨어지려고 해도 무리였을 것이다.

'떨어질 시간은 진즉에 주었잖아?'라고 말하듯이 녹턴은 매일같이 나를 저택에 불러댔다.

"또 와, 발로즈."

내가 그에게서 제일 많이 들은 말이다.

뭐, 이렇게 말해도 결과론적인 이야기다. 좀 더 솔직해지자면, 당시에 나는 다시는 공작저를 찾을 생각이 없었다. 책 속에 들어왔다는 걸 깨닫고 시간이 좀 지나기도 했고, 비록 대부분은 서신으로만 쌓아 가는 피상적인 우정이라 한들 앨리스(여주인공)와의 사이도 견고해지고 있었으니까. 굳이 녹턴의 비위를 맞추며 살 이유가 없다고 생각했다.

애당초 보는 앞에서 선물을 떨어뜨린 데에는 그런 의미가 담겨 있었을 것이다.

"내 눈앞에서 사라져."

그러니 며칠 뒤에 열린 파티가 아니었더라면, 어쩌면 녹턴과의 연은 그걸로 끝이었을지도 모른다. 앨리스와 내가 친구이니 영원한 끝은 아니겠지만.

녹턴을 처음 봤던 가문에서 다시금 파티가 열렸다. 대개 어린아이의 의사는 존중받지 못했기에 나는 싫다고 거부한 보람도 없이 어머니의 손에 이끌려 파티에 참석했다.

파티장에 들어서기 무섭게, 나는 가장 눈에 띄는 소년을 발견했다.

새까만 머리칼, 밀가루처럼 흰 피부에 섬세하게 그려진 얼굴.

시간이 좀 지난 탓에 소년의 팔다리는 전보다 시원스레 길어졌고 체격이 좋은 탓에 검은 정장이 멋들어지게 몸에 감겨들었다. 그는 언제나처럼 아름다웠으나, 실체를 알고 나니 그리 달콤해 보이지는 않았다.

재수 없어.

눈이 마주치기 전에 나는 휙 고개를 돌렸다. 뒤통수로 진득한 시선이 느껴지는 것도 같았지만 소년을 의식한 탓에 느껴지는 착각일 것이다. 고개는 돌렸어도 두 귀는 그쪽에서 나는 소리에 집중하고 있었으니까. 다만 녹턴 에드가는 아무런 말이 없었고 그의 옆에 붙은 사람이 조잘거리는 소리만 들렸다.

"그래서 이번에는 제가……."

셰릴 보르나인의 목소리였다. 보르나인 후작가의 차녀인데, 별로 좋아하지는 않는 아이였다.

첫째로는 벌써부터 가문을 나누어 상대의 취급을 달리하기 때문이고, 둘째로는 제 가문이 잘난 걸 알아서 기준에 못 차는 상대는 찍어 누르려고 하기 때문이다. 그리고 가장 결정적인 이유는 그녀의 무리가 떠드는 얘기를 들은 적이 있어서였다.

"에드가 소공작 말이야, 얼굴은 반반하잖아. 상대해 주는 사람도 없는데 조금 잘해 주면 갖고 놀 수 있지 않을까?"

"하지만 셰릴, 아무리 그래도 에드가인데……."

"공작가에 연보라색 눈동자가 있던 적이 있어? 아버지께 듣기로, 제라늄 공의 부모도 눈 색이 짙었다고 하던데 더 볼 것도 없지. 심지어는 그 가문의 사용인들도 은근히 무시한다던 말도 있더라니까."

"세상에, 사용인들도 그러면 정말이겠네!"

"그렇지. 곧 처량한 신세가 될 거야. 대저택에 사는 생쥐를 두려워할 이유가 뭐 있겠어?"

내가 뒤쪽 테라스에 있는 것을 모르고 킬킬거리던 소리가 선명했다. 시기적으로는 에드가 공작저를 드나들기 시작하고 조금 뒤였던 것 같다.

녹턴을 조롱하겠다는 말에 발끈하여 당장 커튼을 열고 나가려 했지만 순간적으로 든 생각에 그럴 수 없었다. 목적은 달라도, 세릴 보르나인의 사고 과정은 나와 같았으니까.

녹턴이 혼자인 것이 기회가 아닐까 생각하며 그에게 가장 먼저 접근한 사람은 나였다. 내게는 그럴싸한 이유가 있었으나 녹턴의 입장에서는 어느 쪽이든 별다를 게 없을 것이다. 그렇게 생각하니 차마 떳떳하게 나설 수가 없어서, 소란이 벌어져 봐야 녹턴에게 좋을 것이 없다며 자기합리화를 하고 넘어갔다.

까맣게 잊어버리고 있었지.

뒤늦은 죄책감이 가슴을 찔러 와 나는 나도 모르게 녹턴에게로 고개를 돌렸다. 그리고 그 순간, 녹턴과 눈이 마주쳤다.

내 뒤통수에 달라붙을 것처럼 느껴지던 시선이 착각은 아니었는지, 그는 무슨 생각인지 모를 눈으로 뚫어지라 나를 보고 있었다. 짙다 못해 무거운 시선이었다.

그러나 그리 생각한 것이 무색하게도, 먼저 고개를 돌린 사람도 그였다. 소년은 처음부터 나를 보지 않은 척하며 셰릴 보르나인과 몇 마디 말을 나누었다.

녹턴은 여느 때처럼 웃고 있었고, 그 웃음을 보는 내 마음은 멋대로 울렁거렸다.

"상대해 주는 사람도 없는데 조금 잘해 주면 갖고 놀 수 있지 않을까?"

보르나인은 지금도 녹턴을 희롱할 생각일까.

그는 셰릴 보르나인이 무슨 말을 했는지 알고 있을까.

여자아이의 뺨은 발갛게 달아오른 상태였고 녹턴은 언제나처럼 온화하게 웃고 있었다.

어쩌면 녹턴의 본성이 나쁜 것이 아니라 내가 무슨 생각으로 접근했는지 눈치채서 태도를 바꾼 걸지도 모른다. 원작이니, 화형이니 하는 것은 모르더라도, 내가 다른 목적으로 접근했다는 자체는…… 눈치챘는지도 모른다. 내가 보이는 곳에서 그러지는 않았지만, 무언가 얻어먹을 것이 있을까 달라붙은 하이에나가 몇 명쯤 더 있었더라도 크게 이상하지는 않지. 같은 일이 반복되었다면 내 얕은수쯤은 훤히 보였을 것이다.

그렇게 생각하니 죄책감이 들었고, 셰릴 보르나인에게 퍽 우호적으로 보이는 그의 모습에 가슴이 따가웠다. 어쩌면 보르나인의 속내조차 알고 있을 수 있었지만 확신할 수 없는 일이었다. 그렇다고 다짜고짜 그를 붙잡고 셰릴 보르나인이 이러이러한 말을 했다고 말하기도 곤란했다. 이간질로만 보일 것이고, 또 녹턴이 정말 모르고 있던 거라면 상처받을 테니까.

알량한 죄책감이고 주제를 모르는 동정이다.

알면서도, 나는 차마 내버려 둘 수가 없어 결국 며칠 뒤에는 다시 공작저를 향했다.

"음…… 안녕, 녹턴."

소년은 퍽 놀란 눈치였으나 나를 내쫓지는 않았다. 솔직히 그게 가장 놀라웠다.

그는 내가 오기 전까지 호숫가의 의자에서 책을 읽고 있던 모양인지, 안으로 조금 들어오자 의자에 엎어진 책이 보였다. 표지만 봐도 어려워 보이는 책이었다.

"뭘 읽는 거야?"

"……고서."

"어…… 되게 비싸 보인다."

"힘들게 구하긴 했지."

어떻게 보면 차가운 말투였지만, 나는 녹턴이 다소 어색해하고 있다는 감상을 받았다. 그래서인지 나도 덩달아 어색해져서는 손끝만 꼼질거렸다.

정적을 깨려고 물은 질문이었는데 그게 책에 대한 관심으로 보였는지 녹턴이 내게 책을 건넸다. 이런 건 한 자도 읽고 싶지 않았지만 달리 어색함을 떨칠 길이 없어서 나는 5센티미터 두께의 책을 마냥 읽었다.

이게 뭔 소릴까, 글자를 분명 읽고 있기는 한데 뇌에 들어오는 건 없어서 통 페이지가 넘어가질 않는다. 혹시 이것도 당장 돌아가라고 돌려 말하는 걸까.

온갖 잡념이 다 들어서 혼란스러운 중, 무언가 꿈틀 움직이는 것이 시야에 잡혔다.

그것은…… 책에 붙어 있는 애벌레였다.

"악!"

녹턴의 눈치를 보던 것도 잊고 나는 놀라서 책을 내던졌다. 시원스레 날아간 책은 바로 호수로 향했다. 반사적으로 나는 책을 집으려 손을 뻗었고 그대로 고꾸라져 호수에 처박혔다.

첨벙, 푸르르…….

연달아 들리는 소리에 파묻혀 나는 스스로의 멍청함을 탓했다.

얼마나 지났다고 또다시 호수 탐방이라니, 나도 몰랐는데 이 호수가 그리웠나 봐.

급작스러운 시야의 변동에 나는 눈을 질끈 감고 팔다리를 허우적거렸다. 한 번 들어간 적이 있더라도 마음의 준비를 하고 안 하고의 차이는 컸다. 누가 귀를 틀어막은 것처럼 소리가 먹먹하고 역류해 들어온 물 때문에 코 안이 찌릿했다.

그러나 애쓸 것도 없이, 얼마 지나지도 않아 나는 물 밖으로 나왔다. 정확히는 땅으로 건져졌다.

거칠게 기침을 하며 숨을 들이켜는 와중에도 등을 두드리는 손길이 느껴졌다. 아직 몸은 괴로웠지만 마음이 뭉클해져서 등에 닿은 온기만 선명했다.

녹턴이 나를 도와줬구나.

어중간한 죄책감과 그럼에도 남은 앙금과 어색함 모두. 복잡한 감정들이 호숫물에 녹아내린 것처럼 마음이 개운해졌다.

겨우 숨소리가 고르게 돌자, 녹턴은 등을 두드리던 손을 거두어 가며 신경질적으로 말했다. 얕은 한숨을 내쉬었던 것도 같다.

"남의 집 호수에 빠지는 게 취미야?"

"아, 고마……."

호수에 커프스 버튼을 빠뜨린 마지막 순간까지도 말투만은 곱고 부드러웠기에 녹턴의 날선 말투는 생소했다. 그러나 놀라울 만큼 잘 어울려서 위화감이 들지는 않았다.

나는 얼빠진 채로 감사 인사를 남기려 고개를 들었고, 그 순간 흠뻑 젖은 소년의 모습이 보였다.

안 그래도 짙은 머리칼은 젖고 나니 더욱더 짙어졌고 새까만 머리칼에서는 물기가 똑똑 떨어졌다. 햇빛이 반사돼 반짝반짝 빛나는 것이 그의 외모를 한층 돋보이게 했지만, 어쩐지 물에 젖은 머리칼을 쓸어 넘기고 표정을 일그러뜨린 녹턴의 모습에 이상하게 웃음이 났다.

전혀 우스꽝스러운 모습이 아니었음에도, 평소 봐 오던 모습과 너무 달랐다. 날이 서도 여전히 고상한 말투와는 다르게 비 맞은 강아지처럼 젖은 모습이란 정말, 정말로 어울리지 않아서…… 가슴께에서 피어난 간질거림을 참을 수가 없어 나는 기어이 크게 웃음을 터뜨렸다.

"……시끄러워."

잠시 눈을 동그랗게 뜨고 놀랐던 소년이 곧 싸늘하게 말했지만, 그렇게 말하면서도 그의 귀 끝이 사과처럼 붉어서 나는 마냥 웃을 수밖에 없었다.

"보르나인 후작 영애, 나를 사랑해 봐요."

두루아 발로즈가 호수에 빠지고 다시는 돌아오지 않을 사람처럼 저택을 나선 뒤, 그는 우연히 마주친 셰릴 보르나인에게 그렇게 말했다.

최면을 걸면서도 죄책감은 없었다. 애당초 그를 가지고 놀려던 건 상대가 먼저였으니까. 보르나인도 제 마음을 뒤흔들려고 했으니 되레 당한대도 억울하진 않을 것이다. 그는 눈빛이 흐려진 아이를 무심하게 바라보았다.

최면이든, 세뇌든 정신 마법의 시작은 대상의 호칭이었다. 호칭이 달라지면 마법은 흔들리고, 약한 최면이었다면 그것만으로 깨질 수도 있다. 마법을 지속하려면 대상의 호칭을 일관적으로 유지하고, 강렬한 감정을 유도하지 않으며 또한 만나는 장소와 시간대를 한정 짓는 것이 좋았다. 가장 좋은 방법은 마법을 중첩하는 것이지만 자칫 대상의 정신을 망가뜨릴 수 있기에 피해야 했다.

잘못하면 제 마법을 들키는 수도 있었다. 흑마법의 존재만으로 처형되는 시대는 지났어도 여전히 흑마법의 인식은 나빴으니까. 더군다나 적이 많은 녹턴으로서는 무기는 숨기는 편이 좋았다. 때문에 녹턴은 마법을 쓸 때 상대의 호칭에 특별히 유의하는 편이었다.

사실 그중에도 존칭은 붙이지 않고 성보다는 이름으로 부르는 것이 더 좋았으나, 녹턴은 발로즈의 일로 실수한 뒤에도 굳이 상대의 이름으로 마법을 걸지는 않았다. 셰릴 보르나인도 마찬가지였다.

"네, 에드가 소공작님."

녹턴이 굳이 보르나인에게 최면을 건 것은 무언가를 확인하고 싶어서였다.

두루아 발로즈가 저택을 나선 뒤, 그는 몹시 동요하고 있었다. 제가 벌인 일임에도 시간을 주워 담고 싶을 정도로 지난 일이 몇 번이나 떠올랐다.

이토록 흔들리는 이유가 뭘까. 그는 혼란스러웠고 원인을 정확히 짚어 내고 싶었다. 늘 있던 사람이 사라져 외로워졌기 때문인지 아니면…… '발로즈'가 사라졌기 때문인지.

그리하여 녹턴 에드가는 발로즈와 같은 나이의 셰릴 보르나인에게 한층 수위 높은 최면을 걸었고, 그 결과 보르나인은 저가 조롱하려던 소년을 사랑하게 됐다.

녹턴은 며칠간 보르나인과 시간을 보냈다. 그러나 결론만 말하자면, 그는 조금도 즐겁지 않았다. 조잘거리는 인형을 보는 느낌에 회의감마저 들 지경이었다.

'내가 지금 뭘 하는 거지.'

그는 셰릴 보르나인을 돌려보내고 호숫가를 물끄러미 바라보았다. 원래는 아무런 의미가 없던 장소인데, 두루아 발로즈가 돌아간 이후 녹턴은 시도 때도 없이 호수를 들여다보았다. 외려 마음이 심란해지기만 한데도.

그는 물이 흐르는 모양새를 보다가 문득 연보랏빛을 본 것 같아 손을 뻗었다. 그러나 물을 움키고 나온 그의 손아귀에는 아무것도 없었다.

녹턴 에드가는 마땅치 않은 기분에 눈가를 찡그리고 몸을 돌렸다가, 다시 입술을 깨물고는 충동적으로 호수에 뛰어들었다. 첨벙 소리가 나고서야 뒤늦게 신발을 벗지 않았음을 깨달았으나 아무래도 좋은 일이었다. 제대로 헤엄쳐 본 적은 없었지만 딱히 어렵지는 않았다.

물속은 이상했다. 눈이 제대로 떠지지 않고 귀도 먹먹했다. 별로 유쾌하지는 않았지만 그런 생각이 들었다.

발로즈는 그때 이런 풍경을 보고 있었구나.

마나를 활성화하자 감각들이 훨씬 선명해지긴 했지만 역시 물 밖과는 차이가 있었다. 물속을 허우적거리며 고개를 두리번거리다가, 녹턴이 돌연 몸을 멈추었다.

호수는 그리 크지 않았고 그리 깊지도 않았다. 하지만 물웅덩이만큼 조그만 크기도 아니었다.

바다가 아니라서, 물이 별로 흐르지 않아서 아직도 여기에 머물러 있던 걸까. 신기하게도 그의 눈에 커프스 버튼이 들어왔다.

바닥에 가라앉아 있는 연보라색의 커프스. 그 캄캄한 데 외로이 버려진 커프스 버튼이 제 처지처럼 보였다.

우스운 일이다. 저걸 내버린 건 본인이면서 자기 연민에 취해서는.

남들보다 신체 능력이 좋다 한들 마냥 물속에 있을 수 있는 것은 아니어서 슬슬 숨이 모자라기 시작했다.

녹턴은 잠시 머뭇거렸으나, 곧 손을 뻗어 버튼을 움켜쥐었다.

'이걸 왜 주워 온 거지.'

막상 물 밖으로 나오고서는 허탈한 웃음이 났지만, 그럼에도 그는 커프스 버튼의 물기를 조심스레 닦고 이전에 주워 놓은 상자에 넣어 두었다. 당시만 해도 다시는 가까이서 말을 나누지 못할 거라고 생각했기에 그 물건이 더 의미 있게 느껴진 걸지도 몰랐다.

그리고 며칠 뒤 열린 파티에서 그는 두루아 발로즈와 한순간 눈이 마주쳤고,

그로부터도 다시 며칠이 지난 날 두루아 발로즈는 공작저를 찾았다.

"음…… 안녕, 녹턴."

아직 최면이 사라지지 않은 걸까, 그게 아니면…….

어쨌거나 정말 이상한 일이었다. 그런 일을 당하고도 발로즈가 다시 온 일도, 발로즈를 쫓아내겠다는 일이 실패했음에도 화가 나지 않은 일도.

힘들게 구한 고서를 발로즈가 호수에 빠뜨려 버렸음에도 조금도 신경 쓰이지 않던 일도.

책보다 물에 빠진 발로즈가 신경 쓰인 일도.

그리고 물에 젖은 저를 보고 발로즈가 비웃듯 웃음을 터뜨렸을 때 화가 나지 않은 일도, 저도 모르게 입꼬리가 움찔거린 일도 발로즈에 엮여 있는 일이 전부.

최면에 걸린 것처럼 이상한 일투성이였다.

그런 일이 있었지만, 알고 보니 녹턴은 셰릴 보르나인에게 일말의 호감도 없었다. 그 형식적인 미소에 혹시나 한 내가 바보지.

어쨌거나 그 일을 계기로 우리는 좀 더 솔직해졌다. 좀 더 가까운 친구가 되었다고 믿었다. 내가 목적이 있어 접근했다는 걸 녹턴이 알든 모르든 그렇다고 생각했다.

그러나 녹턴 에드가를 향한 내 감정이란 마냥 순탄하게 흐른 적은 없어서 또다시 암초를 만났다. 순진하게 쌓아 가던 호감은 방향을 틀 수밖에 없었다.

언젠가 녹턴이 내가 타 주는 차를 마시고 싶다고 한 날이 있었다. 나는 또 그의 웃음에 홀려 기꺼이 그러겠노라 하고 차를 내놓았는데, 기껏 타 준 차에 이런저런 트집을 잡으며 녹턴은 근 한 달간 나를 다도에 몰두하게 했다. 그리고 는 몇 번의 생고생 끝에 완벽한 차를 겨우 내놓자……

"솜씨가 아주 능숙해졌네."

"그렇지!"

"차 맛도 매우 좋을 것 같은데 발로즈, 괜찮다면 말이야. 이 좋은 차를 내가 누리기엔 아깝다는 생각이 들거든."

……라는 말로 이상한 밑밥을 깔더니 기어이는 웃으며 이따위 말을 지껄 였다.

"내 시종에게 주고 싶어."

오죽하면 시종도 낯빛이 질러서는 내 눈치를 살피며 몇 번이나 사양하는 말을 했다. 결국 주인의 윽박에 다급히 차를 마시다가 혀를 댄 듯 뛰쳐나갔지만.

말로는 그의 인성을 흠잡아도 내심 얄궂은 친구 정도를 대하듯, 좋은 정만 붙어 가던 마음에 까만 멍울이 졌다. 어쩌면 대단한 일이 아니었지만 감정적으로는 커다란 균열이 갔다. 커프스 버튼 사건 이후로 나와 그가 진솔하게 가까워지고 있다는 착각이 깨져 버린 탓이다.

그 이후로 나는 녹턴을 마냥 좋아할 수만은 없게 되었다. 보답받을 수 없는 호의를 달가워할 사람은 없을 테니까.

어쩌면 내 무의식은 관계가 어찌 될지 짐작하고, 그때부터 멀어질 준비를 했는지도 모르겠다.

⚜

녹턴 에드가의 재능은 어려서도 출중했으나 자라면서는 더욱 개화했다. 위로 범재는 넘는 형이 둘 있었으나, 형제간의 격차 또한 나날이 벌어졌다. 외모로 홀려 얻어낸 후계 자리라고 비웃던 이들도 차츰 언행을 조심하고 그의 입지는 점점 더 튼튼해져 갔다.

그에 조바심이 난 걸까, 아니면 소년이 조금 자랐다고 죄책감이 덜어진 걸까. 녹턴의 추락을 누구보다 바라고 있을 그의 모친, 패트시아 에드가가 직접 손을 쓰기 시작했다.

갑작스레 흥분한 말이 마차를 뒤집고, 창문가에 서 있으면 누군가 넘어지며 등을 밀려 했다. 샹들리에가 떨어지기도 하고, 외국에서 들여온 들짐승이 우리에서 풀려나기도 했다. 타인의 적의를 바로 느낄 수 있고 육체적인 재능이 워낙 뛰어난 터라 살아남을 수 있었으나, 갈수록 마법 없이는 힘들어지던 시기였다.

흑마법을 들켜서는 안 되기에 갈수록 예민해지던 그때, 여느 때처럼 두루아 발로즈가 저택을 찾았다. 어린 고양이를 닮은 그 얼굴을 보고 소년은 가늘게 숨을 내쉬었다.

체면을 몹시도 생각하는 모친의 공세는, 손님이 올 때는 감쪽같이 사라지곤 했다. 어떤 식으로 죽음을 맞든 적어도 녹턴의 죽음은 사고사의 형태여야 했으니까.

녹턴의 긴장이 풀린 걸 아는지 모르는지, 발로즈는 서재에 들어와서는 언제나처럼 제 할 말을 조잘거렸다.

"그래서 그 밀빵 같은 테롭스한테 내가 차를 타 줘야 했다니까? 12살짜리가 타 주는 차를 먹고 싶다고 어찌나 찡얼거리는지. 알로이는 눈이 없는 게 틀림없어. 성인이 되면……."

두루아 발로즈는 제 언니의 예비 약혼자에게 생애 처음으로 차를 타 주었다는 말을 하고 있었다. 좋은 찻잎을 선물 받아 가져왔는데 제 자매의 손이 다친 것을 핑계 삼아 제게 차를 얻어먹었다고.

종알종알 이어지는 말을 듣다가 녹턴이 가만히 책을 덮었다.

"나도 네가 타 주는 차를 마셔 보고 싶은데."

발로즈가 가장 좋아하는 대로 달게 웃으며 하는 말에 얼굴을 물들인 소녀는 잠시 주춤거리더니 곧 고개를 끄덕였다.

이튿날, 두루아 발로즈는 찻잎을 가져왔다.

티포트와 찻잔은 에드가 공작저의 것을 사용했다. 그런데…….

녹턴은 거의 색이 우러나지 않은 홍차를 가만히 내려다보았다.

"……어떻게 차를 우리면 찻잎이 탈 수 있는 거야?"

"뭐야, 온도 가지고 까다롭게 굴지 마. 몇 도에서 우리든 차 맛은 다 거기서 거기던데 뭐. 아니면, 고양이 혀야?"

"사람 혀야. 그보다 이건 온도 문제가 아니잖아. 도대체 어떤 짓을 하면…….

아니, 차를 타 달라고 말한 제 잘못이다. 며칠 전에 처음 차를 타 봤다니 그럴 만도 하지.

녹턴은 한숨을 쉬고는 이제 괜찮다고 말하려 했다. 그러나 그의 야트막한 한숨이 심기를 자극했는지 혹은 오해를 불러일으켰는지, 발로즈는 제가 가져온 찻잎을 획 가져가더니 벌떡 일어나 말했다.

"알았어, 다시 해 볼게. 다시 해 보면 되잖아! 타 달라고 한 주제에 요구 사항도 많네."

이미 그렇게 말했는데, 됐다고 거절하면 오기에 불만 붙일 것이 분명했다. 녹턴은 마지못해 고개를 끄덕이고 며칠 뒤, 발로즈가 다시 찻잎을 가지고 돌아왔다. 녹턴은 전보다는 붉은빛이 도는 홍차를 가만히 내려다보았다.

"찻잎이…… 썩은 것 같은데."

"뭐? 말도 안 되는 소리 하지 마!"

"하지만 이상한 냄새가 나잖아. 설마 이 냄새가 네게는 안 나는 거야?"

"네 코야말로 썩은 거 아니야? 내가 맡아 볼 테니까 줘 봐. ……뭐, 음…… 대단한 냄새도 아닌데 뭐! 차향이 다 이렇지!"

"멋지네, 발로즈. 차 문화에 대한 완벽한 모독이었어. 발로즈 후작 각하께서 차를 즐기시는 걸로 아는데 뵐 일 있으면 네 의견을 전해 드릴게."

"아버지는 괜찮아. 어머니만 아니면…… 아니, 근데 진짜 너무하네! 내가 그렇게 못 탔다고? 알았어, 다시 탈게. 다시!"

"아니, 이제—."

차를 타 줄 필요는 없어.

오기를 자극하든 말든 녹턴은 그렇게 말하고 싶었으나, 발로즈는 이미 씩씩거리며 서재를 뛰쳐나간 뒤였다. 그 와중에 찻잎을 챙겨 간 것이 몹시도 발로즈다웠다. 스스로가 맡기에도 썩은 내가 났나 보지? 코끝에 남은 냄새가 유쾌하진 않았는데도 그 모양새가 우스워 녹턴은 몇 번이나 입꼬리를 움찔거렸다.

그 뒤로도 몇 번을 그랬다. 처음에는 온갖 기상천외한 짓을 벌이던 발로즈는 나중에 가서는 점점 그럴싸하게 차를 탈 줄 알게 됐으나, 그쯤에는 차를 거부하고 싶다는 녹턴의 마음도 변해 있었다.

아이의 분한 얼굴을 보는 게 조금 재미있어져서, 또 저를 위해 몇 번이고 차를 타 온다는 게 생소하고 나쁘지 않게 느껴져서. 차를 별로 즐기지도 않으면서 녹턴은 계속 까다롭게 굴었다.

그리고 마침내.

"오늘은 모든 게 완벽해."

어떻게 트집을 잡든 이거 낼 수 있다는 결연한 얼굴로, 발로즈가 녹턴을 찾았다. 어찌나 호들갑을 떨었는지 이번에는 어울리는 다기까지 챙겨 왔음에도 부산을 떨다 찻잔을 전부 깨 버리기까지 했다. 다행히 티포트는 무사해서 시종이 새로 찻잔을 내오는 동안, 발로즈는 차를 우릴 수 있었다.

안에 찻잎을 넣고 끓는 물을 조금 식힌 뒤 잎에 부었다. 가져온 회중시계를 뚫어지게 들여다보기를 몇 분간, 시종이 찻잔을 테이블에 올리고도 몇십 초가 지나 발로즈가 티포트를 기울였다.

"다즐링, 로메르산의 최고급 찻잎이야. 방금 봤겠지만, 정확히 85도의 물이고 찻잎도 네 취향대로 정량보다 조금 덜 넣었어."

잔에 담긴 빛깔은 영롱해 보이기까지 했다. 맑은 다홍빛의 홍차는 평소 사용인이 타 오던 것에 비해서는 못할지 몰랐으나, 녹턴은 분위기에 휩쓸려 조금 감탄했다. 의기양양하게 잔을 미는 발로즈를 보며 그는 저도 모르게 웃었다.

녹턴의 손이 찻잔으로 향했다. 그러나 그대로 잔의 손잡이를 움기기 직전 그는 강렬한 긴장감을 느꼈다. 발로즈의 것일 리는 없고 제 것도 아닌 감정. 입가에 그려졌던 미소가 걷히고 연보라색 눈동자가 느리게 굴러 시종에게로 향했다.

벨로 리퍼드. 수년을 함께한 녹턴의 전속 시종은 패트시아 에드가의 열렬한 심복인 집사장이 천거하여 데려온 인물이었다. 그는 아무 일도 벌이지 않은 사람처럼 무표정한 얼굴로 시선을 내리깔고 있었다.

"처음 보는 잔이네, 벨로."

"예, 이번에 동부에서 새로 들여온 것입니다."

잔의 모양새는 고와 홍차의 빛깔과도 퍽 잘 어울렸다. 그러나 은잔은 아니다. 해독 마법이 새겨져 있지도 않았다. 녹턴은 그제야 깨달았다. 언제부턴가 이 애가 올 때면 사용인에게 따로 시음시키지 않았다는 것을.

물론 패트시아 에드가는 녹턴이 손님을 맞을 때면 섣부른 짓을 하지 않았다.

녹턴은 그걸 알았지만, 늘 조심했다. 상대가 언제까지나 똑같이 행동할 거라 기대할 수는 없었으니까.

그런데도 긴장을 느슨히 하는 걸 넘어 아예 태평히 지냈나 보다.

이 애의 앞에선, 두루아 발로즈의 앞에서는.

그 새삼스러운 사실을 깨달은 것이 하필이면 지금 순간이었기에 멋대로 속이 뒤틀린다. 자랑스럽게 웃고 있는 발로즈를 보니 한층 더 기분이 좋지 않았다.

찻잔을 손에 쥐지 않았음에도, 차향이 올라와 녹턴의 코를 간질였다. 모르는 체하려 해도 차분한 홍차의 향 사이로 미묘하게 거슬리는 냄새가 섞여 있었다.

아니, 모르는 척하는 게 이상한 거지.

어떻게 해야 할지는 정해진 문제잖아.

그는 가라앉은 눈으로 제 앞에 놓인 잔을 내려다보았다.

"솜씨가 아주 능숙해졌네."

"그렇지!"

"차 맛도 매우 좋을 것 같은데 발로즈, 괜찮다면 말이야. 이 좋은 차를 내가 누리기엔 아깝다는 생각이 들거든."

제 말을 이해할 수 없는 듯 발로즈가 눈가를 찡그렸다. 그를 보며 녹턴은 웃었다. 속이 엉망이라 표정 관리가 잘은 안 되었으나 억지로 눈을 휘었다. 다행스럽게도 겉으로 표가 나지는 않은 모양이었다.

"내 시종에게 주고 싶어."

"공, 공자님……?"

"벨로는 내 손발이나 다름없어. 어려서부터 곁에 뒀으니 이제 6년쯤 됐나, 몹시도 아끼는 시종이지. 내가 마시나 벨로가 마시나 별반 다를 건 없을 거야."

여상한 목소리로 말한 녹턴이 벨로에게 눈짓했다.

시종에게서 느껴지던 강렬한 긴장감에 다른 감정이 섞이기 시작한다. 의혹,

불안, 공포. 굳건히 유지하던 무표정도 조각나고 벨로의 얼굴에서 속에 품은 감정들이 고스란히 드러나기 시작했다.

"저는 괜, 찮습니다. 발로즈 영애께서 몸소 타 주셨는데……."

"벨로."

마셔.

"내 성의를 무시하려는 건 아니지? 영애의 앞에서 날 부끄럽게 만들려는 거야?"

네가 타 놓은 독이니까 네 입에 처넣으라고.

명예를 들먹이는 말에 시종이 떨리는 손으로 찻잔을 받았다.

찻잔이 잠깐 기울었다. 그러나 금세 잔은 원래대로 돌아오고 잔에 담긴 찻물은 조금도 사라지지 않았다. 녹턴의 눈썹이 조금 기울어졌다.

"왜 안 마시는 거야, 지금 영애의 성의를 무시하는 것처럼 보이는데."

"그, 런 게 아닙니다! 저는 그저, 조금 뜨거워서……."

"전부 마셔. 주인을 부끄럽게 하지 마, 벨로 리퍼드."

그렇게 말했음에도 그는 섣불리 잔을 기울이지 않았다. 발로즈 쪽으로 슬금슬금 눈을 굴리는 모양새가 어떻게든 도움을 청하는 형태였다.

멍청하기도 하지, 발로즈는 지금 상황이 어떻게 돌아가는지 이해도 못할 것이다. 그저 제 소꿉친구가 여느 때처럼 성질이나 부리고 있다고 생각하겠지.

설사 이해한다고 하더라도 뭐가 달라질까. 주인을 독살하려 한 시종의 편을 드는 귀족이 세상에 어디 있단 말인가. 그간 저택을 드나들면서 두루아 발로즈가 지나치게 싱겁게 보였나 보다. 그런 생각이 녹턴의 마음에 불을 붙였다.

소년은 끝내 자기 손으로는 찻물을 들이켤 생각이 없는 시종을 조금 도와주기로 했다. 그의 손끝이 잘게 흔들리고 검은 마나가 연기처럼 흩어졌다.

아무도 보지 못한 비밀스러운 마법은, 누구에게나 보이는 변화를 만들어 냈다. 벨로의 손이 본인의 의사를 무시하고 입으로 찻물을 처넣었다.

"우웁, 우으읍!"

"유감스럽게도 발로즈, 차 맛이 좋진 않은가 봐."

"……그러네. 미안하다고 해야 해?"

"한낱 시종에게 그럴 건 없지. 주제에 차가 뭔지나 알겠어?"

녹턴은 얼굴이 새파랗게 질린 사내를 비웃으며 손을 내저었다. 시종의 손을 옥죄던 마법이 사라지고 기다렸다는 듯이 벨로가 방을 뛰쳐나갔다.

"아무튼 미안하게 됐네. 네게도 폐를 끼친 것 같으니 이만 돌아가 봐도 좋아."

발로즈는 무슨 생각을 하는지, 드물게 가라앉은 눈으로 녹턴을 물끄러미 바라보았다. 그를 탓하는 말은 없었고 얼굴에 확연한 분기가 서려 있지도 않았다. 입 밖으로 어떤 말도 쏟아 내지 않고 소녀는 물끄러미 소년을 바라보다가, 곧 몸을 일으켰다. 아무런 인사말도 없이 두루아 발로즈가 서재를 나섰다.

그렇게 돌아가는 뒷모습을 처음 보다 보니 기분이 이상했다. 영영 돌아오지 않을 사람처럼, 다시는 만나지 않을 사람처럼 괜히 그런 기분이 들어서…….

아니, 대수로운 일도 아닌가.

녹턴은 입을 달싹이다가 결국 언제나 하던 말을 했다.

"……또 와, 발로즈."

발로즈는 잠시 녹턴을 돌아보고는 곧 다시 걸음을 옮겼다.

조용한 발걸음 소리가 멀어지기를 얼마간, 기척이 사라졌다.

기분이 상했나, 할 수 없다. 그렇다고 독이 든 차를 마셔 줄 수는 없는 노릇이니까. 공작이 저를 죽이려 한다고 설명할 수도 없고…….

그렇게 생각하다가, 소년은 마치 스스로 변명이라도 하는 것 같다는 생각이 들어 고개를 저었다.

패트시아 에드가가 좀 더 직접적으로 나왔다는 건 경계할 일이었으나 아무 튼…… 중요하지 않은 일이다. 대수롭지 않은, 어느 때와 다름없는 일상. 달라 진 건 아무것도 없고 그리고…….

생각할수록 녹턴의 기분은 나빠지기만 했으나, 생각이란 원래 제 뜻대로 멈 출 수 있는 것은 아니었다.

녹턴도 그랬다.

녹턴 에드가는 그날 온종일 같은 생각을 했고, 두루아 발로즈는 그 뒤로 한 번도 그에게 차를 타 주지 않았다.

대단치는 않은 변화였다.

그래도 시간이 지나니 그는 조금이나마 제 곁을 내 주긴 했으나, 자존감이 어찌나 낮은지 녹턴은 끊임없이 나를 시험하려고 들었다. 한두 번에 그쳤다면 조금 기분이 상하다가도 넘어갔을 시시한 시험이 대부분이었다.

그렇기에 한때는 남들과 달리 나를 시험하는 태도가 내 관심을 끌고 싶어서, 내가 남들보다 특별하기 때문이라고 생각한 적도 있었다. 녹턴의 본 성격을 아 는 사람은 나뿐인 것 같았고 그 때문에 나는 알량한 우월감에 취해 있었으니까.

그러나 그런 일들이 쌓여 가며 나는 내 생각이 전부 착각이었다는 걸 깨달았 고 차츰차츰 그에 대한 신뢰를 잃어 갔다. 시험을 한다는 자체가 나를 믿지 않 는다는 뜻이고 내가 어떤 답을 하든 상관없다는 말이었다. 그게 특별하다는 증 거일 리 없었다.

그가 내 반응을 유심히 살피는 것은 알았지만 내 속이 뒤틀린 탓인지 이따금 그게 재미 삼아 하는 일처럼 보이기도 했다. 이를테면 내 죄책감을 자극했던,

셰릴 보르나인에 대해서도 그랬다.

"보르나인 후작 영애를 싫어해?"

녹턴과 화해를 하고 두어 달가량이 지났을 무렵, 그는 돌연 물었다.

보르나인을 싫어하느냐고? 하기야 이따금 그녀와 마주칠 때마다 곱지 않은 말이 오갔으니 모르기도 힘들 것이다.

누군가를 싫어한다고 답하는 것이 좀 머뭇거려지긴 했으나 확실히 감정이 좋은 것은 아니었다. 처음의 의도가 어쨌든 간에 나중에는 그녀가 진심으로 녹턴을 좋아하는 것 같았지만, 저번에 들은 말을 잊을 수는 없었으니까. 나는 녹턴에 대한 죄책감과 친애로 인해 다소 강박적으로 미움을 이어 가고 있었다.

"좋아한다고 말할 수는 없네."

"왜?"

"그건……."

너를 장난감 삼아 놀겠다고 말하는 걸 들었거든.

이유야 분명히 있었지만 그렇게 얘기할 수는 없었다. 녹턴이 셰릴 보르나인이 접근한 의도를 알든 모르든 내 입에 올릴 말은 아니었다.

괜히 말을 전했다가 기분만 상하게 되겠지. 자존심이 상할 수도 있고. 어쩌면 녹턴의 주변에는 그런 사람들이 너무 많아서 알면서도 아무렇지 않을지도 몰랐지만, 난 그럴 수 없었다.

나는 마침 새로운 화젯거리가 생각나서 다급히 입을 열었다.

"그냥 좀 나랑 안 맞아. 맞다, 이번 파티 때 파트너 필요하다고 하더라. 우린 성인도 아니니까 꼭 있어야 하는 건 아니라지만, 또래 귀족들이 전부 말 맞추고 있더라고. 파트너 좀 해 줄래?"

녹턴은 무슨 생각인지 묘한 눈으로 나를 보다가 어깨를 으쓱였다.

"생각해 볼게."

그리고 파티 날이 되었다. 당일까지 그러겠다는 답이 없었기에, 나는 적당히 알로이의 친구를 파트너로 삼았다. 약혼녀가 있는 사람이었지만 나와 나이 차이가 제법 났기에 약혼녀도 귀엽게 넘어가 준 모양이다.

어차피 말을 돌리기 위해 꺼낸 얘기라 녹턴이 파트너를 해 주지 않았다고 서운하지도 않았다. 그러나 막상 녹턴의 파트너를 확인한 순간 나는 뒤통수를 얻어맞은 기분이 들었다. 그의 파트너는 셰릴 보르나인이었다.

태연히 인사를 건네는 녹턴을 보며 여러 가지 생각이 들었다.

보르나인이 자기 뒷말을 하고 다닌 걸 정말 모르나? 나한테 싫어하냐고 물어보고 이러는 건 뭐야?

평소 행실이 마음에 들지는 않아도 그녀를 싫어한 결정적인 이유는 녹턴 때문이었기에 나는 한층 바보가 된 기분이었다.

심지어 파티가 끝난 다음 날 저택에서 그와 나눈 대화는 나를 더 황당하게 만들었다. 왜 그녀를 파트너로 삼았느냐 캐묻는 건 어쩐지 구차해 보였기에 나는 애써 입을 다물고 있었는데, 녹턴이 태연하게 물음을 던졌다.

"내 가짜 생일이 지나고, 네가 다시 저택에 오기 전에 말이야. 파티에 갔었지?"

"······뭘 확인하듯 물어. 너도 갔잖아."

"그때, 네가 보르나인 후작 영애를 노려보던 걸 봤어. 그래서 네가 다시 온 게 그 때문이 아닌가 하고."

"그러니까 너는 내가······ 그 애를 엿 먹이고 싶어서 너랑 가깝게 지내려 했다고 의심했다는 말이야?"

"그런 것도 없지 않아 있지만."

"하고 싶은 말 있으면 똑바로 말해."

"내가 그런 짓을 해도, '발로즈'가 저택에 올지 확인하고 싶었어."

51

그렇게 말하고 웃는 모양새가 이상하게 만족스러워 보였다. 그를 보자 이번에는 내 속이 뒤틀렸다.

확인하고 싶었다고? 내가 싫어하는 사람과 네가 어울려 다녀도 내가 저택에 올지 확인하고 싶어? 내가 얼마나 호구같이 구는지 알고 싶었단 말이야?

그래서 이제는 확인하니까 내 반응이 즐거워? 그게 재밌어?

속에서 화가 치밀어, 나는 다 식은 차를 그의 발등에 부어 버리고 서재를 나왔다. 셰릴 보르나인을 싫어하느라 애쓰던 게 다 의미 없는 것 같아서 그쯤부터는 내 것도 아니었던 미움을 내던져 버렸다. 이후로도 시비가 오가는 통에 감정이 좋아진 것도 아니었지만.

그래, '발로즈' 하니 생각난 건데. 심지어 그는 내 이름조차 부르지 않았다. 불만을 품은 내가 그를 몇 번이나 추궁했음에도, 꿋꿋이 발로즈란 호칭을 고집했다. 그 거리감 있는 호칭을 참다 참다 결국 터져 버린 날도 있었다.

얕은 비가 내리는 여름날이었다. 구름이 껴 하늘이 흐리고 분위기가 가라앉았던 날, 여느 때처럼 에드가를 방문한 나는 녹턴의 옆에서 책을 읽고 있었다. 실상, 읽고 있다기보다는 그저 보고 있다는 말이 어울렸다. 그때쯤에 나는 온통 다른 쪽으로 정신이 팔렸었으니까.

"이제 '발로즈' 소리 좀 그만하면 안 돼?"

생각해 보면 난 좀 자만하고 있었다.

녹턴 에드가에 대해 충분히 알았고 그도 나를 특별히 여기고 있다고 착각하던 시기였다. 어중간한 시험은 그때에도 있었지만 그게 특별하다는 증거인 줄 알았던 날. 그렇기에 녹턴이 나를 친근하게 부르지 않는 것이 불만이었다.

"발로즈잖아."

"내 이름은 두루야. 그건 우리 가문이고."

"새삼스럽게 왜. 발로즈 후작 영애라고 불리는 일이 더 많잖아."

52

"그게 같아?"

"글쎄, 그게 중요해?"

"그럼 나도 에드라고 불러도 상관없겠네."

말해 놓고도 유치했던 것 같아 아차 싶었으나 돌아온 대답은 민망함도 잊게 했다.

"곤란하지."

"왜?"

"에드가 영식은 내 위로도 둘이나 있거든."

"발로즈에도 알로이가ㅡ."

오기 삼아 번쩍 고개를 치켜든 순간 그와 눈이 마주쳤다. 옅게 웃는 얼굴은 평소와 다를 바 없었지만, 책이 아니라 나를 보는 눈빛에서 나는 분명히 읽어 낼 수 있었다.

날 시험하지 마.

녹턴은 그리 말하고 있었다.

돌이켜 보면 우스운 일이다. 저는 되고 나는 안 된다니, 그야말로 딱 어린애가 할 법한 이기적인 소리였는데 그때는 왜 아무 말도 못 했는지.

전생의 일을 기억한다고 해서 정신연령이 따라오는 것은 아닌 모양이다. 생각해 보면 엉성하고 우스운 판단도 많았으니까. 그런 일들로 인내심의 한계를 실감하며 내가 이렇게 살아야 하나 회의를 느꼈지만, 결론은 다른 이유로 같았다.

자라면서는 운명의 강제성이 없다는 것을 깨달았으나 오기도 생기고 정도 붙었다. 황제조차 함부로 할 수 없는 권력가의 곁에서 덩달아 위상이 올라가는 것이 달갑기도 하고, 그래도 녹턴이 조금쯤은 나를 특별히 여길 거라는 미련을 떨치기도 힘들었다. 길고 긴 시간을 함께하면서 다양한 종류의 감정도 켜켜이 쌓여 갔다.

그러나 개중에 사랑은 없었다. 어릴 적과 달리 훌쩍 높아진 시야에 커다래진 손을 보며 이따금 가슴이 울렁거렸으나, 조그만 설렘이라도 느낄라 치면 녹턴은 또다시 나쁜 버릇으로 나를 시험하곤 했다.

네가 이래도 내 곁에 있을 거야?

실상은 매번, 다음 만남을 기약하는 건 그였으면서도.

그럴 때마다 나는 상기하곤 했다. 녹턴에게 있어 내 의미는 그 정도라고. 아끼는 친구가 아니라 오랜 시간을 함께한, 남들보다는 나은 유희거리라고. 소중하고 떠나지 않길 바라는 사람을 상대로 시험을 하려 들 리 없다.

번번이 기분이 상하고 차올랐던 마음이 빠져나갔다. 그런 시간이 반복되면서 녹턴을 향한 감정은 이도 저도 아닌 미묘한 것으로 변질되어 갔다. 사랑은 아니고 미움도 아니다. 정이 들긴 했지만 소중하게 느껴지지는 않았다.

그런 취급을 당하면서도 자존심도 없이 붙어 지낸 탓인지, 녹턴 에드가는 내가 저를 사랑하고 있다고 착각하는 모양이었지만. 관계는 병들어 가고 있었다.

깨달았을 때도 굳이 멀어지려 하진 않았다. 녹턴이 아까웠다기보다는 내가 게으른 탓이다.

오래도록 쌓아 온 관계라는 건 그 자체만으로 안정감이 있어서, 마냥 소중한 사람이 아니라도 굳이 그걸 내버리고 싶지는 않았다. 오래되고 쓸모없는 인형을 버리지 않는 것처럼.

게으르고 무딘 생각에 변화가 찾아온 것은, 데뷔탕트 볼을 치르고도 조금 시간이 지나서였다.

"그나저나 영애의 약혼은 언제인가요?"

그 말을 한 게 보르나인 후작 영애였거나, 엘포드 백작 영식이었거나 가십을 사랑하는, 혹은 나를 미워하는 인사였다면 나는 조금도 신경 쓰지 않았을 것이다. 내가 녹턴을 사랑하고 있다고 믿는 사람은 비단 녹턴 에드가만은 아니었으니까.

어렸을 때는 왜 저런 지뢰를 가까이할까 이상하게 보는 시선이 전부였지만, 시간이 지나 녹턴이 인정받은 뒤에 우리의 관계는 다르게 취급받았다. 나는 싫다는 사람을 붙잡고 사랑을 갈구하는 머저리로, 녹턴은 싫은데도 유년의 정 때문에 거절하지 못하는 가엾고 자애로운 성인으로. 남의 일에 어쩌나 관심들이 많은지, 호기심을 채우려는 목적으로 혹은 나를 조롱하려는 목적으로 언제쯤 혼약을 맺느냐 묻는 이들이 많았다.

그러나 이번에 내게 약혼이 언제인지 물은 사람은 그런 부류가 아니었다. 가십을 즐기지 않고 나를 조롱할 생각이 없는 이들에게도, 이제는 나와 녹턴이 그렇게 보이게 된 것이다.

전자의 사람들이라면 코웃음을 치고 말았겠지만 이번은 달랐기에 나는 구태여 녹턴과는 친구일 뿐이라며 변명 아닌 해명을 늘어놓았다. 고개를 끄덕이며 경청한 명망 높은 부인은 곧 다시.

"그렇군요. 하지만 아직은 친구라도 약혼을 너무 미루는 건 좋지 않아요. 두 사람 다, 약혼자가 있어야 할 나이잖아요."

말 몇 마디로는 깨뜨릴 수 없는 굳건한 믿음을 보고 나는 입을 다물어 버렸다. 그러고 나니 새삼스러운 일들이 눈에 들어왔다.

데뷔를 치르고 나서는 개나 소나 받는다는 혼담도 하나 들어온 것이 없고 무도회장에 가도 내게 춤 신청을 하는 사람이 하나도 없다. 그쯤에서야 나는 일의 심각성을 느꼈다.

당사자들은 그럴 생각도 없지만, 너무 오래도록 질척인 탓인지 오해가 진실처럼 퍼져 버렸다. 에드가 공작가는 다른 공작가와 비교하기에도 무척이나 특별한 가문이었기에 그럼에도 혼담이 제법 들어오는 모양이었지만 평범한 후작가인 발로즈는 먼지만 날렸다. 생존형 친분이랍시고 이상한 짓을 하다가 내 혼삿길이 막혀 버린 게 아닐까.

결혼을 안 한다고 인생이 무너지지는 않을 것이다. 그러나 언니가 있어 후작가를 물려받지는 못한다. 그녀는 곧 결혼할 예정이기에 내가 저택에 버티고 있으면 더부살이로 끼어 사는 셈이 된다. 그리 생각하니 무언가 미래가 몹시도 궁상스럽게 느껴졌다.

시기적절하게도, 그쯤 발로즈 후작가에 처음으로 혼담이 들어왔다. 나와 마찬가지로 심경이 복잡해진 아버지가 여러 인맥을 동원하여 들여온 인연이었다. 아버지도 어머니처럼, '각하와 결혼하면 되지.' 정도의 마음가짐인 줄 알았던 나로서는 놀라지 않을 수 없었다. 심지어 혼담 상대로 들어온 남자는 나를 더 놀라게 했다.

애런 클레이모어. 상대는 작중에서 앨리스를 사랑하게 되는 서브 캐릭터였다. 남자 주인공의 이름마저 애매했기에 조연의 이름을 기억하던 것은 아니었다. 다만 백금발의 기사 캐릭터라는 이미지만큼은 제법 뚜렷하게 생각났다. 훌륭한 배경에 외모마저 녹턴에 비할 만큼 출중했기에 나는 그 사람을 보는 즉시 정체를 확신할 수 있었다.

아무튼. 녹턴이야 내가 직접 접근했다지만 남자 조연과 혼담으로 엮이게 될 거라고는 생각해 본 적도 없었다. 사실 무도회장에서 한두 번 스쳐 지나갈 때를 제하면 마주친 적도 없었고. 처음 봤을 때는 감탄스럽게 입을 벌렸지만 기사 수행 때문인지 몇 년이나 사교계에 나오질 않아 존재감조차 희미해지던 차였다.

예상치도 못한 혼담이었으나 솔직히 달가웠다. 외관은 빛이 나도록 훤칠하고 기사 가문의 사람답게 체격도 컸다. 햇살이 미끄러지는 백금발 아래, 눈이 태양처럼 붉게 빛나는 사내는 말솜씨가 유려하지는 않아도 인성으로도 좋은 소문이 자자했다. 비록 다른 여자를 사랑하게 될지도 모른다는 커다란 단점이 있었지만 그것을 감안할 만큼 매력적이었다.

두루아 발로즈의 알맹이가 달라진 탓인지 세상이 꼭 원작대로 흘러가지 않는다는 것도 크나큰 유혹거리였다. 어쩌면 이 사람은 앨리스가 아니라 나를 사랑할지도 모른다. 아무렴 남자 주인공도 아니고 조연인데, 녹턴보다야 쉽겠지.

고민이 아예 없지는 않았으나 나는 혼담을 수락했고 약혼을 치렀다. 막상 약혼을 준비하면서는 내 뜻대로 되는 게 하나도 없다는 걸 실감했지만 일단은 미루어 두고.

그 외에도 이런저런 이야기가 있었으나, 대체로는 내가 알던 흐름에서 크게 벗어나지는 않았다.

앨리스는 무탈하게 수도로 올라와 리모란드 공작가의 일원이 됐고(연기에 미숙해서 경악한 척하는 건 힘들었지만) 중간에 무슨 일이 있던 건지는 몰라도 녹턴과 약혼 직전까지 왔다. 원작을 기준으로 한다면 남은 일이라고는 두루아 발로즈의 화형과 애런 클레이모어가 어떤 식으로든 앨리스에게 반하게 되는 것, 그리고 앨리스와 녹턴이 결혼으로 맺어지는 것뿐이다. 이제 와서 내가 화형당할 것 같지는 않았고, 애런 클레이모어도 뭔가 걸리는 것이 있어 앨리스를 사랑하게 될 거라고 확신할 수 없었지만 한 가지만은 확실했다.

녹턴과 앨리스는 곧 맺어질 것이다.

아무렴, 약혼을 앞둔 상황에 주인공으로 배정된 두 사람이 이제 와 멀어지진 않겠지.

달리 말하자면, 남은 이야기는 이제 뻔하디뻔한 마무리다.

분명 그럴 텐데, 그래야 할 텐데…….

"예지몽……에서 봤다고, 그러니까 녹턴이 악당이란 걸……."

이 시점에서 예지몽이라니, 이 무슨 뜬금없는 소리란 말인가.

두루아 발로즈의 서사시를 머릿속으로 죽 넘겨봤지만 짐작 가는 글자조차 없다. 원작의 주인공한테 그런 능력이 있었다면 애당초 내가 모를 리가…….

음, 이건 확신할 수는 없지만, 내 기억력을 신뢰할 수 없는 것과는 별개로 앨리스의 말도 믿기 어려웠다. 그렇기 때문에 내가 의심한 것은 다른 쪽이었다. 앨리스의 주량은 보기보다 강했지만 이 시점에서 제일 의심하기 좋은 범인은 취기였으니까.

나는 그녀의 안색을 살피며 조심스레 입을 열었다.

"앨리스. 혹시 아까 그 샴페인 마셨어? 도수가―."

"난 취한 게 아니야."

아무렴, 취한 사람은 자기가 취했다는 말은 절대로 안 하는 법이지.

"정말이야, 한 잔도 마시지 않았는걸."

밖으로 꺼내 놓지도 않은 속내를 어떻게 알았는지 앨리스가 단호하게 부정했다.

"네가 섣불리 믿지 않을 걸 알아. 그래서 나도 여태까지 말하지 못한 거고."

"그러니까…… 진심이야?"

"조금 뒤 에드가 공작 각하께서 너를 찾으러 올 거야. 각하를 자극하지 마. 침착하지 않은 상태라 심한 짓을 할지도 몰라."

"오…… 굉장히 우화 같은 조언이네."

무어라 말하면 좋을지 알 수 없어서 나는 잠시 난간 너머를 바라보았다.

"별로 믿기지는 않아. 녹턴은 한 번도 이성을 잃은 적이 없거든. 침착하지 않다는 게 다른 의미일지는 모르겠지만 말이야."

"그렇게 생각하더라도, 두루아."

"테라스로 온다고 해도 내가 아니라 너를 찾아오는 거겠지. 아무렴 약혼 발표를 코앞에 둔 상황에서는 그쪽이 자연스럽잖아."

"아…….".

"나는 네가 약혼 얘기를 하러 온 줄 알았어."

앨리스가 먼저 말을 꺼내기 전까지는 묻어 두려고 했는데 결심은 너무도 쉽게 울타리를 넘었다. 꿋꿋이 참고 기다렸는데도 이 애의 입에선 영 약혼 이야기가 나올 것 같지 않았기 때문이다. 두 사람의 약혼을 두루아 발로즈에게 말해야 한다고 생각하는 건 나뿐인 것처럼.

울컥하는 마음이 솟아났다.

"설사 내가 녹턴에게 마음이 있었어도, 이미 다른 남자와 약혼까지 치른 마당에 미련이 남았을 리 없잖아. 애당초 나는 그 애를 사랑하지 않는다고 몇 번이나 말했고. 왜 여태까지―."

녹턴과 혼담이 오간다고 내게 말해 주지 않았어?

흔들리는 앨리스의 눈을 보고 속말이 목 너머로 넘어갔다. 가장 친한 친구라고 말해 놓고 약혼 소식도 전하지 않은 건 아무래도 서럽기는 했다. 더군다나 상대 역시 내가 잘 아는 사람이었기에 더더욱. 언젠가는 이런 일이 일어날 건 알고 있었지만, 그럼에도 기습적인 소식에는 언제나 놀라기 마련이다.

숨긴 이유는 짐작할 만했다. 앨리스 또한 나와 녹턴 사이에 무언가가 있다고 믿는 부류였기에. 하나 그렇기에 더더욱 당사자의 입으로 듣고 싶은 말이었다. 내가 녹턴을 사랑한다고 착각했다면 앨리스와 그의 약혼 소식이 내게 상처가 될 거라고도 생각했을 것이다. 상처를 주는 것이 두렵다고 피하는 대신 두 사람의 감정이 사랑에 이르기 전에 말해 주기를 바랐다. 녹턴은 아니더라도 앨리스는 직접 말해 주길 바랐다. 내가 녹턴에게는 말하지 않던 약혼 소식을 그 애에게는 가장 먼저 말한 것처럼.

여기서 말을 더했다가는 감정이 격해질 것 같았기에 나는 가까스로 마음을 추슬렀다. 격랑에 휘몰린 채로 이야기를 하면 뾰족한 혀는 누구에게든 상처를 입힐 것이다.

"아무튼 앨리스, 지금은 혼자 있고 싶어. 겨우 사람들 시선을 돌려놓고 온 건데, 너와 있는 걸 보이면 뒷말이 어떻게 돌지 벌써부터 성가시네."

"⋯⋯미안해. 내가 너무 성급했어."

"그래, 그럼 다음에 이야기할 수 있을까? 내가 리모란드로 서신을 보낼게. 조금 조용하게 말이야."

"기다릴게."

처음보다 작아진 목소리로 대답하고는, 앨리스는 다문 입술에 힘을 주었다. 그대로 돌아 나갈 줄 알았는데 그녀는 커튼 앞에 멈추어 서서 다시 나를 보았다. 한결 결연해진 얼굴에서 조그만 입이 힘 있게 벌어졌다.

"있잖아, 두루아! 나는 약혼을 숨기려던 건 아니었어. 애당초 나는—!"

촤악, 테라스의 커튼이 요란한 소리를 내며 몸을 비쳤다.

갑작스러운 일에 놀라 빠르게 고개가 돌아갔다. 나보다 머리 하나는 더 높은 곳에서 요요한 빛과 눈이 마주쳤다.

"내가 밀회를 방해했나?"

녹턴 에드가.

청년의 입매가 가늘게 휘어졌다. 즐거워 보이지는 않는 웃음이다.

급하게 들이켰던 숨이 안도와 함께 늘어진다.

그러는 동안, 녹턴은 테라스로 아예 들어왔다. 바로 커튼을 치는 대신, 그는 얼굴이 질린 앨리스를 내려다보며 고개를 수그렸다.

"리모란드 영애, 잠시 자리를 비켜 줄래요? 발로즈와 둘이 할 이야기가 많아서요."

놀란 약혼녀를 상대로 할 말답지는 않다. 무심하다 못해 조롱하듯 들리는 목소리에 재차 당황하여 나는 앨리스의 안색을 살폈다.

그러나 앨리스는 제삼자인 나만큼도 놀라지 않은 것 같았다. 아랫입술이 희게 질리도록 깨물며 그녀는 힘겹게 녹턴과 눈을 마주하다가, 곧 아무런 답도 없이 테라스를 나갔다.

여상한 분위기는 아니었다. 둘 모두 나와는 연이 길었지만 두 사람이 함께 있는 걸 본 적은 없다. 그러나 소설의 관계상, 그리고 약혼을 목전에 둔 상황상 당연히 사랑에 빠져 있을 줄로만 알았다. 그러나 사랑보다는 오히려…….

"놀랍네, 발로즈. 네가 내 앞에서 다른 생각에 빠져 있을 줄이야."

"녹턴!"

코앞에 닥친 얼굴에 놀라 뒷걸음질 치다가 구두에 치맛자락이 걸려 넘어질 뻔했다.

녹턴의 단단한 팔이 등허리를 잡아 주어 참사가 일지는 않았지만. 마냥 반길 일은 아니었다. 숨결이 닿을 만치 가까운 거리, 나를 비웃기라도 하듯 그의 눈이 휘어졌다.

"조심해야지."

"……너 때문에 놀란 거잖아. 알겠으니 비켜."

"어려울 건 없지."

어깨를 으쓱이고 청년이 몸을 비켜 주었다. 가까이에 있기에 눈높이의 차이가 더욱 확연했다. 처음 만났을 때는 분명 내가 더 컸는데 언제 이렇게 차이가 났을까.

체격도 그랬다. 그리 운동을 즐기지 않는데도 앨리스 정도는 두 명도 넣을 수 있게 넓어진 그의 품이 묘한 감상을 자극했다.

"리모란드와 무슨 이야기를 했어?"

"친구끼리 할 만한 시답잖은 얘기지. 내가 네 험담이라도 했을까 봐 걱정돼?"

"글쎄, 험담이라면 늘 하잖아."

"부정할 수는 없지만 앨리스한테는 안 해. 그 앤 네 약혼녀잖아. 앞으로 평생을 함께할 텐데 나쁜 얘기해서 좋을 게 없지."

앨리스는 나한테도 소중한 친구고.

어쩐지 변명처럼 길어져서 마지막으로 나가려던 말을 삼켰다.

그럼에도 녹턴의 눈엔 내가 구질구질하게 보일지도 모른다는 생각이 들었다. 그에게 좋아한다고 말한 적은 없지만, 그를 좋아하지 않는다고 말한 적도 없다. 눈치로 보아 내가 저를 사랑한다고 믿는 모양이니 무슨 말을 한들 변명으로 보이겠지.

녹턴의 얼굴이 나를 비웃고 있을 것 같다. 그런 얼굴을 보고 싶지 않았으나 마냥 피할 수만도 없어 나는 고개를 들었고 그와 눈이 마주쳤다.

뜻밖에도 녹턴의 얼굴에는 웃음기라곤 한 점도 없었다. 함께한 시간이 길었음에도, 노골적으로 싸늘한 눈빛은 낯설었다. 행동에서는 별 차이가 느껴지지 않았으나 아까부터 분위기가 이상했다. 아니, 그보다 좀 더 전부터……

언제부터였더라.

"약혼은 다음 달에 하려고. 와 줄래?"

"……선물은 보낼게. 너도 알겠지만 참석은 무리야. 내가 네 약혼식에 참여한다면 별 구질구질한 소리가 다 나올걸."

"그런 섭섭한 소리가 어디 있어, 발로즈. 내 가장 소중한 친구가 내 약혼식에 오지 않겠다니. 사람들의 시선 같은 건 하등 의미 없어, 알잖아?"

소중한 친구라니 가당치도 않다. 나는 하마터면 소리 내어 웃을 뻔했다.

"취한 거야, 미친 거야?"

"듣긴 좋잖아."

"본심인 줄 아는 사람한테나 그렇겠지. 아무튼 거긴 갈 생각 없어, 너뿐 아니라 애런도 구설에 휘말리게 될 테니까."

"다정하게 부르네, 만난 지 얼마나 됐다고."

별걸로 다 시비야.

나는 테라스를 나가기로 마음을 바꾸었다. 어디서 무슨 일이 있던 건지 심기가 상한 모양인데 이 이상 말을 끌어 봐야 좋을 게 없어 보였다.

녹턴을 지나쳐 걷는 순간, 몸이 뒤로 당겨졌다. 온몸을 빈틈없이 메우는 온기에 몸이 굳었다. 이런저런 일들이 많았지만 그에게 끌어 안긴 것은 처음이다. 아니, 처음이고 뭐고 말할 것도 없이 그럴 관계가 아니었다.

당혹감에 심장이 쿵쿵 뛰었다. 저의를 알 수 없어 머릿속이 희게 질린다.

그때, 낮은 웃음소리가 났다. 내 당혹감을 즐기듯 비웃는 소리였다.

등골을 타고 싸늘한 기운이 흐르고 그제야 감정이 가라앉는다.

"애런 클레이모어가 소중해?"

그래, 녹턴은 원래 이런 사람이었다. 속삭이는 목소리에는 오래간만에 시험이 담겨 있다. 어느 정도 그와 가까워지고부터는 내내 들어왔던 저열한 테스트.

"십수 년을 함께한 나보다?"

그래도 이렇게 직접적으로 묻기는 처음이다.

녹턴의 방식은 좀 더 간접적이었다. 또한 입으로 말하기보다는 행동으로 선택할 수밖에 없도록 상황을 만들어 가곤 했다. 이 정도는 그냥 심술밖에 되질 않는다.

기다란 손가락이 내 머리끝을 간질였다. 머리끝에서 시작된 간질간질한 감촉이 목덜미로 퍼지고 솜털이 곤두선다. 새삼 그런 생각이 들었다. 내가 정말로 녹턴을 사랑했다면 많이 힘들었겠다고.

"애런은 나를 두루아라고 불러."

머리칼을 매만지던 손끝이 멈칫했다. 나를 감싸 안은 그의 팔을 밀어내고 녹턴의 품에서 나왔다.

"그게 친구와 약혼자의 차이인 거겠지. 잠잠해지면 연락할게."

굳이 녹턴의 얼굴을 보고 싶지 않기에 나는 그대로 커튼을 열고 테라스를 나왔다. 이 이상 그와 어울리기에는 기분이 더러워서, 차라리 사람들에게 물어뜯기는 게 나을 것 같았다.

❧❀❧

제 팔을 뿌리친 발로즈가 그대로 테라스를 나갔다. 녹턴이 반사적으로 손을 뻗었으나, 뒤늦은 손길은 그녀의 팔은커녕 머리칼 한 가닥도 잡을 수 없었다.

허공을 그러쥔 손이 빈 채로 내려왔다. 잠깐이나마 품에 안았던 온기도 어김없이 사라졌다.

녹턴은 한껏 가라앉은 얼굴로 테라스의 커튼을 바라봤다. 그렇게 하면 테라스 너머의, 밝은 곳으로 간 두루아 발로즈가 제 눈에 보이기라도 할 것처럼.

그런 말을 하려던 게 아니었다. 아니, 딱히 무언가를 말하려던 것도 아니었지만.

앨리스 리모란드와 발로즈가 함께 있는 것을 보고는 불길한 예감이 송연하게 올라왔다. 그러던 와중에, 아는지 모르는지 발로즈는 속을 긁는 이야기만 해대서. 그는 다시금 지난날의 습관을 되풀이할 수밖에 없었다. 그럼에도 이번에는, 원하는 답을 들을 수 없었지만.

"발로즈."

들릴 듯 말 듯 조그만 소리를 입 안에서 굴려 보고는, 녹턴은 신경질적으로 제 머리칼을 쓸어 올렸다.

들끓는 감정을 가라앉히려 테라스의 난간을 움켜쥐었으나, 의미도 없이 난간은 부서지고 무너져 내렸다. 이렇게 되니 난간에 화풀이한 셈밖에 되지 않는다.

기가 차서 그는 손으로 얼굴을 덮었다. 마른 한숨을 길게 내쉬기를 얼마간, 손을 내린 얼굴에는 녹턴 에드가의 표정이 원래대로 돌아왔다. 다만 서늘한 눈빛은 평소 이상으로 날이 서 금방이라도 무슨 일을 치를 것만 같았다.

청년은 동요가 조금도 드러나지 않는 정갈한 걸음으로 테라스를 나갔다.

캄캄하던 테라스를 나서자마자 빛줄기가 눈을 찔렀다. 나는 잠시 인상을 찡그릴 수밖에 없었다.

휘황찬란한 샹들리에, 곳곳에 마법 등을 켜 놓아 동화처럼 빛나는 무도회장, 요즘 유행하는 대로 화려하기 짝이 없는 드레스와 예복들. 한순간 눈에 들어온 광경에 가슴께가 꽉 조여들었다.

트레이를 든 시종에게 다가가 샴페인 한 잔을 넘겨받고 나는 그대로 부글거리는 노란 액체를 입에 부었다. 스트레스 때문에 뭘 먹지 않았더니 빈속에 샴페인이 흐르는 것이 고스란히 느껴졌다. 속이 이렇게 막혔는데 또 이렇게 비어 있다니, 실로 모순적인 일이었다.

트레이에 빈 잔을 되돌려 놓기까지 1분은 지났을까. 군중 속의 하이에나들이 눈을 빛내기 시작했다. 두루아 발로즈가 녹턴 에드가를 열렬히 사랑한다는 헛소문이 떠도는 상황에서, 녹턴이 다른 사람과 약혼한다는 소식을 들은 순간 그들이 내 얼굴을 가장 먼저 떠올렸을 것은 뻔하다. 사교계는 언제나 가십을 사랑했고 가십의 대상이 고위 귀족일수록 떠드는 이들은 더 행복해했으니까.

그래, 내가 보고 싶었겠지. 얼마든지 봐.

속으로 이죽거리며 나는 안 그래도 치켜 오른 눈매에 바짝 힘을 주었다. 마침내 내 곁으로 몇 마리가 다가왔다.

"어머, 발로즈 후작 영애. 왜 가만히 계세요? 무도회를 즐기시지 않고."

"그러고 보니 왜 혼자시죠? 파트너인 공작 각하께선…… 아, 오늘은 파트너가 아니셨지요."

보르나인 후작 영애를 필두로 너덧 명의 남녀가 나를 감싸듯 섰다. 징그럽게도 익숙한 무리였다. 이름을 아는 사람은 셰릴 보르나인과 로직스 엘포드뿐이지만.

"각하께서 약혼을 앞둔 걸 그만 잊고 있었네요. 실례가 되었다면 미안해요."

"그런데 각하가 아니라면 후작 영애의 이번 파트너는 어느 분입니까?"

대꾸가 없는데도 조잘거림이 끝이 없다. 내게 무슨 말을 바라는지는 뻔했다. '오늘은 파트너가 없어 혼자 왔어요.' 같은 괜히 초라해 보이는 답을 기다리고 있겠지.

그러나 유감스럽게도 틀린 기대다. 되도록 같이 있는 자리에서 말하고 싶었지만 당장은 조악한 무기라도 필요한 판이니까. 나는 되도록 재수 없어 보이도록 녹턴을 흉내 내 웃었다.

"오늘 파트너는 제 약혼자예요. 유감스럽게도 일이 있어 저를 데려다주고 바로 떠났지만요."

"약혼이요……?"

"정확히 반 년 전에 약혼했어요. 에드가 공작 각하께서 예비 약혼녀를 만나신 날보다 딱 세 달 이른 날에요."

그러니까 차인 게 아니라 내가 찼다고.

사실은 차고 차이고 할 만한 사이도 아니지만.

아무리 해명해 봐야 남녀가 엮이면 연인 관계라고 쑥덕거리는 앵무새들에게는 의미가 없을 것이다.

"별로 숨긴 일도 아닌데 여러분들 귀에는 들어가지 않았나 봐요. 이상도 해라, 각하는 약혼도 전인데 모두 알고 계시잖아요."

"그래 봐야—!"

"그러고 보니 보르나인 후작 영애께는 안타까운 일이네요. 조용히 듣기로는, 후작 영애께서 각하께 혼담을 넣으셨다고요. 결과는…… 뭐, 이렇지만."

"무, 무슨 소리를 하시는 거예요!"

셰릴 보르나인의 얼굴이 삽시간에 새빨개졌다. 입고 있는 드레스보다 붉게 물든 얼굴이 딱 그 나이 대의 소녀 같다. 녹턴을 조롱하려던 때가 있었다고는 믿기지 않을 만큼. 그녀의 무리들은 처음 들은 이야기인지, 영문 모를 표정으로 서로를 쳐다보고 있었다.

하기야, 혼담을 넣은 것도 오죽 은밀했어야지. 보르나인과 에드가의 사람이 아니라면 아무도 모를 것이다.

그런 의미에서는 내가 가볍게 말할 이야깃거리는 아니었으나, 상대가 먼저 시비를 걸어왔는데 자애롭게 넘어가 주기도 곤란하다. 얕보이면 잡아먹히는 세상이 아니던가. 애당초 녹턴 에드가 때문에 잔뜩 화난 사람에게, 그를 들먹이며 속을 긁는 게 잘못된 거다.

물론 상대는 좀 전까지 내가 녹턴과 있었다는 것도 모르겠지만, 알 바인가. 내 사정은 생각도 않는데 군이 상대의 사정을 생각해 줄 이유도 없지.

비죽 웃음이 나서, 나는 부채를 펴고 입을 가렸다.

"아닌가요? 공작 각하께서 친우인 제게 몸소 말해 주신 건데, 잘못된 이야기라면 미안해요. 그런데 각하께서 이런 일을—."

"됐으니 그 얘긴 그만하세요!"

뾰족하게 목소리가 솟았다. 안 그래도 많은 사람들이 보던 와중에 큰 소리가 나니 이제는 보르나인의 얼굴을 보지 않는 사람이 드물 지경이다. 예정대로라면 오늘의 주인공은 나였겠지만 지금 순간만큼은 다른 사람이었다.

시선이 몰린 것을 참지 못하고 보르나인이 휙 몸을 돌려 뛰어갔다. 어리둥절해하던 무리도 그제야 상황을 파악하고 그녀의 뒤를 쫓아갔다.

일단 세릴 보르나인은 쫓아냈지만, 다음은 어쩐다.

나를 조롱하고 싶어 하는 사람 모두가 녹턴에게 혼담을 넣은 건 아니었다. 이렇게 기분이 상한 상황에서 반격할 무기마저 없으면 체면을 잃고 욕지거리라도 퍼부을 것 같은데. 차라리 일을 치르기 전에 돌아가는 게 좋을까.

도망친다는 말을 듣기 싫어 꾸역꾸역 이 자리에 나왔지만 녹턴과 말 몇 마디를 나누고 나니 얕은 인내심이 모조리 닳았다. 어차피 뒷말은 돌 테니까 차라리…….

"두루아."

곰곰이 생각에 잠겨 있는 때 누군가가 나를 불렀다. 잘못 들은 게 아닐까 생각했지만, 고개를 돌리자 보인 사람은 애런 클레이모어였다.

"일이 있다고 하지 않았어요?"

"서둘러 처리하고 왔습니다. 아무래도 당신을 혼자 둬선 안 될 것 같아서요."

말도 참 달게 하네. 먹어선 안 될 열매인 건 마찬가지면서.

의도하고 한 말은 아니겠지만 저런 말을 들을 일이 없다 보니 가슴이 뭉클하긴 했다.

"아무튼 고맙네요. 슬슬 돌아가고 싶었거든요."

기껏 와 줬는데 보자마자 돌아가자고 말하기도 뭐했지만 무도회장을 기피하기로서는 피차 마찬가지였기에 그의 얼굴이 조금 밝아졌다. 어쨌거나 돌아가기 직전, 애런이 얼굴을 비춰 준 덕에 녹턴에게 차인 궁상스러운 이미지는 벗어날 수 있을 것 같다. 애런이 붙어 있으면 더 달려들 사람도 없겠지.

녹턴 에드가만큼은 아니어도 애런 클레이모어 역시도 결혼 시장에서 최상위권에 있는 먹잇감이었다. 약혼자의 수준이 저 위에서 저 아래로 처박히는 건 조롱거리였지만, 저 위에서 조금 아래로 내려오는 정도로 뒷말이 나오지는 않았다. 더군다나 이쪽은 제법 쌍방으로 보일 테니까. 다만, 혼자 있을 때의 몇 배나 되는 시선이 쏟아지는 것은 감내해야 했다. 개중에는 힐끔거리는 것만으로는 부족한 사람도 있었는지 말 한 번 섞어 보지 않은 백작 영애가 내게로 성큼성큼 다가왔다.

"바, 발로즈 영애! 설마 약혼하셨다는 분이 클레이모어 경이셨나요?"

"그런데요."

"그럴 리가……! 클레이모어 경은 분명 결혼 같은 건 생각이 없다고 하셨잖아요!"

오, 공공연하게 말하고 다녔어?

"사랑을 모를 때의 이야기입니다."

"하지만!"

"미안하지만 에를린 백작 영애, 제가 너무 피곤해서요. 애런과의 이야기는 다음으로 미루어 주셨으면 해요."

이해하고 물러날 기세가 아니었기에 나는 할 수 없이 무례를 저질러야 했다. 지금 나는 너무 지쳤고, 그보다 기분이 안 좋았다. 남을 배려할 수 있는 상황이 아니다. 웃는 얼굴로 존댓말을 쓰는 것이 내 최후의 인내심을 끌어 쓴 결과물이었다.

기분이 상했는지 백작 영애의 얼굴이 붉으락푸르락 물들었지만, 솔직히 신경 쓰이진 않았다. 다만 이 이상 녹턴도 앨리스도 보지 않을 수 있다면, 가만히 있어도 생기는 적 정도는 몇 명이 늘어도 상관없었다.

소설 속에서 제일 잘난 두 남자를 모두 만났지만, 보다 임팩트 있던 순간은 애런 클레이모어와의 첫 만남이었다. 그 전에도 오며가며 얼굴을 봤기에 첫 만남이라기엔 다소 애매할지도 모르겠다.

어쨌거나 처음으로 응접실에 둘만 남겨진 순간, 그는 다짜고짜 무릎을 꿇었다.

"죄송하지만 발로즈 영애, 결혼은 없던 일로 해 주십시오."

아직 제대로 설레지도 않았는데 벌써 차이다니. 충격을 받았다기보다는, 그의 갑작스러운 행동을 이해하지 못해 눈을 깜박이기만 했다.

"어…… 왜요?"

돌아오는 대답은 없다.

"제가 마음에 들지 않으세요?"

재차 물었지만, 애런 클레이모어는 여전히 입을 열지 않았다.

커다란 사내가 무릎을 꿇은 채 바닥을 내려다보고 있다. 다소 부담스럽기는 했지만 굳이 일어나라고 말할 정도는 아니었다.

애초에 내가 무릎 꿇으라고 한 것도 아닌데 뭐 어때. 뼈가 아파지면 일어나거나 대답하거나 알아서 하겠지.

결례를 범한 건 내가 아니라 상대 쪽이다. 가문의 주선으로 혼담을 넣는다는 것은, 간단히 말해 이미 재볼 건 다 재본 뒤라는 이야기였다. 형식적으로나마 만나는 시간을 갖고 약혼을 치르고서야 결혼으로 이어지겠지만 이미 맺어진 짝이나 다름없었다. 상대의 외모나 성격이 마음에 들지 않는다고 무를 수 있는 단계는 진즉에 지났다.

아니, 그렇게 생각해 보니까 더 충격적인데. 겨우 인사만 해 봤는데 성격이야 알 리 없고…… 그렇게 내 얼굴이 마음에 들지 않는다고?

미모에 제법 자부심이 있던 나로서는 충격을 받을 수밖에 없었다. 눈매는 사나워도 거울을 볼 때마다 기분이 좋아졌는데 이 얼굴이 싫다니.

다른 생각을 하며 현실을 외면하기도 잠시, 나는 곧 이 상황 자체가 지겨워졌다. 언제까지 저러고 있을까. 이유도 말하지 않고 무턱대고 무릎을 꿇는다고 상황이 좋아질 리는 없는데.

상대에 대한 막연한 호감이 깎이고 오기가 피어났다. 어쩌면 녹턴에게서 나쁜 성격이 옮아온 건지도 모른다.

이후 수십 분이 지났다. 침묵만으로는 아무것도 해결되지 않는다는 것을 그제야 이해했는지 뒤늦은 말소리가 응접실을 울렸다.

"사랑하는 사람이 있습니다."

하마터면 차를 뱉을 뻔했다.

벌써? 티내지 않으려고 했지만 나도 모르게 어깨가 움칠 튀었다. 그야 언젠가는 이 사람이 앨리스를 좋아하게 될지도 모른다는 걸 알았지만, 아직 그 애는 녹턴과도 만나기 전이 아닌가?

언제 그렇게 된 걸까. 앨리스와는 꾸준히 서신을 주고받았지만 근황은 리모란드 공작저의 일로만 차 있다. 수도로 올라온 지도 얼마 되지 않아 가족의 사랑을 받기도 바쁜 몸이었다. 저택 밖으로 거의 나가지도 않았을 텐데 무슨 수로 사랑에 빠진 거람.

그러나 추측해 보려 해도 할 수 있는 건 별로 없었다. 책으로 들어왔다고는 해도 내가 기억나는 것은 많지 않았으니까. 남자 주인공이 에드 비슷한 이름으로 서술되는 것, 앨리스의 가정환경, 악한 조연으로 설정된 여성 캐릭터의 화형과 인성 바른 서브 주인공이 있었다는 것까지. 앨리스가 리모란드로서 사교계에 데뷔할 때 있던 소소한 이벤트나, 녹턴이 성인이 되자마자 공작위를 물려받은 건 기억하지만 미래를 안다고 하기에도 부끄러운 지식이었다.

어쩔 수 없는 일이긴 했다. 나는 너무 많은 책을 읽었고 배경도 거의 비슷했으니까(더욱이 다시 태어나고도 비슷한 책을 한 무더기는 더 읽었다). 심지어 이 책은, 죽은 날을 기준점으로 하더라도 읽은 지 제법 된 책이었기에 책 속에 태어난 걸 자각한 것만으로 칭찬해 줘야 했다.

쓸데없는 변명은 이쯤 해 두고. 나는 다시 못 먹게 된 감과 시선을 마주하였다.

"클레이모어 경이 그 사람과 결혼하려면 제가 혼담을 거절해야 하나요?"

"그건 아닙니다. 결혼할 수 없는 사람이니까요."

"그건 또 왜죠?"

입을 좀 여나 했더니 도로 침묵이다.

답답함에 한숨이 목 끝까지 차올랐다. 남자 주인공도 모자라 남자 조연에게까지 치명적인 결점이 있을 줄이야. 새삼 앨리스가 가여워졌다.

"이봐요, 클레이모어 경. 지금 30분이 지났는데 하신 말이 겨우 열 마디 남짓이에요. 하고 싶은 말이 있으면 어린아이처럼 우물거리지 말고 똑바로 말씀하세요. 할 말이 없으시다면 그대로 돌아가 주시고요."

물론 돌아간다면 책임은 당신이 져야겠지만. 애당초 저런 말을 할 거면 여기까진 왜 온 건지 모르겠다. 생각 같아서는 무릎을 꿇건 말건 내가 먼저 나가 버리고 싶었지만, 최소한의 교양으로 잠자코 문을 가리키기만 했다.

놀란 듯 움찔 떨더니 애런 클레이모어는 느릿하게 몸을 일으켰다. 들어올 때는 잘 몰랐는데 가까이에 있으니 몹시도 덩치가 컸다. 어깨가 넓고 체격이 단단해 누가 봐도 기사라 할 몸이었다.

몸을 다 일으킨 애린 클레이모어는 고개를 깊숙이 숙였다. 백금색 머리칼이 사르륵 흘러내리는 모습이, 정오에 모래가 쓸려 가는 모습과 비슷했다.

"실례가 많았습니다. 발로즈 후작 영애."

그러고 나서 나갈 줄 알았던 사내는 자리에 선 그대로 느리게 입을 벌렸다.

"거절할 마음이면서 발로즈를 찾은 건 제 결정이 인정받지 못했기 때문입니다."

"클레이모어의 어른들을 말씀하시는 건가요?"

"예, 결혼할 마음이 없다고는 몇 번이나 말씀드렸지만 부모님께서 인정해 주지 않으셨습니다. 부끄러운 이야기입니다만, 오늘이 되기 전까지는 이야기가 여기까지 온 줄도 몰랐습니다. 좀 더 확실히 했어야 할 이야기인데, 본의 아니게 영애께 누를 끼쳐 죄송할 뿐입니다."

"부모님께서 그분과의 결혼을 반대하시는 건가요?"

"아니요, 존재조차 모르십니다. 좀 전에 말씀드린 대로 결혼할 수도 없는 사람입니다. 그러나 저는 그 외에는 누구와도 결혼하고 싶지 않습니다. 아집인 걸 알지만 도저히 마음으로 받아들일 수가 없습니다."

결혼할 수도 없는 사람과 앨리스 리모란드……?

뭔가 이상했다. 이런 이야기에서 결혼할 수도 없는 사람이라면 신분의 차이가 제일 먼저 떠올랐으나 지금 앨리스는 리모란드 공작저의 막내딸이기에 해당되는 말이 아니었다. 리모란드 공작가라면 오히려 클레이모어 후작가보다 격이 높은 가문이니까.

그렇다면 신분의 차이 외에 결혼 자체가 불가능한 이유가 있단 말인가. 상대가 이미 결혼을 했다거나, 성별이 같다거나, 원수의 자식이라거나…… 어느 쪽도 맞는 이야기가 없는데. 그럼 앨리스가 아니라 다른 사람인가?

첫사랑이 있는 서브 캐릭터라면 흔하지는 않다. 무언가 떠오르는 것 같아 기억을 더듬어 봤지만, 딱히 떠오르는 건 없었다. 이럴 줄 알았다면 좀 더 열심히 읽을걸.

나는 의미 없는 과거 회상을 접고 어깨를 으쓱였다.

"정말 이상한 분이네요."

"말대로입니다."

클레이모어가 쓰게 웃었다.

"이번 일이 지나가도 혼담은 계속 들어올 텐데요. 경계서는 제법 인기 있는 신랑감이시잖아요."

"알고 있습니다. 오늘 밤에는 가문에 제대로 말할 생각입니다."

"저는 경을 잘 모르지만요, 이전에도 물렁하게 말씀하셨을 것 같진 않은걸요. 강제적으로 다음 혼담이 잡힌다면 그때에도 거절하실 수 있으세요? 지금 일만으로도 클레이모어의 명예가 떨어질 일인데 다음에도요?"

온전히 단념하기엔 아쉬움이 남은 탓인지 말이 자꾸 길어진다. 단시간에 호감 이상의 감정이 생긴 것은 아니었지만, 좀 답답한 것 외에는 여전히 흠잡을 것 없는 사내다. 전생의 기억이 있다곤 해도 나는 이 시대의 사람이고 귀족이었다. 사랑에는 애당초 미련이 없었고, 조건이 적당한 사람과 가정을 만들겠다는 보편적인 가치관을 가지고 있다. 영 사람이 없으면 결혼을 포기할 정도의 자주성은 있었지만 특별히 튀고 싶은 것도 아니다. 앨리스를 사랑하게 될지도 모르고 내게는 평생 감정이 없을 수도 있었으나, 소설 속에서 태어났다고 운명의 짝을 바라는 것도 아니니 감당할 만한 위험이다.

이왕 다른 사람과 결혼하게 될 거라면, 그게 내가 돼도 괜찮잖아.

그런 생각이었으나 아무래도 틀린 모양이다. 애런 클레이모어의 표정이 무어라 말할 수 없이 굳었다.

독신으로 늙어 죽을 생각뿐이군. 그래, 놔줄게.

"무례한 이야기였네요. 죄송해요."

"아닙니다. 발로즈 영애께서 말씀하신 건 사실이니까요. 실은 이미 다음 상대도 정해져 있더군요. 말씀드릴 순 없지만."

어라, 설마.

"……앨리스 리모란드?"

생각만 하려고 했는데 나도 모르게 이름이 튀어 나갔다.

애런 클레이모어의 눈이 커졌다. 아무래도 적중한 모양이었다.

세상에, 어떻게 엮였나 했더니 앨리스와도 혼담으로 엮인 관계였어? 앨리스와 약혼을 했나? 아니면 약혼을 거절당하나? 통 기억나지 않는 것이 갑갑하기 짝이 없다. 좀 진행이 되어 봐야 알 것 같은데.

"그걸 어떻게 아셨습니까? 혹시—."

"오, 사교계에 말이 돈다거나 하는 건 아니에요. 앨리스는 누구나 탐내는 신부감이니까……. 결혼 적령기의 영식이 있는 가문이라면 한 번쯤은 그런 기적을 꿈꿔 볼 만하죠. 클레이모어가라면 기적이 아니라 현실이 될 수도 있고 아무튼요."

"현실이 되지는 않을 겁니다. 저는 누구와도 결혼할 생각이 없으니까요."

"경의 의사는 알겠…… 음, 그런데 순서가 잘못되지 않았나요? 아무래도 저보단 그쪽이 순위가 높아야 할 것 같은데요."

"그런…… 건……."

왜 이렇게 당황하지? 응접실에 들어서면서부터 애런 클레이모어의 표정은 내내 솔직하기 짝이 없었지만 그래도 지금처럼 당황하기는 처음이었다.

"발로즈 후작 영애, 아까부터 조금 이상하다고 생각했습니다만…… 여쭈어도 되겠습니까?"

"뭔지는 모르겠지만 편하실 대로요."

"영애께서는 거절할 생각으로 나오신 게 아닙니까? 알기로 후작 영애께서는 에드가 각하와—."

"아니요, 전혀. 조금도."

그가 당황한 이유라는 것이 너무 기가 막혀 나는 잠시 심호흡을 해야 했다. 이 시점에서조차 녹턴이 튀어나올 줄이야.

"제가 정말 녹턴…… 각하와 연인 사이였다면 혼담에 대해 진지하게 고려하지도 않았을 거예요."

"다투신 줄 알았습니다. 그게 아니라면 오해가 있거나."

"잠시만요. 그럼 굳이 혼담을 이쪽에 넣은 것도 제가 거절할 거라고 생각해서예요?"

"……."

예로부터 침묵은 긍정이라고 했다. 별다른 말도 없이 대뜸 무릎부터 꿇더라니, 내게 거절할 의사가 있다고 착각해서였다니……. 소문이라곤 하나도 모를 것 같은 사람도 그리 알고 있을 줄이야. 녹턴과 내가 연인 사이라는 헛소문이 어디까지 퍼져 있을지 이제는 무서울 지경이다.

딱히 수습할 방법도 없어 내버려 두었는데 이제는 안 되겠다. 이 소문을 잠 재우지 않고 녹턴과 앨리스가 맺어졌다가는 두루아 발로즈의 이미지가 얼마나 망가질지 생각만으로 끔찍했다. 최악의 경우, 그런 오해가 퍼지다가 누명이라도 쓰게 되는 날에는 정말로 불타 죽을지도 모른다. 그렇게까지 망상하고 싶지는 않았지만, 아무튼 수습해야 할 상황인 건 분명했다.

나는 희게 질린 얼굴의 사내를 똑바로 바라봤다.

"역으로 말이에요. 저와 약혼해 주실래요?"

"발로즈 영애, 실수를 한 건 죄송하지만 저는……."

"결혼이 아니라 약혼이요."

"예?"

당황하는 사내를 보며 나는 한 마디 한 마디에 진심을 눌러 담았다.

남자와의 소문을 떼어 내는 데는 다른 남자만 한 게 없겠지. 그런 생각이었다.

"저도 마침 약혼이 필요한 시기거든요."

생각해 보니 그런 얼토당토않은 제안이 용케도 통했네. 애런도 어지간히 마음이 급했던 걸까.

새삼스레 애런과의 첫 만남이 떠올랐다.

무도회장의 밖에는, 클레이모어의 마차가 애런을 기다리고 있었다. 우리 가문의 마차를 부르기까지는 시간이 제법 걸릴 것 같아 나는 그의 마차를 타고 귀가하는 중이었다.

몸이 피곤하고 마음도 예민해서 나는 눈을 감고 있었다. 얕은 잠이라도 자고 싶었지만, 함께 있는 상대가 마냥 편하지는 않아 잠은 오지 않았다.

눈꺼풀에 덮여 새까만 세상, 흔들리는 마차, 바퀴가 구르는 소리와 서늘한 밤공기. 몸은 녹아내릴 듯 무거워지고 피로감은 갈수록 생생해진다.

자고 싶다. 의미 없는 바람을 그리며 발버둥을 치길 얼마간, 커피라도 마신 양 정신이 또렷해져서 할 수 없이 눈을 떴다. 그를 기다리고 있던 것처럼 애런과 눈이 마주쳤다.

더운 색의 눈동자가 조금 흔들렸다. 그는 무언가에 찔린 사람처럼 눈길을 피하다가 야트막한 한숨을 쉬며 입을 열었다.

"……일이 있다는 건 사실 거짓말이었습니다."

"그렇군요."

할 말도 없어 나는 고개를 끄덕였다. 갑자기 일이 생겼다고 둘러댔지만, 변명을 하는 어조가 너무 딱딱해서 짐작하긴 했다. 연기도 못 하는 사람이 거짓말은.

"알고 계셨군요."

"실토하신다는 건, 이유까지 말해 주시려는 거겠죠?"

"대단한 이유는 아닙니다. 그저 그곳에 있고 싶지 않았습니다."

"아, 저를 에스코트해 주는 게 그렇게 싫으셨군요."

"그게 아니라……!"

무슨 말을 해야 할지 모르는 얼굴에는 당혹감이 가득 담겨 있다. 분명히, 나보다 네 살이 많은데도 행동하는 것은 꼭 열 살은 어린 소년 같다.

"농담이니 너무 놀라지 말아 줘요. 진심 같잖아요."

"리모란드 영애와 마주치고 싶지 않았을 뿐입니다."

"경의 부인이 될 수 있던 사람과 만나는 게 두려웠군요."

"……다른 이유입니다."

"아, 다음에 무슨 말씀 하실지 알아요. 이유를 말할 순 없지만 맞죠?"

아무튼 문제 있는 화법이다. 괜히 사람만 궁금해지게 만들잖아.

사실, 애런이 알게 모르게 앨리스를 피해 다닌다는 것은 이미 알고 있는 바였다. 앨리스가 수도로 올라온 것이 반년, 애런과 약혼을 한 것도 얼추 그 정도의 시간이 지났다. 앨리스가 리모란드에 입적하면서 나는 옛날과 달리 그 애와자주 만날 수 있었다. 다소 급하게 치른 앨리스의 데뷔탕트 볼을 시작으로, 티파티며 무도회장이며, 공작저로 가기도 하고 그녀가 후작저로 오기도 했다. 애런 역시도 약혼으로 엮이게 된 순간 만나는 날들이 많아졌는데, 나와 자주 만나는 두 사람은 이상할 정도로 마주치지 않았다.

처음에는 원작이니 운명이니 하는, 형체 없는 것을 의심했지만 나중 가서는 애런이 앨리스가 있는 자리를 특하나 피한다는 것을 알게 되었다. 혼담으로 엮일 수도 있던 사이라 불편해서 피한다고 말하기는 지나칠 정도로 애런은 그 애와 마주치려 하지 않았다.

이유가 뭘까. 애런의 마음을 꺼내 볼 수 없는 한 알 수 없는 일이지만 어쩌면…….

"사랑하는 사람이 있습니다."

결혼할 수도 없는 이유가 무얼지, 여전히 짐작가지 않았지만 어쩌면 내가 모를 이유가 있을 수도 있을 것이다. 남들이 들으면 망상이라 비난하겠지만.

실은 아직 관련도 없는 두 사람을 엮어 없는 의미를 만들어 내는 게 아닐까 자신이 한심스럽기도 했으나, 그렇게 생각하는 차에 애런의 표정이 또다시 어둑해졌다.

왜 앨리스와 마주치고 싶지 않느냐고 물었을 뿐인데 표정이 저렇게 되면 할 수 없잖아. 어떻게 의심이 안 들겠어.

나는 창 너머로 고개를 돌렸다.

"어느새 반년 됐네요. 전통대로면 약혼을 2년은 채워야 되는데, 클레이모어의 어른들께서는 그 전통을 따르실 셈인가요? 슬슬 결혼하라는 압박이 들어오진 않아요?"

"괜찮습니다. 아예 결혼이라는 말을 꺼내시지도 않고."

"내색하진 않으서도 많이 기다리실 거예요. 계속 거절하다가 겨우 한 약혼이니, 결혼 독촉까지 했다가 일이 틀어질까 우려스러우신 거겠죠. 뭐, 어때요. 죄책감 느낄 일은 아니잖아요. 본인 결혼, 본인이 안 하겠다는데 나쁜 일도 아니고."

"……감사합니다."

"아무튼 버티기 곤란하다 싶어지면 말해요. 슬슬 희대의 악역이 될 마음의 준비는 해 둘게요."

"전에도 말했지만 두루아, 굳이 책임을 뒤집어─."

덜컹. 달리던 마차가 멈추었다.

말을 달래는 소리가 들리고 마부가 마차의 문을 열었다. 문 바깥으로는 후작 저가 보인다. 애런은 무언가 더 말하고 싶은 모양이지만, 무슨 말인지는 뻔해서 굳이 듣고 싶지 않았다.

"데려다줘서 고마워요, 애런. 밤길 조심하시길."

뺨에 입을 맞추어 그의 말문을 틀어막고, 나는 그대로 마차에서 내려 버렸다.

저택의 앞에는 노집사가 흐뭇한 얼굴로 마중을 나와 있었다.

모시는 아가씨와 약혼자의 다정한 한때……로 보이겠지.

언젠가 깨 버릴 약혼이었기에 조금 죄책감이 들었다.

"잘 다녀오셨습니까, 아가씨."

"응, 뭐…… 다른 사람들은?"

"가주님과 가모님은 아직 돌아오지 않으셨습니다. 일이 늦어질 것 같다 하시 더군요. 그리고 큰 아가씨께서는 먼저 잠자리에 드셨습니다."

"감기 기운이 있다고 했지."

그러게 승마 좀 작작 하라니까. 가을이 지나 이제 겨울에 접어드는 날씨인데 하루 종일 말을 달릴 때부터 알아봤다.

혀를 차며, 나는 겉옷을 벗어 그에게 맡겼다.

"손님은 응접실에서 기다리고 계십니다."

"손님? 이 시간에?"

"예? 약속하고 온 거라고 하시던데 아닙니까? 리모란드 영애님이신데……."

뭐?

"앨리스가 와 있다고?"

해가 저물었을 때에 본 사람을 다음 해가 뜨기도 전에 다시 만날 줄이야. 내 쫓지는 않더라도 달갑지 않은 것이 사실이다.

얼굴을 찡그린 채로 나는 응접실의 문을 열었다.

"안녕, 앨리스. 또 보네."

"두루아……."

"그런데 아까 '내가' 연락하겠다고 하지 않았니? 넌 기다리겠다고 했던 것 같은데 말이야."

앨리스의 눈꼬리가 축 처졌다. 안 그래도 처진 눈이기에 이제는 눈물방울이 굴러도 이상치 않을 것 같았다. 울지는 않았지만.

"미안해. 되도록 빨리 말해야 한다고 생각했어."

나는 물끄러미 앨리스의 차림새를 살폈다. 무도회장에서와 마찬가지로 그녀는 어깨와 팔이 드러난 이브닝드레스를 입고 있었다. 날이 쌀쌀한데 숄은 없고 목 아래부터 가슴까지의 소재가 반투명하여 유독 추워 보였다.

일부러 불쌍한 차림으로 온 건 아니겠지.

절로 한숨이 나와, 나는 어깨에 대충 두른 숄을 풀어 앨리스의 무릎으로 던졌다.

"아, 괜찮은데……."

"나도 괜찮았어."

"응?"

"아까 말이야. 녹턴을 조심하라고 했잖아."

이상하지 않은 건 아니었지만 평소와 크게 다르지도 않았다. 녹턴 에드가가 다른 날보다 특별한 점이 있다면 나를 더 화나게 했다는 것뿐이었다.

"네가 나가고도 그다지 다르지는—."

"뒤에서 끌어안았지?"

"뭐?"

"애런 클레이모어가 소중해? 십수 년을 함께한 나보다?"

"애런 클레이모어가 소중해?"

"십수 년을 함께한 나보다?"

앨리스의 말이 녹턴이 했던 말과 겹쳐 들렸다.

그 말을 어떻게 알지? 뒤에서 끌어안고 속삭인 말이라 가까이에서도 들리지 않았을 것이다.

믿기지 않는 일에 절로 입이 벌어졌다.

"테라스를 나간 게 아니었어?"

"숨어서 엿들은 게 아니야. 더 버틴대도 너와 이야기할 기회가 없을 것 같아 아예 무도회장을 나와 버렸거든. 네 연락을 기다릴까 했지만, 각하께 방해받기 전에 말을 나눠야 할 것 같아서 여기 온 거야. 집사 분께 물어보면 내가 무도회 도중에 온 걸 확인할 수 있을 거야."

"……그럼 어떻게 아는 건데."

"아까 말했잖아, 두루아."

내가 예지몽을 꾼다고.

진심으로 한 이야기였어? 당혹감에 머리가 새하얗게 질렸다. 앨리스가 소설의 여주인공이라는 걸 알고 있지만, 그렇다고 하더라도 이런 능력에 대해서는 몰랐다. 예지몽이라니, 처음부터 있던 설정인가? 아니면 원작에는 없던 이야기인데 내가 바뀌어서 앨리스도 바뀐 걸까? 예지몽을 꿨다면 그건 언제부터? 아까보다 한결 진지해진 의문들이 머릿속을 덮어 갔다.

무슨 말이라도 해야 할 것 같아 입을 벌렸다가 아무 말도 못 하고 다물기를 여러 번. 내 앞에 놓인 찻물을 억지로 삼키고서야 조금이나마 제대로 된 말을 꺼낼 수 있었다.

"그러니까…… 미래의 일을 다 알고 있다고?"

"전부는 아니야. 꿈으로 보는 건 아주 단편적인 상황이고, 그마저도 너에 대해선 모르니까."

이건 또 무슨 소리야.

속내가 얼굴에 고스란히 드러났는지 앨리스가 부연 설명을 덧붙였다.

"다른 사람들은 모두 내가 꿈에서 본 대로 행동해. 각하가 너를 끌어안을 것도, 그런 말을 할 것도 알고 있었어. 하지만 네가 각하께 뭐라고 말할지는 몰라. 네가 말하고 행동하는 건 안개가 낀 것처럼 보이지도 들리지도 않거든."

하필이면 내가 예외가 되다니 이상한 일이었으나, 혹시나 하는 생각이 떠오르기도 했다. 애당초 이 소설에서 주어진 배역대로 행동하지 않는 사람은 두루아 발로즈 하나뿐이었으니, 혹 그것과 연관 있는 일은 아닐까 하고.

"각하께서 너를 끌어안고 그런 말을 속삭였고, 다음 순간 뭐에 당황한 것처럼 굳었다가 난간을 부쉈어. 꿈에서는 너를 볼 수 없으니까 네가 거기에 있는지 없는지도 몰라서 조심하길 바랐어. 네게 화가 난 거면 꿈이 끝난 뒤에 무슨 짓을 할지 모르니까."

"맙소사, 녹턴이 난간을 부쉈다고? 그건 정말 말도 안 되는데……."

들기로는 미친 소리 같았지만 말끝을 단단히 여물 수는 없었다. 이미 증거를 들었기에 내 경험대로 확신할 수는 없는 일이다.

그러나 온전히 납득한 것도 아니었다. 녹턴이 난간을 부숴?

현실적으로 불가능한 일은 아니다. 대외적으로는 검을 아주 조금 배웠다고 알려졌을 뿐이지만 그의 주력은 다른 쪽이었다. 녹턴의 입으로 직접 들은 바는 아니었으나, 내가 기억하고 있는 몇 안 되는 내용에는 분명, 그가 마법사란 사실도 섞여 있었다.

대단한 설정도 아니다. 보통 이 장르의 주인공이 검이든 마법이든 무력적인 면에서 비할 바 없이 뛰어나다는 건 쉽게 찾아볼 수 있는 클리셰였으니까.

그러나 가능하고 불가능하고를 떠나서 녹턴이 그런 짓을 했다는 자체가 이해가 가지 않았다. 화가 나더라도 감정 변화를 노골적으로 드러낸 적은 없는 사람이었다. 홀로 있을 때나 나와 있을 때는 조금 달랐으나, 무도회장의 테라스는 사람의 눈에서 격리된 곳도 아니었다.

애초에 그날엔 녹턴이 그렇게 화가 날 일 자체가 없었다.

내가 제 뜻대로 행동하지 않은 거? 예측대로 행동하지 않았다고 테라스를 부숴? 그건 너무 터무니없는 소리다.

녹턴에게 있어 두루아 발로즈란 오래되고 낡은 인형과 같다. 친구라고 말하지만 그렇게까지 생각지는 않는 장난감보다 조금 나은 사람.

"착각한 거 아니야? 원래 기억이란 게 좀 불분명하잖아. 더군다나 꿈에서 본 거면—."

"보통의 꿈이라면 그렇겠지만, 예지몽으로 본 건 생생히 기억해. 원한다면 다른 이야기도 말해 줄 수 있어, 두루아. 네가 각하께 드린 커프스를 호수에 빠뜨렸지? 그분께 타드린 차는 시종을 줘 버렸고. 애런 클레이모어와 약혼한 것도 파탄 낼 생각이잖아."

"내 뒷조사했어? 잠깐만, 그리고 그건 예지몽이라기엔 과거의 일이잖아."

"……아주 어릴 때부터 꿈을 꿨어. 네 꿈은 너를 만나고부터 꾼 거야. 그때에도 네 모습은 보이지 않았지만 꿈에서 너를 부르는 말을 듣고 두루아, 네 일이란 걸 알았어. 믿어 줘, 거짓말이 아니야."

앨리스는 간절하게 내 손을 붙잡았다.

거짓말을 하는 것처럼 보이지는 않았다. 그런 거짓말을 해서 얻을 수 있는 것도 없고. 뒷조사를 했대도 거기까지 알 순 없겠지. 애런은 훌륭한 기사였고 남들의 기척에 예민했으며 누군가 가까이서 말을 엿들었다면 몰랐을 리 없었으니까.

애런뿐 아니라 녹턴도 마찬가지였다. 녹턴이 질 나쁜 행동을 대놓고 할 때에는 가까이에 누구도 없었다. 에드가의 직계는 물론 하물며 시종조차도 그의 성격을 바로 볼 수 없었다.

그러니까 두루아 발로즈, 단 한 사람만을 빼고서는.

어느 쪽으로도 확신할 수가 없다.

난 애타는 표정의 앨리스를 보다가 찻잔을 내려다보다가 눈을 감았다가 고개를 돌리며, 몹시도 부산스럽게 행동했다. 찻잔을 쥐는 손이 덜덜 떨렸다. 목뒤로 넘어가는 찻물이 한 모금, 두 모금, 찻잔이 바닥을 내보였는데도 갈증이 가시지 않았다. 그쯤이 되니 무도회장에서 앨리스가 했던 말이 다시 떠올랐다.

녹턴 에드가는 지독한 악당이야. 그런 말이었나. 내게는 새삼스런 말도 아니었지만, 그 말을 할 때 앨리스의 표정은 너무 진지했다. 그러니까 내가 장난스레 녹턴의 인성이 대단하다고 말하는 정도를 넘어서, 감정이 상하고 정떨어진다고 말하는 그 정도의 수준을 넘어서, 정말로 악마에 대해 이야기하는 것처럼.

입술이 희게 질리도록 세게 다물었다가 나는 가까스로 목구멍에서 말소리를 긁어 냈다.

"녹턴이 악당이란 말은 뭐야."

"각하가…… 어떻게 성인이 되자마자 작위를 계승한 줄 알아?"

"공작 부부께서 권력에 신물 나 물러난 걸로 알아. 능력의 차이 때문에 녹턴을 후계자로 임명했고, 두 에드가 영식은 하는 수 없이 받아들이고 지방으로 내려간 걸로. 아니, 직접 듣기도 했어. 두 분이 분명 녹턴을 잘 부탁한다고 말씀하시면서—."

"세뇌당했기 때문이야."

저도 모르게 늘어지던 말에 허리가 잘렸다.

나는 나도 모르게 녹턴을 변호하고 있었지만, 앨리스의 말은 너무 차가워서.

"에드가 공작가 사람들 모두, 녹턴 에드가에게 세뇌당해 있어."

내 입마저 얼어붙었다.

"왜 그렇게 정신이 나가 있어, 두루아?"

"아니, 별로…….'"

"아니, 별로가 아닌데. 왜 클레이모어 경과 무슨 일이라도 있었어?"

"감기가 덜 나은 모양이네, 알로이. 남의 연애사에 간섭하지 말고 본인 결혼에나 신경 써."

알로이의 말에 평소처럼 신경질을 부렸다가 아차 싶어 고개를 들었다.

생각해 보니 지금 식사 중인 사람은 우리 자매뿐이 아니었다. 부모님은 후작 부부이면서 동시에 황실의 고위 관리여서 아침 식사를 함께하는 일은 드물었다. 정신이 빠져 한 실수에 나는 슬그머니 두 분의 눈치를 살폈다. 아니나 다를까, 어머니께서 보시던 신문을 접었다.

"두루아."

"네, 어머니."

나는 얌전히 손을 모으고 혼날 준비를 했다. 그러나 어머니의 입에서 나온 말은 언니에게 함부로 말한 데 대한 꾸짖음이 아니었다.

"당분간 황실 무도회에는 참석하지 않는 게 좋겠구나. 어차피 열리지도 않겠지만 말이야."

"무도회요?"

"글쎄, 테라스 난간이 무너졌다지 뭐니. 아무래도 건축이 잘못된 모양이야."

꾸중은 아니었으나 반길 수도 없다. 하필이면 난간이 무너졌다는 말에 심장이 덜컥 흔들렸다.

손이 떨려서 모은 손을 힘주어 쥐고, 애써 얼굴 표정을 태연히 꾸몄다. 다행히도 내 기세가 이상하다고 눈치챈 사람은 없는 것 같았다.

"그러고 보니 두루아, 너도 어제 무도회에 갔다던데 이상이 없었니? 어디 다친 건 아니고?"

"아뇨, 저는 괜찮은데…… 난간이 무너졌다는 게 정말이에요? 어느 쪽 테라스요?"

"그것까진 모르지. 다행히도 에드가 각하께서 먼저 발견하시고 제보해 주셨다더구나. 사람들이 계속 드나들었을 텐데 언제 무너진 건지, 하마터면 큰일이 날 뻔했지 뭐니."

"녹턴……이요?"

무너진 난간, 녹턴 에드가의 발견.

어제 앨리스가 한 말과 어긋남 없이 같다.

피가 빠져나가는 기분이 들었다. 조금 전까지 애쓰던 표정 관리가 전혀 되지 않는다.

그를 어떻게 해석했는지 어머니가 나를 흘기며 혀를 찼다.

"그래, 녹턴 에드가 공작 각하. 리모란드 영애와 약혼을 앞둔 드높으신 네 소꿉친구 말이야."

"아니, 그 얘긴 갑자기 왜 나오나요."

"왜긴요. 전 영락없이 그분이 이 애의 짝이 될 줄 알았는걸요. 십몇 년을 함께했는데 그 소중한 시간을 전부 날려 버리고 어쩌다 갈라져 버린 건지."

"클레이모어 경께 실례예요, 부인."

"알아요, 알지만 속상해서 그렇죠."

녹턴 에드가를 그리 달갑게 여기지 않는 아버지는 내 심기가 상한 걸 저어하듯이 나를 보며 고개를 저었다.

신경 쓰지 말라는 뜻이다. 정작 나는 어머니의 말보다는 다른 쪽에 신경이 팔려 있었는데도 말이다.

"두루아와 그분이 얼마나 잘 어울렸는데."

그렇지만 어머니의 마지막 말은 어쩐지 입에 써서, 한숨이 날 것 같았다.

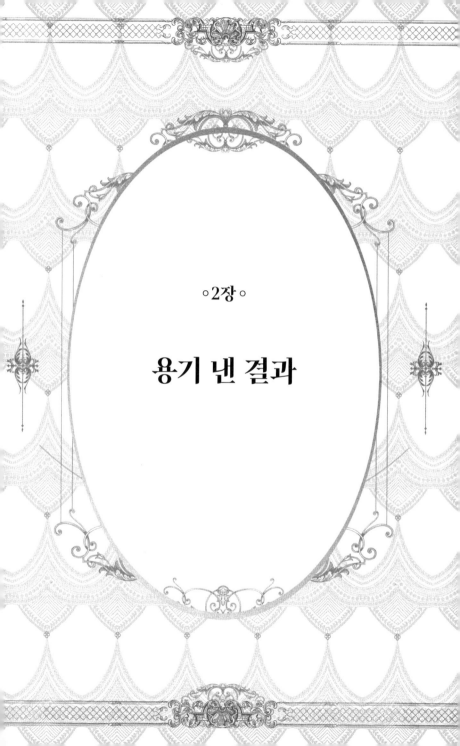

◦2장◦

용기 낸 결과

메모리아의 실타래라는 물건이 있다.

기억의 개념을 정립한 학자, 메모리아의 이름을 따온 액체는 마시는 것만으로 기억을 정리하는 놀라운 효능이 있었다. 희미해져 가는 기억을 생생히 되살리고, 엉망으로 뒤엉킨 기억을 바른 순서로 정리해 준다. 그렇기 때문에 기억에 관한 질병을 가진 이들에게는 성수나 다름없는 물약이었다.

워낙에 유명한 마법 물약이라 나도 어릴 때부터 그 존재를 알고 있었다. 책속에서 태어났다는 것을 자각하고는 구해 볼까 생각한 적도 있었다. 그럼에도 나는 여러 가지 이유로, 그 물약을 구할 생각을 접었다.

첫째로 물약의 기능이 전생의 기억에까지 적용될지 확신할 수 없었다. 전생이야기는 이곳에서도 정신 나간 소리로 여겨졌으니까.

둘째로는 내게 아예 없는 기억(이를테면 읽지 않은 소설의 뒷부분)을 되살릴수는 없기 때문이다. 연애사에 대한 세세한 에피소드를 기억한다고 크게 도움이 될 것 같진 않았다.

그리고 세 번째, 가장 결정적인 이유는 물약의 값이 지나치게 비싼 탓이다. 후작가의 차녀답게 개인 재산이 제법 되었지만 '메모리아의 실타래'를 구하려면 재산의 반은 내놓아야 했다. 물약은 정말 욕이 나올 정도로 비쌌다. 그 돈을 내느니 차라리 녹턴의 개가 되겠다. 그렇게 생각하며 물약에 대한 일은 잊었지만, 지금 상황에서 나는 녹턴의 개가 될 수밖에 없었다.

"저, 정말 괜찮으시겠습니까? 아가씨? 주제넘는 말이지만, 물약의 가격이 정말……."

"괜찮으니 구해 줘. 그리고 부모님께는 꼭 비밀로 해 줘. 알로이도."

"하지만 작은 아가씨."

노집사 뒤벨이 석연치 않은 표정으로 말을 끌었다. 하기야, 이유도 모른 채로 들어주기엔 너무 큰돈이 들어가는 부탁이긴 했다. 후작가의 재산이 아니라 개인 재산이라고 하더라도 뒤벨이 모시는 건 후작가의 직계 가족 전부니까. 모시는 사람이 재산의 반을 털어 물약 하나를 사겠다는데 말리는 게 정상이다.

예상한 일이기에 나는 미리 준비해 둔 이유를 꺼냈다.

"이건 뒤벨만 알고 있어. 사실 저번에 무도회장에서 술을 좀 마셨거든. 애런이 나를 데려다주고 일이 있어서 갔는데 다시 돌아올 줄은 몰랐단 말이야."

"예? 그럼 설마……."

"맞아, 아무래도 실수한 것 같은데 통 기억이 안 나."

폐부 깊은 곳에서부터 한숨이 흘러나왔다. 연기할 필요도 없이 이건 진심이었다.

"별일 없었을 겁니다. 제가 마중 갔을 때 작은 아가씨께서는 멀쩡하셨는걸요."

"그건…… 마차에서 좀 잤거든. 근데 자고 일어나니까 애런의 표정은 파랗게 질려 있고 나는 기억이 안 나서. 수습을 하려고 해도 무슨 일인지는 알아야 하잖아, 그렇다고 당사자한테 물어볼 수도 없고."

애런을 핑계로 대니 일은 쉬웠다. 노집사는 저택의 작은 아가씨와 청명한 기사가 무탈하게 이어지길 응원하는 사람이었다.

"부탁이야, 뒤벨. 부모님이 아시면 난리 날 거야. 결혼을 앞두고 무슨 일을 저질렀는지도 모른다고. 비밀로 해 줘. 그럴 수 있지?"

나는 표정이 흔들리는 뒤벨의 손을 덥석 잡고 간절한 표정으로 말했다. 아기 때부터 봐 와서인지 그는 나와 알로이에게 부쩍 약했다.

잠시 뒤, 뒤벨은 비장한 표정으로 고개를 끄덕이고 방을 나섰다. 발로즈의 충성스러운 집사가 다음번에 나타날 때에는 어떻게든 '메모리아의 실타래'를 구한 뒤일 것이다.

불쌍하게 꾸민 표정을 풀고, 나는 다시 한번 길게 한숨을 내쉬었다.

"아, 돈 아깝다."

그러나 앨리스에게서 그런 말을 들은 이상 해야 하는 일이었다.

나는 소파에 늘어지듯 몸을 파묻고 창밖을 내다보았다. 푸르게 물든 하늘에서 뭉실한 구름이 흐느적거리며 기고 있다.

밤이 늦고, 녹턴 에드가에 대한 앨리스의 말이 지나치게 충격적인 터라 말을 다 듣지는 못했다. 어째서 앨리스의 예지몽에 나와 녹턴의 일이 그리도 많이 나왔는지, 예지몽은 언제부터 꾼 거며, 그 이상으로 뭘 알고 있는지. 그 자리에 있던 사람이 저가 아니라 누구였어도 마찬가지였을 것이다. 소설 속에 태어났다는 건 자각하고 있었지만 남자 주인공이 실은 악당이라니 장르가 바뀌는 정도의 충격이다.

마냥 앨리스의 말을 믿는 것은 아니었다. 그렇다고 녹턴의 인상이 전과 온전히 같은 것도 아니다. 뭐가 어떻게 된 건지 두통이 오도록 고민했지만 도출되는 결과는 없다.

결국 나는 답지가 있을지도 모르는 내 머릿속을 제대로 뒤져 봐야 했다. 어쩌면 막대한 돈만 들이고 결과는 얻지 못하는 최악의 상황이 발생할 수도 있었지만. 그래도 해 보는 데 의의가 있겠지.

해야 할 일이 많았다. 메모리아의 실타래가 아니라도, 앨리스를 다시 한번 찾아가 봐야 했고 그리고 녹턴…… 역시도……. 피로감에 몸이 무겁게 늘어졌다.

"녹턴."

추적추적 비가 내리는 날, 녹턴은 어느 때와 다름없이 서재에 있었다. 장작을 잔뜩 머금은 벽난로는 타닥거리며 타들어 가고 이따금 발간 불씨가 별처럼 튀었다. 물소의 가죽으로 만든 소파에서 녹턴은 한 치의 흐트러짐도 없는 바른 자세로 두꺼운 책을 읽고 있었다.

부르는 말을 들었을 텐데도, 편 페이지의 끝까지 읽고서야 녹턴은 가름끈을 걸었다. 말간 얼굴은 여상하고 그렇기에 내 속을 긁었다.

"안녕, 발로즈."

"왜 내 생일파티에 안 왔어? 온다고 했잖아."

"글쎄, 그렇게 말한 기억은 없는데."

"그렇지만 분명—!"

"생각해 본다고 했잖아. 간다고 이야기하지는 않았어, 발로즈."

그래, 그렇게 말할 줄 알았다. 내 생일에 오겠냐고 물었을 때부터, 녹턴 에드가가 생각해 보겠다고 답했을 때부터, 아니 실은 그에게 초대를 건네기 전부터 이미 알고 있었다. 어지간한 천치가 아니고서야 누구라도 알 것이다. 왜냐하면 지금 일은 처음 벌어지는 일이 아니었으니까.

예상하고 있었음에도 마음속에 불씨가 번져, 나는 녹턴을 힘껏 노려보았다.

"무슨 일 있던 거 아니지. 파티에 못 올 만한 사정이라든가, 못 온다고 연락할 만한 사정이라든가, 그런 특별할 일 같은 건 전혀 없었지?"

"특별한 일이라…… 어제라면, 네가 생일이라는 것 말고는 아무것도 특별할 게 없었어."

"그래, 그럴 거라고 생각했어."

"알면서 왜 물어."

"하기야 놀라울 일도 아니지. 너한테는 내가 되게 이상해 보이겠다. 어차피 생일에 오지 않은 건 매년 마찬가지고, 너도 날 한 번도 생일에 초대한 적이 없는데."

매년 같은 일을 벌이는 것은 내가 1년 지난 일도 기억하지 못하는 머저리여서가 아니었다.

작년에는 그랬지만 올해에는 다를지도 몰라.

조금 더 가까워진 것 같아서, 조금 더 친근해진 것 같아서 다가가면, 곁을 더내 달라고 말하면 그는 언제 그랬냐는 듯이 도로 거리를 벌렸다. 그래, 알기 어려운 일도 아니다. 나를 부르는 말부터가 그의 여전한 거리감을 드러내고 있으니까.

"발로즈?"

발로즈, 그래 그 지긋지긋한 발로즈.

두세 번 말을 섞은 사람도 나를 두루아라고 부르는데 녹턴 에드가는 언제나 나를 성씨로 불렀다. 거리감을 두는 건지, 아니면 그가 상대하고 있는 게 '두루아' 발로즈가 아니라 발로즈 후작가의 차녀라고 생각하는 건지.

눈가가 뜨거워져서 나는 녹턴을 노려보는 눈에 힘을 주었다.

"그것뿐만이 아니지. 참석해야 하는 무도회장에서 파트너가 필요할 때나 적당히 대인관계가 원만해 보여야 할 때가 아니면 한 번도, 정말 한 번도! 내가 파트너가 필요하다고 할 때는 오히려 관심도 없던 다른 사람한테 파트너를 청하면서 단 한 번도!"

녹턴 에드가는 드물게도 조금 멍한 표정으로 나를 보았다. 자존심이 상해서 한 번도 운 적은 없었는데 그게 그에게도 당황스러운 모양이다. 웃건 울건, 언제나 재수 없는 표정으로 사람 속을 뒤집어 놓을 줄 알았는데 뜻밖에 인간적인 면모가 있었다. 짜증 나게도.

"내가 에드가 공작저로 오지 않으면 마주칠 일도 없겠지. 너무 늦게 알았는데, 녹턴 너는 한 번도 후작저에는 온 적이 없더라고."

"……."

"난 네가 친구인 줄 알았어."

"그래서…… 내가 무슨 말을 해 주길 바라?"

"네가 해 주길 바라는 말은 없어. 그냥……."

기어이 눈물방울이 떨어지려 해서 나는 손등으로 거칠게 눈을 비볐다.

"엿이나 먹어."

쿠르릉.

깜박 잠들었나. 갑자기 들린 천둥소리에 나는 퍼뜩 놀라 몸을 일으켰다.

놀라 부푼 가슴을 쓸어내리며 나는 창밖을 살폈다. 꿈속에서처럼 비는 폭포같이 쏟아지고, 빗줄기 사이로 노란 빛이 깜박이더니 곧 요란한 천둥이 번개를 뒤따랐다. 무슨 일이라도 날 것처럼 흉흉한 날씨였다.

이래서 그때 꿈을 꾼 걸까. 잊고 있던 일을 다시 떠올리는 것이 마냥 달갑지는 않았다. 지금 와서는 대단한 일도 아닌데 당시에는 화가 많이 났다. 딱 그 시기가, 녹턴이 나를 특별하게 여긴다는 망상의 끝물인 탓이다.

바라는 것도, 기대하는 것도 많은 때였다.

이제는…… 녹턴에게 어떠한 것도 기대하지 않지만.

한숨을 내쉬다가 나는 내가 여전히 소파에 구겨지듯 파묻혀 있다는 것을 발견했다.

이 자세로 잤나? 누가 본 건 아니겠지?

남의 눈을 별로 신경 쓰고 싶지는 않았으나, 부모님은 너무나 귀족다운 분들이라 이런 이야기가 흘러들어 갔다가는 또 한 소리를 들을 것이 분명했다.

다행히 차림새가 조금 흐트러진 것 외에 크게 이상한 건 없었다. 몸은 뻐근하다 못해 삐걱거렸지만. 길게 한숨을 내쉬고 나는 이리저리 기지개를 켜며 흐트러진 차림을 정리했다.

그때, 노크 소리가 들렸다. 그러고 보니 슬슬 점심시간이지, 전속 시녀인 새디가 올 때였다.

"들어와, 새디."

나는 별생각 없이 창밖을 보는 채로 말했고 문이 열리는 소리가 났다.

쿠릉, 또다시 천둥이 쳤다.

장마철도 다 지났는데 요란하기도 해라, 오늘도 밖에 나간 부모님 생각에 걱정이 차올랐다. 설마 번개를 맞지는 않으시겠지. 쓸데없는 염려였으니, 염려는 떠올린 것만으로 정말 그럴 것 같다는 불안을 불러일으킨다. 아무렴 호위 기사가 한둘 붙은 것도 아니고 폭풍이라도 오지 않는 한은 비 좀 내린다고 몸이 상하시진 않겠지만, 감성이란 본디 이성의 반대말이 아니던가.

"새디, 두 분 언제쯤 돌아오신다고 했지?"

"미안하지만 새디가 아니야."

뒤쪽에서 들린 목소리에 놀라 나는 황급히 고개를 돌렸다. 낮게 울리는 소리는 확실히 시녀의 목소리가 아니었고, 그럼에도 익숙한 목소리였다.

"안녕, 발로즈. 얼굴도 보기 싫어진 건 아니지?"

왜 이제야 알았을까, 들어온 사람이 정말로 새디였다면 아무 말 없이 내 반응을 기다리고 있지는 않았을 텐데.

지겹도록 익숙했으나 최근 들어서는 놀랍도록 생소해진 얼굴. 발로즈 후작 저에서는 한 번도 본 적이 없는 얼굴에 나는 넋을 놓을 수밖에 없었다.

문가의 옆, 녹턴 에드가 웃으며 서 있었다.

아직 꿈에서 깨지 않았나 하는 생각이 먼저 들었다. 그러나 꿈이 아니었다. 꿈속의 소년에 비교하자면 눈앞의 청년은 너무도 자라 있었다.

곱슬기가 있는 칠흑색 머리, 고아한 얼굴에는 유년 시절에는 없던 퇴폐적인 기운마저 흘렀다. 마치 내가 정신을 차리길 기다리는 것처럼, 녹턴은 비스듬히 문가에 기대 가만히 나를 보고 있었다.

"네가 어떻게 여기에……."

초대한 적도 없거니와 방문을 청하는 말도 듣지 못했다. 아무리 상대가 격이 높은 에드가 공작이라 한들 주인의 허락도 없이 저택에 들어올 수는 없다.

나는 떨리는 눈으로 녹턴을 살피다가 그 옆에 선 소녀를 발견했다. 주홍빛 머리칼에 옅은 주근깨, 시녀복을 입은 아이는 새디였다.

"차는 어떤 걸로 내올까요, 작은 아가씨."

지금 차 같은 게 뭐가 중요할까 싶냐만 새디의 어이없는 말은 귀에 들어오지도 않았다. 그 애의 얼굴이 평소와 달랐다. 얼굴이 멍하고 눈빛이 흐리다. 반대로 입 밖으로 나는 목소리는 공손하고 발음이 똑똑하여 괴리감이 일었다. 소리가 나려 하지 않았지만, 나는 애써 말을 쥐어짜냈다.

"……다즐링 두 잔, 로메르산으로. 하나는 85도에서 끓이고 찻잎 많이 넣지 마."

"예, 아가씨. 곧 가져오겠습니다."

공손히 허리를 숙이고 소녀는 조용한 걸음으로 자리를 떠났다. 그 모습에서 내 눈치를 살피는 기색은 조금도 없었다. 무언가 잘못됐다는 것조차 모르는 사람처럼.

새디는 소심하고 수줍음이 많지만 원리원칙 주의자였다. 주인의 허락 없이 손님을 데려올 리 없다.

"에드가 공작가 사람들 모두, 녹턴 에드가에게 세뇌당해 있어."

가볍게 치부하기에는 너무 무거운 말이지만, 나는 그럼에도 앨리스의 말을 너무 흘려버린 게 아닐까.

등골을 타고 싸늘한 기운이 흘러내렸다. 내 앞에 있는 사람이 그토록 오랜 시간을 함께한 소꿉친구가 맞는지, 얄궂고 짜증 나지만 어렴풋한 정이나마 붙일 수 있던 사람이 맞는지.

일순간 들이닥친 이질감에 눈앞이 어지럽다.

나는 당혹감을 누르듯 마른침을 삼켰다.

"안내해 주는 대로 온 거지만 방으로 올 줄은 몰랐네. 응접실로 갈래?"

"괜찮으니 여기서 얘기해."

마음 같아서는 심호흡을 하고 싶었으나 가늘게 숨을 뽑아내는 걸로 만족해야 했다. 나는 되도록 태연을 가장했다.

아니야, 벌써부터 의심하지 마. 아직 확신할 수 있는 일은 아무것도 없다. 어쩌면, 정말 어쩌면 근래에 들은 이야기가 전부 잘못된 걸 수도 있었다. 앨리스는 분명 나만이 알 법한 일 몇 가지를 맞추었지만, 전부 단편적인 이야기였다. 가정이 틀릴 수도 있다고 증명하는 데에는 단 하나의 예외만으로도 충분했다. 정말 어쩌면, 소설 내부에 장치되어 있는 주인공 사이의 오해일지도 모르잖아. 안일하게 현실을 외면하고 있는지도 모른다. 하나, 이 정도의 마음가짐이 내가 가질 수 있는 최선이었다.

사랑은 없고 정도 어중간하다. 그렇다한들 나는 유년부터 녹턴 에드가를 알았고 가까이에 있었고, 그렇기에 녹턴이 그 정도는 아니라고 생각하고 있었다. 그렇게 믿고 싶었다.

필사적으로 마음을 다듬은 덕에 나는 완전히는 아니라도 어느 정도로는 평정을 찾을 수 있었다. 그러는 동안, 무슨 생각인지 녹턴은 내내 아무런 말도 하지 않았다. 어쩌면 무도회장에서 한 말을 무시했다고, 내가 화를 내고 있다고 생각할지도 모른다.

얼마나 지났을까, 새디가 차를 가지고 돌아왔다. 찻물을 머금으니 마음이 조금 더 가라앉는다.

"무슨 일이야, 녹턴. 여기에 온 적은 한 번도 없었잖아."

"통 연락이 없기에 뒤늦게 실감했거든."

"뭘?"

"네 약혼자에 대해 함부로 말한 걸 사과할게, 발로즈. 확실히 네 말대로, 약혼자와 친구 사이가 같을 수는 없는 법이지. 네가 화내는 것도 당연해."

말은 조금도 빠른 데가 없이 느리고 분명했지만 나는 녹턴의 말을 제대로 이해할 수 없었다. 녹턴 에드가의 사과란 대부분 조롱이나 가식과 맞닿아 있었다. 녹턴에게서 이토록 무난한 사과를 듣다니, 조금 전까지 가슴이 서늘했던 것도 잊고 나는 노골적으로 의심을 드러냈다.

"사과라고? 네가?"

"너무한 반응이네."

"너 같으면 진심이라고 믿겠어? 징그러우니까 그만둬. 네가 사람 속 긁는 소리 한 게 하루 이틀 일은 아니잖아."

"그리 쉽게 용서해 주다니, 관대하구나."

그래, 이쪽이 좀 더 녹턴 에드가답지.

말 몇 마디를 나누었다고 상황이 평소와 다를 바 없이 느껴졌다. 나는 굳었던 어깨를 늘어뜨리고 가벼워진 마음에 안도했다. 헛된 희망일지도 모른다고 생각한 가정이 힘을 얻고 있었다. '평소대로'라는 말의 힘은 그토록 강했다.

그러나 안타깝게도, 오늘은 마냥 평소다운 날은 아니었나 보다. 안도하는 나를 비웃기라도 하듯, 녹턴의 눈빛이 묘하게 변했다.

그는 우아하게 찻잔을 기울이며 목소리를 조금 바꾸었다. 좀 더 낮고 속삭이듯 울리는 목소리로.

"나를 만나러 오지 않은 새 너는 좀 더 친절해졌네."

"또 무슨 말이야."

"조금 전에 말이야. 나는 네가 다른 말을 할 줄 알았어. '네가 어떻게 여기에.' 같은 말이 아니라 이를테면…… '왜 허락도 없이 녹턴 에드가를 들였어?' 그런 말 말이야. 네 시녀가 잘못한 일이잖아. 그런데 참 상냥하기도 하지. 그걸 아무 말도 없이 돌려보내다니."

마치 시녀의 잘못이 아니란 걸 아는 사람처럼.

녹턴의 입에서 나오지도 않은 말이 환청처럼 귓가를 지나갔다. 명백히도, 녹턴은 나를 비웃고 있었다.

쿠룽.

천둥이 친 소리가 먼저인지, 심장이 다시 뜀박질을 시작한 게 먼저인지 모르겠다. 심장이 쿵쿵 뛰었다. 잠시 차분해졌던 것이 거짓말처럼 마음이 요동치는 소리가 거세다.

왜 그런 말을 해?

무너져 버린 안도감에, 불안하고 두렵고 서러웠다. 입술이 떨렸다.

"사용인을 손님 앞에서 처벌하지 않는 게 이상한 일은 아니잖아."

그리 답하면서도, 나는 녹턴의 옆에 섰던 시녀의 눈빛을 다시 한번 떠올렸다.

새디는 정말로 뭔가에 당한 걸까. 이를테면 녹턴 에드가의 마법에, 세뇌에 당해서 내게 허락을 구하지도 않고 그를 데려온 걸까.

"네가 이상하다고 말할 셈은 아니었어, 발로즈. 말 그대로 네 다정함에 감탄한 것뿐이니까."

그렇다면 녹턴 에드가는 왜. 내 성격 나쁜 소꿉친구는 왜 발로즈 후작저에, 왜 내 방에 온 걸까. 그리고 어째서 정상적으로 방문하지 않고 새디를 홀려 방으로 들어온 걸까.

내가 뭔가 알고 있다는 걸 확인하려고?

그럴 리 없다. 앨리스가 녹턴에 대해 말할 수 있던 것은 그 애의 꿈 때문이었다. 아무리 녹턴이라 한들 남의 꿈을 들여다볼 수는 없을 것이다.

그러나 그게 아니라면 녹턴은 왜 나를 시험하듯 이런 식의 방문을 택한 걸까. 생전 발로즈에는 발길 한 번 주지 않던 녹턴 에드가가 왜 하필이면 이 시기에 이런 방식으로 찾아온 걸까.

무언가를 확인하기 위함이라면 그 다음에는? 내가 녹턴 에드가의 비밀에 대해 알고 있다고 확신하면 그 다음에는 뭐가 있는 건데.

"듣기로, 무도회가 있던 날 밤에 리모란드 영애를 만났다고?"

"미쳤구나, 사람을 붙였어?"

"오해하지는 마. 감시한 쪽은 귀여운 종달새 쪽이거든. 약혼을 코앞에 두고 무슨 일을 당할지 너무 걱정돼서."

"녹턴 에드가!"

"내 험담은 나누지 않겠다고 했었지, 발로즈. 그날, 무슨 이야기를 했어?"

요요한 색의 눈에 빛이 돌았다.

질리도록 익숙해졌다고 생각했는데, 뱀 앞의 개구리가 된 것처럼 입 안이 바싹 말라갔다. 십수 년의 세월이 파도에 쓸려 간 것처럼 의미 없게 느껴졌다.

뭘 어디까지 알고 있는 걸까. 앨리스가 무언가 알고 있다는 걸 들켜 버려서 그걸 확인하러 온 걸까. 앨리스가 얼마나 아는지, 내가 얼마나 아는지 알아보려고. 그리고 알아본 다음에는. 넌 뭘 하려는 생각일까.

머릿속의 추측은 제멋대로 흘러가 가정하기도 싫었던 결론에 도달했다. 차게 굳은 손끝으로 찻잔을 쥐고 나는 기계적으로 찻물을 삼켰다.

"협박하지 마, 녹턴. 내가 친구와 무슨 이야기를 했는지 제삼자에게 말할 의무는 없어."

무거운 정적이 흘렀다.

할 수만 있다면 녹턴 에드가가 무슨 생각을 하는지 그 머리통을 열어 보고 싶었다. 정말로 녹턴 에드가는 제 비밀을 들켜서, 비밀을 알게 된 상대를 죽이러 온 걸까.

차마 직설적으로는 묻지 못하는 물음이 목 아래로 울렁거렸다.

찻잔을 기울이던 녹턴이 잔을 테이블에 내렸다. 둔탁한 소리가 나고 느리게 올라온 시선에 눈이 마주쳤다.

녹턴은…… 눈가를 찡그리고 있었다.

"제삼자라, 너는 친구를 그렇게 말하는구나."

"대화를 나눈 당사자가 아니라면 누구라도 마찬가지잖아."

"협박하려던 건 아니었어. 아무렴 발로즈, 너는 내 가장 소중한 사람인걸. 말하기 싫다면 그래, 이야기는 그만할게. 나도 의처증 환자로 의심받고 싶은 건 아니니까."

몸이 굳은 티가 날 텐데도 그는 아는 체하지 않고 품에 손을 넣었다. 얇은 금박이 씌워진 흰 봉투가 테이블 위로 올려졌다.

"다음 주 중으로 가볍게 티파티를 열려고. 와 준다면 좋겠어."

"……내가 무도회장에서 한 말, 기억하긴 해?"

"구설에 휘말리기 싫다. 잠잠해지면 연락하겠다. 그런 건 걱정하지 마, 발로즈. 네 약혼자도 함께 초대했거든. 리모란드 영애도 자리를 지킬 예정이니까, 오히려 구설을 정리하기는 좋을 거야."

대본을 읽는 연극배우처럼, 녹턴은 기계적으로 말하면서 웃는 시늉조차 하지 않았다. 여전히 눈가는 찡그린 채로 표정은 가라앉은 채로.

생소한 표정으로 말을 마치고 녹턴이 몸을 일으켰다. 엉거주춤 따라 일어나서 나는 테이블 위에 놓인 초대장과 그의 이상한 얼굴을 번갈아 쳐다보았다.

돌아가는 거야, 이대로?

내가 무슨 말을 했는지도 기억나지 않을 만큼 정신없는 상황에서, 녹턴의 급작스런 귀환은 한층 더 내 정신을 어지럽게 만들었다. 그저 나를 떠보러 왔다고 생각하기에 티파티 초대장은 이질적인 물건이었다.

녹턴은 앉아 있느라 흐트러진 차림을 정리하고 평소와 같이 미소 지었다. 그럼에도 입가에 그려진 호선은 마냥 평소와 같다고 말할 수는 없었다. 이질적이고 인위적이다. 할 수 없이 그런 감상이 들었다.

"네 건방진 시녀를 벌할 필요는 없겠어. 나는 알로이 발로즈 소후작의 손님 자격으로 저택에 들어왔으니까."

"뭐? 알로이가 너를?"

"그러니 걱정하지 마. 의심하지도 말고, 발로즈."

좀체 명확히 할 수 없는 말들의 연속에 나는 무어라 말도 못 하고 입을 달싹였다. 좀 전과는 다른 의미로 굳은 나를 내려다보며 녹턴이 허리를 수그렸다.

어깨의 위, 내 얼굴의 옆쪽.

가느다란 숨이 바람처럼 솜털을 간질였다.

반사적으로 물러나려 했지만 테이블을 뒤로 한 탓에 그러지도 못했다.

"발로즈."

"뭐 하는 거야!"

"발로즈."

"할 말이 있으면 떨어져서……."

"사실 나는, 발로즈를 별로 좋아하진 않아."

이건 또 무슨 말이야.

이상한 어감의 말에 녹턴을 밀어내던 손에서 힘이 빠졌다.

"너는 아마 평생 모르겠지만."

내 쪽으로 허리를 구부렸던 녹턴이 천천히 허리를 폈다. 그제야 나는 내 목에 자수정으로 만들어진 목걸이가 걸렸다는 걸 깨달았다.

약혼 축하해, 일단은 말이야.

들릴 듯 말 듯한 말소리를 남기고 녹턴 에드가 방을 나섰다.

정말로, 이상한 행동이었다.

녹턴이 돌아간 직후, 나는 바로 알로이의 집무실로 향했다. 노크도 않고 들어갔는데 내 방문을 짐작한 듯 그녀는 조금도 놀라지 않았다.

"에드가 각하를 왜 청했냐고?"

알로이가 쥐고 있던 만년필을 내려놓았다.

"이상한 말이네. 내가 청한다고 오는 사람이니."

"말꼬리 잡지 말고."

"말꼬리가 아니라, 먼저 도와주신 거야."

도와주다니, 뭘?

말없이 인상을 찡그리자 알로이는 고민하듯 고개를 기울이다가 입을 열었다.

"어차피 말은 해야 하니까."

내게 하는 말인지 혼잣말인지 모를 말을 중얼거리고, 그녀가 몸을 바로 세웠다.

"테롭스 말이야, 주제넘게도 딴생각을 품고 있더라고."

"테롭스 안단테?"

"그래, 다음 달이면 나와 결혼하기로 예정된 내 종달새, 귀엽고 끔찍한 우리 테롭스."

"그놈…… 안단테 영식이 뭘 했는데."

"나랑 결혼하고 널 유혹할 계획이었대."

진지하게 듣던 내가 바보 같다. 너무 터무니없는 소리에 인상이 절로 찡그려졌다.

"헛소리 마."

"헛소리면 좋겠는데 진짜야. 결혼은 권력자인 장녀와, 사랑은 제국 제일 미인인 차녀와. 심지어는 그걸 불륜 중인 애인한테 떠들고 있었다니까. 약이라도 한 건지."

알로이가 제 머리 옆으로 손가락을 빙글빙글 돌렸다. 제국 제일 미인이라는 망언은 차치하더라도 농담이라면 이쯤에서 실토했을 것이다. 설마 그 미친 소리가 사실이라고?

사람은 오래 봐야 안다는 알로이의 지론대로, 스무 살에 한 약혼을 7년이나 끌어 왔다. 당장 결혼하기가 싫어 시간을 끈 걸지도 몰랐지만. 그 길고 꼬장꼬장한 시간을 무탈하게 흘려내 놓고 결혼을 한 달 앞둔 지금 그따위 짓거리를 하다니. 테롭스 안단테의 원대한 야망에 감탄해야 할지, 알로이의 보는 눈에 박수쳐야 할지.

무난한 말씨에 순박한 얼굴로 깜찍한 속내를 잘도 숨겨 왔다. 그 빌어먹을 계획에 내가 얽혀 있지만 않았어도 감탄사를 뱉을 수 있었을 것이다. 밀빵 같은 얼굴로 꾄다고 넘어갈 리도 없었지만, 괜히 마음이 껄끄러워 나는 알로이의 눈치를 살폈다.

"가엾게도 그 원대하던 계획은 파탄 나고 가문에서도 내쫓길 신세가 돼 버렸지만."

"……괜찮아, 알로이?"

"부모님께 말씀드리기는 곤란하지만 일단 나쁠 건 없지. 다행이라고 생각해. 가문이나 조건이 적당해서 고른 약혼자지만, 얼굴은 영 내 취향이 아니라서."

"나 밀빵이랑 아무 일도 없었어. 알지?"

"아무렴, 무슨 일이라도 있었으면 테롭스 안단테는 진작 죽여 버렸어."

살벌한 소리를 태연히 내뱉고는 알로이가 몸을 일으켰다. 따뜻한 입맞춤이 이마에 닿았다. 미묘한 불안과 쓸모없는 죄책감이 단박에 녹아내렸다.

"의심할 리 없잖아, 두두."

"이제 아명으로 부르지 말라니까."

멋쩍은 마음에 시선을 내리깔자 알로이가 깔깔 웃음을 터뜨렸다. 끽해야 다섯 살 차이밖에 나지 않으면서 이럴 때의 알로이는 지나치게 어른 같았다. 전생까지 셈하면 내 나이가 훨씬 많을 텐데도.

부끄러운 마음이 지나쳐, 나는 알로이의 집무실을 찾은 직접적인 용건으로 화제를 되돌렸다.

"녹턴이 도와줬다는 건 뭐야?"

"나는 원래 근거 없는 소문은 흘려버리지만 각하께서는 안 그러시잖아. 안단테 차남에 대한 나쁜 말들이 은근히 있어서 조사해 봤다고 하시더라. 하기야, 각하께서도 화날 만하지."

테롭스 안단테에 대한 걸 녹턴이 직접 조사했다고? 무슨 이유로?

여러 가지 생각들이 머릿속을 지나갔다. 에드가 공작저의 모두가 세뇌되어 있다는 앨리스의 말, 이상한 표정의 새디, 그리고 난데없이 발로즈를 찾은 녹턴.

단순히 발로즈 저택에 들어오기 위해 테롭스 안단테를 수단 삼은 거라면 다행이었다. 그러나 테롭스 안단테의 소문이 거짓이라면? 녹턴의 수작으로 그런 짓을 벌인 거라면……?

생각을 이어 가다가 나는 고개를 저었다.

무슨 멍청한 소리야.

지나친 의심이었다. 설사 녹턴 에드가 정말 그런 사람이라고 하더라도 굳이 알로이를 파혼시킬 이유는 없었다.

단기간에 너무 많은 걸 알게 된 탓에 내 머릿속은 의심으로 편중되어 있었다. 어쩌다 이렇게 되었을까. 빼내지 못할 가시가 걸린 것처럼 마음이 불편했다.

"두루아."

"어, 응."

"클레이모어 경이 잘해 줘?"

"갑자기 애런이 왜 튀어 나와."

"클레이모어 경을 사랑해?"

"난 애런과 연애를 하려는 게 아니야. 네가 말하는 사랑이 외적인 조건에 만족하느냐 묻는 거라면 말은 달라지겠지만."

"네 선택이니 존중하겠지만 두루아, 가문도 조건도 너는 신경 쓸 필요 없어.

그런 걸 계산할 사람은 소후작이면 돼. 내 귀여운 동생아, 나는 네가 제일 행복해질 선택을 하면 좋겠구나."

나긋이 이어지는 말이 마음을 조여 온다.

애런을 사랑하느냐니, 녹턴을 사랑하느냐는 물음만큼이나 터무니없는 소리였다. 혼담을 거절하는 사람에게 그럼에도 약혼하자 말한 것은 나였지만, 애초부터 깨 버릴 생각으로 내건 제안이었고 애런도 같은 생각으로 동의했다.

그는 당분간만이라도 혼담을 피하고 싶어서. 가능하다면 내게 상처를 받았다며 이후로도 결혼을 거절할 명분을 만들기 위해서.

그리고 나는 녹턴으로 인해 막힌 혼담이 걱정돼서. 녹턴 에드가와의 거리가 필요해서. 결국 사랑에 빠질 녹턴과 앨리스로 인해 받게 될 같잖은 동정과 조롱을 피하기 위해서. 그랬다. 그랬었다.

나는 화형당할 운명은 피할 수 있다고 생각했지만, 녹턴과 앨리스가 사랑에 빠진다는 결론은 피할 수 없다고 생각해서 사랑에 배신당한 역할을 맡고 싶지는 않았다. 그러나 지금 와 생각해 보면, 애런과의 약혼으로 내가 얻을 수 있는 게 있을까 회의가 든다.

녹턴은 주인공일까, 악당일까.

녹턴과 앨리스는 그럼에도 사랑에 빠지게 될까.

녹턴은 나를 뭐라고 생각하는 걸까.

입 안이 건조하게 말라 간다.

나는 내 자매의 사랑에 바로 답할 수 없어서 알로이의 눈을 피했다.

"……고맙지만, 그게 녹턴 얘기는 아니겠지?"

대답을 피하려 돌린 말에도, 알로이는 말없이 웃기만 했다.

"죄송해요, 작은 아가씨. 제가 정말 왜 그랬는지 모르겠어요."

"알로이의 손님으로 온 거잖아."

"그래도 저는 두루아 아가씨의 전속 시녀인데……."

괜찮다고 말했음에도 새디는 스스로 이해할 수 없다는 표정으로 입술을 깨물었다. 그래, 새디의 성격이 이토록 완고하기에 전날의 괴리감은 더 선명했다. 어쩌면 녹턴에게 정신적으로 무슨 일을 당했을지도 모르는 시녀는 죄책감이 가득한 얼굴로 재차 허리를 숙였다.

"다음부터는 절대로 그런 일이 없도록 할게요."

결연한 표정에 외려 마음이 불편했다. 새디가 자책할수록 점점 더 녹턴이 이상하다는 생각에 무게가 실렸다.

아니, 비단 이번 일뿐만이 아니라 사람들의 말, 돌아가는 상황, 그리고 당사자인 녹턴 에드가의 행동까지 모든 것이 그에게 비밀이 있노라 속삭이고 있었다. 어쩌면, 메모리아의 실타래를 살 필요도 없었던 것처럼.

"그리고 클레이모어 경께 답신이 왔어요. 여기요."

새디가 내게 검은 봉투를 내밀었다. 클레이모어의 인장이 새겨진 서신이다. 안에는 녹턴에게 티파티 초대를 받았느냐는 물음에 대한 답이 적혀 있었다.

　　……말씀하신 대로, 에드가 공작 각하로부터 티파티에 참석할 것을
　　권유받았습니다.
　　아직 참석 여부에 답신을 보내지는 않았으나, 공작저의 연락책이
　　답신을 받아갈 때까지 후작저에 머무르는 중이라.
　　답신을 오래 미루기는 힘들 것 같습니다.

제가 티파티에 불참하기를 바라신다면, 자정 전으로 서신을 보내

주시길 기다리겠습니다.

서신을 주지 않는다면 티파티에 참석할 예정입니다……

앞뒤의 인사말을 자르면 내용은 이랬다.

애런이 티파티에 불참하겠다면 나도 그를 핑계 삼아 불참할 텐데, 의외로 그는 거부감을 내비치지 않았다.

앨리스를 피해 다니기에 내가 바라는 답이 올 줄 알았는데…… 혹시 그 애도 오는 걸 모르나. 생각해 보면 나도 급하게 서신을 보내느라 앨리스에 대한 얘기는 꺼내지 못했다. 이제 와서 앨리스가 오는 데도 갈 거냐고 묻는 건 이상하지.

결국 그 묘한 자리에 가야 하는구나.

나는 새디로부터 다음 서신을 받기 위해 손을 내밀었으나 그녀의 팔에 남은 건 내가 즐겨 입는 숄뿐이었다.

앨리스에게도 분명 서신을 보냈을 텐데?

"리모란드로 넣은 건?"

"그게…… 리모란드 영애님이 몸이 안 좋으신가 봐요. 잠시 에른하르트로 요양을 가셨대요."

"에른하르트?"

에른하르트는 앨리스가 리모란드임이 밝혀지기 전 살던 영지다. 떠올리자마자 '그 애가 거길 왜?'라는 말이 혀 밑으로 올라왔으나 가까스로 삼켜 냈다.

상대가 시녀가 아니라도 앨리스의 유년 시절은 모두에게 비밀이었다. 기사가 아기를 훔쳐 달아났다는 것도, 아기는 사산되었다고 유모가 거짓을 말한 것도, 그 때문에 앨리스가 모멘텀 남작의 사생아로 유년을 보냈다는 것도 전부. 당연한 일이다. 개중 어떤 말도 구설에서 자유로울 이야기는 아니었으니까.

리모란드에서는 죽은 줄 알았다가 찾아낸 막내딸이 추문에 휩쓸리는 것을 꺼렸다. 앨리스는 몸이 안 좋아 별장에서 요양하다가 가까스로 상태가 좋아져 모습을 드러낼 수 있던 것으로 소개되었다. 다소 무리가 가는 주장이었으나, 리모란드의 사람들 자체가 드러난 것이 많지 않고 공작이 워낙 철저하게 준비한 탓에 대놓고 의심하는 사람도 없었다.

때문에 그 애가 한때 앨리스 모멘텀으로서 에른하르트에 살았다는 이야기는 리모란드 공작저의 몇몇과 모멘텀 남작가의 사람들을 제외하자면 오로지 나만 아는 이야기였다. 그렇기에 앨리스가 이 시점에서 에른하르트로 향한 것이 더욱 이해가 가지 않았다.

앨리스가 리모란드로 수도에 올라온 지는 이제 겨우 반년밖에 지나지 않았다. 저를 알아보는 사람들이 있을지도 모르는데, 구태여 에른하르트로 갈 이유가 뭐가 있을까.

계속되는 침묵이 이상해 보였는지 내색하지 않으려고 해도 새디의 얼굴에 의아한 빛이 떠올랐다. 그를 깨닫고 나는 닫고 있던 입을 열었다.

"제법 멀잖아. 오가기도 힘들 텐데 말이야."

"중간 지점까지는 마법 스크롤의 힘을 빌리셨대요. 영애님의 목적지는 비밀이라 아가씨께만 은밀히 전하라고 하셨어요. 떠나기 전, 리모란드 영애님이 그렇게 지시하셨다나 봐요."

비밀이라니, 그럼 변장을 하고 간 걸까. 앨리스의 대책 없는 행동이 조금은 보완되었지만 그럼에도 완전히 수긍할 수는 없다.

내가 에른하르트로 오길 바라는 건 아니겠지. 녹턴이 있는 수도에서는 말할 수가 없어서?

아니, 이것도 지나친 생각인가······. 머리가 지끈거렸다.

"그리고 아가씨께서 빌려주신 숄을 돌려드리라고 하셔서 가져왔어요."

뒤늦은 말에, 그제야 새디가 팔에 걸친 숄이 내가 그 애에게 빌려주었던 물건임을 떠올렸다. 내가 추울까 봐 들고 있는 줄 알았지.

마침 두통 때문인지 한기가 도는 것 같아 그녀에게 숄을 건네받았다. 살갗이 드러난 어깨를 덮을 셈이었다.

하나 숄을 미처 펴기도 전에 나는 손을 멈추었다. 가장 안쪽 접힌 부분에 얇고 각진 무언가가 만져졌다. 종이? 쪽지인가.

느리게 눈을 돌려 새디를 바라보았지만, 숄을 여러 번 접은 탓에 그녀는 안쪽의 무언가를 눈치채지는 못한 모양이었다.

"알겠으니 나가 봐."

"예, 작은 아가씨."

평소보다 한결 조심스런 태도로 인사를 마치고 새디가 방을 나섰다. 작은 발걸음 소리가 카펫에 파묻혀 멀어져 간다. 하나, 둘, 셋, 넷, 다섯. 혹시나 하는 마음에 다섯까지 숫자를 세고서야 나는 숄을 펼쳤다.

예상대로 미색의 쪽지가 반듯하게 접혀 있었다. 그조차 펴내자, 쪽지에는 앨리스의 필체로.

절대로 티파티에 나가지 마.

내가 취해야 할 행동을 말해 주고 있었다.

다그닥, 다그닥. 말이 달리는 소리가 규칙적이다.

청명한 하늘, 백금빛으로 빼곡한 밀밭. 높이 솟은 것이라고는 남작성뿐인 조그만 영지. 규모에 비해서는 풍요로우나 주위를 둘러싼 산지가 몬스터로 가득해, 아무도 탐내지 않는 이곳의 이름은 에른하르트였다.

앨리스는 마차의 창문 너머로, 가까워지는 에른하르트를 보고 있었다. 어느덧 반년이 되었나, 다시 온다면 그보다는 많은 시간이 지났을 줄 알았는데 얼마 지나지도 않아 그녀는 애증의 땅을 다시 밟고 있었다.

'오고 싶지 않았는데.'

치맛자락을 움킨 손에 잔뜩 힘이 들어갔다.

앨리스 리모란드의 어린 시절은 동화 속의 불행을 형상화한 것 같았다. 대놓고 저를 박대하고 이따금 매질하던 남작 부인은 이해할 만했다. 제게 구정물을 뒤집어씌우고 하녀들의 옷을 꿰매게 했던 두 언니의 행실도 어린 나이의 치기라고 받아들일 수 있었다. 나중에 가서는 갚아 줄 일도 있었기에 그들을 향한 앙금은 모두 지워졌다. 하나 그녀를 가장 불행하게 만드는 사람만큼은, 무슨 일이 있더라도 지워 낼 수가 없었다.

모멘텀 남작, 한때는 아버지로 알았던 그 저열한 사내야말로 불행의 주범이었다. 앨리스의 출생이 드러나고는, 누구보다 발 빠르게 도망쳐 어디 있는지도 모를 그 남자가.

무뚝뚝한 아버지는 이따금은 사랑스런 눈으로, 이따금은 증오스런 눈으로, 또 이따금은 탐욕스런 눈으로 앨리스를 보았다. 어릴 때는 그게 사생아를 보는 눈이라 생각했지만, 진실을 깨닫자 그게 사랑하던 여자의 씨를 보는 눈이란 걸 알게 되었다. 알고 나니 더욱 혐오스러워졌다.

남작 부부 중 누구와도 닮은 구석이 없고, 작은 언니와는 1년도 차이가 나지 않았기에 앨리스가 사생아라는 건 누구나 알 법한 사실이었다. 부부간의 신의를 저버리고 불륜이라는 죄를 지은 이는 엄연히 남작이었지만, 무뚝뚝하면서도 거칠고 포악한 남작의 심기를 건드리는 사람은 거의 없었다. 모든 죄는 앨리스에게로 쏟아졌다.

단언컨대, 어느 시기가 되기까지는 앨리스 모멘텀의 삶에서 행복한 순간은 한 번도 없었다. 동화 속의 주인공들은 생쥐나 들고양이와도 곧잘 친하게 지내며 행복을 가장하곤 했지만, 앨리스 모멘텀은 그럴 수 없었다. 생쥐는 발걸음 소리를 듣는 것만으로 소름이 돋았고 들고양이는 사람에게 곁을 내주는 일이 드물었다.

그녀가 대외적으로나마 선량하게 웃고 지낸 것은, 그래야 조금이라도 제 편이 생기고 조금이라도 미움을 덜 받기 때문이었다. 지극히 계산된 선량함은 오히려 교활함과 닿아 있었다.

앨리스는 그렇게 살았다.

두루아와 만나는 날까지.

꽃병을 깨뜨린 죄로 아침을 굶은 날, 허기를 잊으려 산책을 나온 날.

뭐에 홀린 듯이 밖으로 나온 앨리스의 옆으로 마차가 멈추었다. 네 마리의 말은 모멘텀가에 있는 말에 비할 바 없이 크고 당당했다. 마차에서 내린 사람 역시도 모멘텀가의 사람들과는 태부터가 달랐다.

"여기가 에른하르트야? 생각보다 근사한데."

한눈에 보기에도 이 같은 시골에 있을 사람은 아니었다. 굴곡진 머리칼은 탐스러운 윤이 흐르고 조막만 한 얼굴은 새끼 고양이처럼 귀여웠다.

그러나 앨리스의 시선이 꽂힌 곳은 두루아의 외모가 아니었다. 가격을 알 수 없을 정도로 질 좋은 옷, 고개를 숙여 본 적도 없을 것 같은 당당한 태도, 그리고 아이의 뒤에서 자신감을 받쳐 주고 있는 기사와 시녀들.

그 모든 것들이 처음 보는 것이었지만, 동시에 낯이 익었다. 앨리스는 이러한 광경을 본 적이 있었다. 현실이 아닌 꿈에서의 일이다.

에른하르트는 늘 비슷한 일만 일어나기 때문인지 앨리스의 꿈도 늘 비슷했다. 구박을 받고 멸시를 당하고, 비굴하게 웃는 얼굴로 호의를 사 조그만 것들을 나누어 받는 일상. 현실과 마찬가지로 몹시도 구질구질한 꿈속에서, 새로운 일이 벌어진 게 사흘 전의 일이었다.

멍하니 서 있는 제게로 다가오는 화려한 마차, 문이 열리고 누군가가 내린다. 함께 내린 시녀도 말을 타고 따라오던 기사들의 모습도 생생한데 그 사람만큼은 얼굴도 볼 수 없고 목소리도 들을 수 없었다. 심지어는 그 사람을 바라보며 제가 무슨 대답을 했는지까지 선명한데도.

언제부턴가, 앨리스는 매일같이 꾸는 꿈들 사이에 유독 또렷한 꿈이 있다는 사실을 깨달았다. 그리고 그 선명한 꿈이 현실에서 똑같이 되풀이된다는 것 또한. 그 덕에 몇 번 곤란한 일을 피하기도 하고 뜻밖의 이득을 얻기도 했지만, 대수롭지 않게 여겼다. 대단한 일이 생긴 것도 아니었으니까.

그러나 이번만큼은, 앨리스는 제 꿈이 현실이 되기를 기다리고 있었다. 왜냐하면 꿈속의 사람과 이야기하면서, 얼굴도 목소리도 상대가 무슨 말을 했는지도 모르는 대화를 나누면서, 꿈속의 앨리스가 생각했던 것이 생생히 기억났기 때문이었다.

'내게도 행복해질 기회가 왔어!'

그러나 마침내 바라던 순간이 왔지만, 앨리스는 무얼 하면 좋을지 몰랐다.

꿈속의 상대가 무슨 말을 했는지는 몰라도 제가 무슨 말을 했는지는 기억하고 있다. 하지만 그 대답이란 것이 어리벙벙하게 '네, 아니오.'를 말하는 정도이다 보니 도움이 되진 않았다. 때문에, 앨리스의 행세를 기묘한 표정으로 바라보던 상대가 제게 물음을 던졌을 때도 그녀는 꿈속과 마찬가지로 말을 더듬을 수밖에 없었다.

이미 알고 있던 사실이라도, 잔뜩 기가 죽은 탓도 있었다. 자존감이 낮은 앨리스에게, 또래라 한들 한눈에 보기에도 고위 귀족인 아이를 상대하는 것이 쉬울 리 없다. 앨리스로서는 잔뜩 움츠러든 어깨를 힘겹게 펴 내는 것이 최선이었다.

"너 귀족이니?"

"그, 그렇습니다."

"에른하르트 남작령이니까…… 귀족 가문은 하나뿐이던가. 여기 영주가 누구였지, 캐럴?"

"모멘텀 남작입니다, 아가씨."

"처음 듣는 가문이네. 그런 것 치고는 얼굴이 어딘가 익숙한데. 이름이 뭐야? 나는 두루아 발로즈야. 수도에서 내려왔어."

"아, 저는……! 앨, 리스 모멘텀이에요, 영애님."

"앨리스…… 모멘텀?"

뭔가 석연치 않다는 듯 인상을 찡그린 두루아 발로즈가 고개를 기울인 채 생각에 잠겼다.

뭐지, 뭐가 잘못된 걸까.

혹시 내가 사생아란 걸 알고 있나? 꿈이랑 달라지면 어떡하지?

심장이 쿵쿵 뛰고 앨리스의 머릿속이 복잡해졌다.

그걸 아는지 모르는지 두루아는 몇십 초간을 고민하다가 놀란 얼굴로 중얼거렸다.

"이런 미친."

"도착했습니다, 아가씨."

상념에 빠져 있던 앨리스는 마부의 말에 정신을 차렸다.

마차의 문이 열리고 앨리스는 기사의 도움을 받아 발을 내렸다.

백금빛 밀밭 앞, 서늘한 바람이 불어오는 길가. 앨리스가 내린 곳은 두루아 발로즈를 처음 만난 그 길이었다. 멍청한 얼굴로 마차를 바라보던 소녀가, 이제는 그때보다도 커다란 마차에서 발을 내린다.

당시에는 예상조차 하지 못한 신기한 일이었으나 앨리스로서는 쓴웃음도 나오지 않았다. 기껏 에른하르트에서 도망쳤는데, 공작의 눈에서 도망쳐야 한다고 생각하니 이곳이 제일 먼저 떠올랐다. 기가 막히기도 하지.

불어오는 바람에 검은 머리칼이 흩날렸다. 다른 사람들의 눈에 띄지 않도록 구비한 가발이었다. 더하여 챙이 크고 베일이 달린 모자가 앨리스의 얼굴을 가리고 사람들의 인식을 흐리는 아티팩트까지 그녀의 귀에 걸려 있었다. 도망친 모멘텀 남작이 다시 와 그녀를 본대도 앨리스 리모란드란 걸 눈치채지 못할 것이다.

녹턴 에드가의 티파티에 끌려가지 않기 위해 먼 곳으로 와야 했던 건 사실이지만, 구태여 에른하르트일 필요는 없었다. 그럼에도 앨리스는 이곳에 왔다.

모멘텀을 향한 증오보다도, 제 유년 시절에 대한 거부감보다도 더한 바람이 있어서. 두루아 발로즈를 만난 것 외에 좋은 기억이라고는 하나뿐인 이곳으로.

'만나고 싶어, 에드.'

검은 머리칼의 청년을 떠올리며 앨리스가 눈을 감았다.

누군가와 함께한 시간이 길어진다는 것은, 원하든 원치 않든 상대의 많은 것을 알게 됨을 의미한다. 허울뿐인 약혼녀로서 애런의 속내까지 알 수는 없었지만 그의 피상적인 부분은 너무도 잘 알았다.

그는 아주 규칙적인 사람이다. 식사 시간도, 교육 시간도, 수련 시간도 심지어는 기상 및 취침 시간까지 분 단위로 정해져 있을 정도로. 별도의 예외가 생겼을 때 조금씩 달라지긴 해도 통상적인 상황에서 애런의 시간은 언제나 기사다웠다. 그러니 내가 아는 대로라면, 애런은 지금 수련을 마치고 저택의 본관으로 돌아오고 있을 것이다. 그걸 알면서도 마음이 초조해져서 치맛자락을 좀체 가만둘 수가 없다.

나는 클레이모어 후작저의 첫 번째 응접실에서 애런을 기다리는 중이다. 앨리스의 쪽지를 본 이후로 빨라진 심장은 아직도 진정되지 않아서 나는 스스로도 몹시 부산스럽다고 생각했다.

1초가 1년처럼 흐르기를 얼마간, 마침내 응접실의 문이 열렸다. 나는 비명처럼 그의 이름을 부르며 일어섰다.

"애런!"

"두루아? 여긴 어쩐 일로ㅡ."

"답신 아직 안 했죠? 간다고 안 했죠? 왜 대답이 없어요, 했어요?"

"답신이라면…… 티파티 말입니까? 아직 안 했습니다."

나는 그제야 안도의 한숨을 내쉬었다. 클레이모어가의 사람들은 원칙에 몹시 엄격하여 에드가의 연락책이 아직 답신을 기다리는 중이냐는 물음에 답해 주지 않았다. 당연한 일이었으나 침묵이 마치 부정처럼 들렸기에, 심장이 더는 인내하지 못하고 가슴 밖으로 튀어나오려던 차였다. 비로소 진정할 수 있었지만.

나는 눈을 동그랗게 뜬 사용인들을 외면하고 뒤늦게 예의를 갖추어 인사했다. 얼떨떨한 얼굴로 인사를 받은 애런은 곧 중요한 이야기를 할 거라 생각했는지 사용인들을 내보냈다. 저녁 식사를 앞에 둔 시간이라 차는 사양하고, 곧바로 대화가 시작되었다.

"오늘 중으로 답신이 없으면 내일 답할 예정이었습니다만, 서신에도 적지 않왔나요? 무슨 일이라도 생겼습니까?"

"괜히 마음이 불안해서요."

앨리스가 녹턴에 대해 경고한 것은 무도회장에서도 마찬가지였지만 그때와 지금은 말의 무게부터가 달랐다. 티파티에 절대로 나가선 안 된다니, 몹시도 마음을 불안하게 하는 말이다. 앨리스가 그렇게 강하게 말한 적은 없기에 더더욱. 이유조차 적지 않은 쪽지에 휘둘려 여기까지 오다니, 아무래도 시간이 지나면서 녹턴을 향한 의심이 끝도 없이 자라난 모양이었다. 만약 메모리아의 실타래에서 녹턴 에드가의 문제를 발견하지 못하더라도 나는 이제 그조차 믿지 못할지도 모른다.

"아, 무슨 일이 생겼냐고 물으셨죠. 생기긴 했죠. 경이 종종 하는 말처럼, 이유를 말씀드릴 순 없지만요."

"두루아."

"장난치는 거 아니고 경을 놀리려는 것도 아니에요. 이유가 뭔지는 저도 모르는걸요."

"무슨 말씀을 하시는지 모르겠습니다."

"바로 그거예요! 경이 입을 다물 때마다 제가 느꼈던 감정이요."

애런의 표정이 미묘하게 일그러져 반대로 속이 시원해졌다. 대놓고 티를 내지는 않지만 '결혼할 수 없고 그 이유도 말할 수 없는' 애런의 첫사랑 때문에 많이 답답했으니까. 앨리스인지 아닌지도 모를 그 여자가 대체 누구이기에 이렇게 말을 아끼는 건지.

어깨를 으쓱이며 나는 자리에서 일어났다. 워낙 마음이 급해 사람을 보내는 대신 직접 왔지만, 답을 듣고 나니 괜히 왔다는 생각도 들었다. 하필이면 저녁 시간대에 와서 남의 식사만 방해한 꼴이 되었네.

"아무튼 불참하겠다고 답신을 보내 주세요. 아니, 아예 당일까지는 답신을 안 보내는 게 좋을지도 모르겠네요."

"그건 또 왜…… 냐고 물어도 답해 주지 않으시겠군요. 하지만 각하께 무례
가 아닙니까?"

"예의 같은 게 뭐가 중요하겠어요. 어쩌면."

목숨이 달린 일일지도 모르는데.

뒷말을 삼키며 나는 쓰게 웃었다.

"있잖아요, 애런. 이런 말 이상하게 들리겠지만, 그 사람을 조심해요. 어떤
의미로든요."

가십을 좋아하는 사람들이 듣는다면 짝사랑에 배신당해 험담하는 이야기인
줄 알 것이나, 다행히 애런은 진지하게 고개를 끄덕여 주었다. 수긍하지 않는
다면 위험해지는 건 본인일 테니 여러모로 잘된 일이다.

구겨진 치맛자락을 정리하고 작별인사를 하기 위해 고개를 들었을 때.

"그럼 저는 돌아가―."

"두루아."

애런이 뜻밖의 제안을 건넸다.

"좋은 술이 들어왔는데, 어울려 주시겠습니까?"

✿❀❀✿

클레이모어 후작 부부는 기사단의 일로 저택을 비웠고, 애런에게 다른 형제
는 없었기에 다이닝 룸에 향한 것은 나와 그뿐이었다.

명목상으로는 약혼을 한 사이였으나 그렇더라도 남성과 둘이 식사를 하는
건 어색한 일이다. 아버지와 녹턴을 제외하고는 처음 있는 일이었으니까(그렇
다고 후작 부부가 동반하길 바란다는 미친 소리는 아니다). 그래도 와인 잔을

몇 번 나누면서는 긴장이 풀어지고 얼추 평소와 비슷한 분위기가 돌아왔다.

아니, 그보다 조금 더 풀어졌을지도 모른다. 적어도 나는 별 차이가 없다고 생각하지만 앞에 앉은 사내의 눈은 묘하게 풀려 있었다.

애런이 초점이 잡히지 않는 눈을 연거푸 깜박였다. 평소 술을 즐기지 않아서일까. 그의 말대로 좋은 술이었지만 도수가 높지는 않은데 예상외로 애런은 금세 취했다.

"하나 묻고 싶은 게 있습니다."

그런 와중에 말은 하나도 안 꼬이는 건 좀 신기한데.

별다른 대답 없이 애런의 눈을 바라보자 물음이 따라붙었다.

"두루아, 제가 당신께 청혼하면 받아 주시겠습니까?"

갔네, 갔어.

생각만 하려고 했지만, 나도 조금은 술기운이 돌았던 탓인지 대놓고 혀를 차 버렸다. 매몰찬 반응에 사내의 눈이 동그래진다.

빨간 눈이 저렇게 되니 조금 토끼 같네. 이상한 생각이 드니 샐샐 웃음이 새었다.

"애런, 제가 녹턴과 지내면서 가장 많이 는 게 뭔지 알아요?"

"뭡니까?"

"눈치예요."

말을 하다 보니 또 목이 타서 잔으로 손을 뻗었다. 이상하게 잔이 자꾸 비껴가서 나는 세 번의 시도 끝에야 잔을 움킬 수 있었다. 유리잔이라 그런가, 너무 미끄럽네.

"그럴 생각도 없으면서 이걸 바라냐는 식으로 떠보지 말아요. 되게 기분 나쁜 화법이에요."

내가 또 많이 당해 봐서 알거든.

나는 얄밉고 무서운 소꿉친구의 얼굴을 떠올리며 절레절레 고개를 저었다. 녹턴의 곁에 붙어 지낸 덕에, 남의 기분이 어떤지는 귀신같이 알게 되었다. 아이러니하게도, 정작 녹턴 에드가의 감정에 대해서는 조금도 모르겠지만.

녹턴과 지내면서 나는 너무 많은 오만을 범했다. 그의 특별한 사람이 된 것 같다는 오만, 그가 나를 친구로 여기고 있다는 오만, 내가 그에 대해 충분히 알고 있다는 오만. 그가 좋아하는 차, 좋아하는 색, 좋아하는 음식을 비롯하여 싫어하는 행동, 싫어하는 부류, 싫어하는 음식 등 거의 모든 것을 알고 있다. 그에 대해 알고 있다고 생각했다.

오랜 시간을 나누면 원하든 원치 않든 상대에 대해 많은 것을 알게 된다. 그러나 모든 것을 알게 되는 것은 아니다. 상대가 숨긴 비밀은, 정말로 소중히 하는 보물은, 창백한 살가죽 아래, 발갛게 뛰는 심장 아래 고이고이 감추어 둔 마음은 아무리 많은 시간을 함께해도 모를 수 있다.

최근 들어 나는 다시 실감하고 있었다. 내가 아는 건 언제든 벗겨 낼 수 있는 껍데기뿐이라고. 단 며칠 만에, 나는 녹턴이 사회의 틀을 벗어난 사람일지 모른다고 의심하고 있었다.

지내 온 시간은 무의미하고 쌓아 온 감정은 얄팍하다. 마음속이 텅 비는 것처럼 공허하고, 비워진 마음에 이유 모를 설움이 차올랐다.

아니야, 단정 짓지 말자.

어차피 물건이 오기 전까지는 아무것도 확신할 수 없다. 스스로도 의미 없는 부정이라 생각하면서도, 미련인지 오기인지 모를 감정을 붙들고 나는 크게 고개를 저었다.

떨리는 손이 다시 잔으로 향한다. 붉고 차가운 액체가 목을 넘어 배 속으로 가라앉는 것이 선명하게 느껴졌다.

"생각 없이 묻는 건 아닙니다. 두루아, 당신은 좋은 사람이고 정말로 에드가 각하와도 연인 사이가 아닌 듯하니까요. 당신과 결혼하면 적어도 불행해지지는 않을 거란 생각이 들었습니다."

"지금은 불행하신가 봐요."

"행복하진 않지요. 이유는─."

"말해 줄 수 없지만?"

비꼬아 한 말에 뜻밖에도 애런이 웃음을 터뜨렸다. 처음 듣는 그의 웃음소리에 놀라 나는 조금 정신이 깨는 것 같았다.

아 나, 취한 건가? 자각하니 눈앞이 어딘가 빙글거리는 것 같기도 했다. 눈가를 꾹꾹 누르자, 뭐가 그리 웃긴지 다시 한번 웃음소리가 터졌다. 웃는 부분이 진짜 이상하네. 나는 기분 좋게 웃는 얼굴을 보며 대놓고 얼굴을 일그러뜨렸다.

"말해 줄 수 없는 거 맞잖아요."

"아니, 오늘은 말하려고."

"어…… 지금 반말했어요? 맞죠?"

"많이 고민했습니다."

"모르는 척하네."

"하지만 까놓고 이야기하면, 깨질 약혼을 한 것 자체가 이미 비밀을 만든 건데 하나둘쯤 늘어난다고 뭐가 달라질까 싶더군요."

반말을 해 놓고 모르는 척하는 건 마음에 안 들지만, 본론이 마음에 들었기에 나는 애런을 용서해 주기로 했다.

"굉장히 바람직한 태도네요."

"그런가요? 하하."

"그래서 그 비밀이란 게 뭔데요."

"사랑하는 사람이 있습니다. 결혼은 생각도 할 수 없는 사람이요."

"그건 이미—."

"죽었거든요."

갑작스레 겨울을 맞은 것처럼, 머리끝에서 발밑으로 싸늘한 기운이 흘러내렸다.

사랑하는 사람이 죽었다고? 이런 말로 장난을 할 사람이 아니란 걸 알았지만, 나는 애런의 얼굴 표정을 다시 한번 살폈다. 일그러지지 않았을망정 그의 얼굴은 진지했다.

애런이 담담한 얼굴로 말을 이어 갔다.

"기사 수행을 가서 만난 사람입니다. 아실지 모르겠지만, 기사 서임을 받으려면 종자 생활을 마치고도 수행을 떠나야 합니다. 저는 아버지께 기사 서임을 받아야 했기에 그분의 말씀대로 몬스터를 잡아야 했습니다. 드레이크 150마리를 잡을 때까진 돌아오지 말라고 하시더군요."

"생각보다…… 절차가 복잡하네요."

"그렇지요. 일종의 시험이니만큼 가문의 지원도 일절 없고 모든 걸 스스로 해결해야 했습니다. 다른 사람의 도움을 받아서도 곤란한 일이었죠. 그래서 어설프게나마 변장도 했습니다만, 저를 아는 사람이라면 전부 알아봤을 겁니다. 아티팩트를 달았어도 분위기나 말투 같은 데서 티가 나니까."

그건 그렇지. 나는 고개를 끄덕여 그의 말에 동의했다. 기사 가문의 사람이라 그렇다고 해도 이토록 각 지게 행동하는 사람은 많지 않았으니까.

"그리고 거기서, 그 사람을 만났습니다. 생계 때문에 몬스터나 짐승의 가죽을 팔 때 시장에서 종종 마주치는 사람이었습니다. 손도 머릿결도 거칠고 옷도 재질이 나빠 처음에는 평민인 줄 알았는데, 말을 트고 나서는 귀족이란 걸 알았습니다."

"이름을 밝히던가요?"

"아니요, 몰래 나온 모양인지 성은 끝내 말해 주지 않았습니다. 다만 몸가짐에서 티가 나 버렸죠. 원치 않는 것 같아 모르는 척해 주었지만 사실 그때 정체도 알았습니다. 공교롭게도 그 영지에 귀족은 한 가문밖에 없었거든요."

"작은 영지였군요."

"예, 점점 마음이 가까워져서, 수련이 끝나면 고백할 생각이었습니다. 그날, 할아버님이 돌아가셔서 급히 수도로 올라가지 않았다면 그렇게 했을 겁니다."

애런의 말에 나는 얼마 지나지 않은 일을 떠올렸다. 그러고 보니 클레이모어의 후작 위가 지금의 후작에게 계승된 지는 불과 1년도 지나지 않았다. 내내 검을 들어 온 기사답게 나이가 들어서도 정정하던 선대 후작이 갑작스러운 병으로 세상을 뜨고서야 작위는 후대로 넘어왔으니까.

시기를 맞춰 보면서 나는 숨을 죽였다. 아직 확신할 수는 없는 일이지만, 그렇지만.

숨을 고르듯 애런은 말을 멈추고 잔으로 손을 뻗었다. 잔이 비어 있었기에 내가 와인을 따라 주었다. 그가 눈짓으로 감사를 표했다.

"장례를 치르고 다시 그곳으로 향했지만 시장에 그녀는 없었습니다. 며칠을 기다려도 몇 달을 기다려도 나타나지 않았지요. 그래서 비겁하지만 할 수 없이, 가문에 직접 찾아갔습니다. 이때도 제 이름은 밝히지 않았지만요. 그리고……."

"그때…… 사망 소식을 들으신 건가요?"

"믿지 못하겠다고 하니 그녀의 가족이라는 사람이 저를 안내해 주더군요. 그녀의 묘비로."

애런의 얼굴이 일그러졌다. 그는 애간장이 끊어진 듯 괴로운 얼굴로, 재차 말했다.

"앨리스의 묘비로."

내가 지금 잘못 들은 건 아니지?

취기가 다 날아가는 기분이었다. 혹 애런도 술에 취해 이름을 잘못 말했나 싶었지만 입에 붙은 이름이 아닌 이상 잘못 내뱉을 리 없다.

내가 아는 앨리스와 동명이인이라고 생각하기에도 무리가 있었다. 애런은 원작에서 앨리스를 사랑하게 되는 조연인데 하필이면 첫사랑의 이름이 앨리스라니 지나치게 공교롭지 않은가. 이제 와 원작의 내용이 어떻다고는 무엇도 확신할 수 없었지만.

묘비를 봤어도 시체를 본 건 아니다. 리모란드 측에서 조치를 했다면 묘비가 백 개가 나오더라도 이상치 않다.

물론 이것만으로 애런의 첫사랑이 앨리스라고 확정 짓는 건 성급한 일이었다. 그 애가 혼담의 상대로 논의되기까지 했음에도 그는 내 쪽으로 상대를 바꾸고 그 애를 피해 다니기까지 했다.

앨리스가 변장하고 이따금 남작성을 빠져나온다는 말은 나도 들어 본 이야기였지만 형편이 좋지 않아 변장에 마법 용품을 쓰지는 못했다. 그 애가 수도로 올라온 뒤에도 얼굴이 같으니 분명히 눈치챘을 것이다. 그런데도 사랑하는 이에게 사정을 드러내지 못하고 피해 다녀야 할 사연이란 게 있을까.

전부터 의심하고 있었기에 마음에는 기이한 확신이 섰다. 그러나 머리로는 여전히 수긍할 수 없었다.

하나 만약, 정말 만에 하나 애런의 첫사랑이 앨리스라면, 기사 수행을 갔을 때 둘이 함께 시간을 보낸 거라면. 그 정도의 서사가 둘에게 있었다면.

애런 클레이모어는 정말로 단순한 조연인가? 내가 소설 표지에서 본 주인공은 분명 머리가 검었지만, 이제 와 내 기억이 확실하다고 말할 수도 없는 노릇이다. 이렇게 생각하기에도 저렇게 생각하기에도 분명한 것은 없었다. 결국 직접 물어보는 수밖에는.

나는 마지막 말을 끝으로 침묵하는 애런을 살피며 조심스레 입을 열었다.

"애런, 음…… 그냥 궁금해서 그런 건데요. 수행을 가신 영지가 어딘지 혹시 알 수 있을까요?"

"……"

"실례가 되는 말인 거 알아요. 하지만 왠지 제가 아는 곳 같아서…… 정말 혹시나 해서 그러는데 에른하르트는 아니겠죠?"

"……"

"경?"

멍하니 앉아 있던 애런의 몸이 풀썩 무너져 내렸다. 그러고 보니 한창 떠들어대다가 좀 전부터 갑자기 조용하긴 했는데 설마…….

"잠깐만, 애런. 자는 거 아니죠? 자요? 얼마나 마셨다고? 아니, 그게 아니라 일어나 봐요, 좀! 나한테 대답해 줘야 할 게—"

답답함에 언성이 높아질 즈음, 구두 소리가 나기 시작했다. 나를 응접실로 안내해 주었던 집사가 트레이를 들고 다가오고 있었다.

집사가 왜 트레이를 나른담. 의아했지만, 우리 뒤벨을 생각하니 이해가 되는 것도 같았다. 목석같은 공자님의 연애사를 구경하러 온 거겠지.

나는 입을 다물고 식탁에 기대듯 늘어진 몸을 곧추세웠다. 발로즈 저택도 아닌데 다른 사람에게 흐트러진 모습을 보일 수는 없었다.

"죄송합니다, 치즈를 준비한다는 게 생각보다…… 음, 공자님?"

"미안한 말이지만 정말 늦어진 것 같네요. 애런이 술이 좀 약한가 봐요."

"아, 죄송합니다, 영애님! 공자님께서 오늘 수련이 고되셔서, 그 술도 좀 약하시고……"

"아니요, 미안할 건 그 부분이 아니고."

폭탄을 던져 놓고 도망간 걸 사과해야지.

절로 한숨이 나는 걸 참고 나는 애써 고상하게 말했다.

"애런이 깨면, 조만간 다시 만나고 싶다고 전해 주세요."

귀족의 삶이란 피곤했다.

"기사 수행에서의 일은 듣기 힘드실 거예요. 전쟁터를 다니던 옛날만큼은 아니어도 굉장히 신성한 의식이고, 특히 클레이모어 가문은 그런 면에서 엄격하잖아요."

"잘 아네, 새디."

"동생이 기사라서 조금 주워들었어요."

그러고 보니 새디의 여동생이 기사던가, 황실 3 기사단에 소속되어 있던 것 같다. 기사에게 들은 거라면 확실하겠네.

애런이 깨어나면 다시 캐물을 생각이었지만, 사정이 그렇다면 묻는다고 말해 줄 리 없다. 애초에 비밀을 말한 것도 취해서 혀가 느슨해진 탓이 아닐까. 의문이 풀리기는커녕 점점 더 엉켜들어서 생각할수록 속이 답답했다.

"비밀로 할 거면 끝까지 비밀로 하든가, 주정으로 흘릴 건 또 뭐야?"

"클레이모어 경이 그러셨어요?"

"응, 애런의 술버릇은 진짜 겪어 본 중에 최악이었어. 아, 어디 가서 말하면 안 돼, 농담이니까."

"그럴 리가요."

애런도, 앨리스도, 녹턴도 나를 괴롭히기 위해 작당이라도 한 건지 골치 아픈 문제를 던져 놓고 연락이라곤 없었다. 물론 녹턴으로부터 연락이 온다면 도망치겠지만.

내 인간관계는 왜 이 모양일까. 나한테 문제가 있나?

"그리고 작은 아가씨, 라뒤앙 의상실에서 방문 일정을 물어봤어요. 내키지 않으시면 제가 다녀올게요."

"드레스 들여온 지 얼마 안 되지 않았나?"

"조만간 티파티에 가시잖아요. 잊으셨어요?"

"그러고 보니 네겐 간다고 했지. 안 갈 거야, 마음이 바뀌었어."

"예? 아…… 네 알겠습니다. 그럼 오늘 중으로 에드가 공작저에 거절하는 서신을 보내 놓을게요."

"그것도 하지 마."

티파티에 가지 않겠다고 거절한대도 녹턴이 순순히 물러날 리 없다. 오히려 거절의 답신을 보내면 곧바로 저택으로 찾아오지 않을까. 정체도 목적도 확실해진 것이 하나 없는데 굳이 그를 먼저 불러낼 필요는 없겠지. 단순한 시간 벌이에 불과하더라도 그편이 나았다.

물론 거절 답신 없이 당일에 나타나지 않는 건 무례한 일이지만 애런에게 말했듯 지금 상황에서 소소한 무례 정도는 중요한 일도 아니었다.

만약 앨리스가 잘못 안 거고, 녹턴 에드가 실은 청명하기 짝이 없는 인사라고 한다면…… 사과하면 되겠지. 애당초 애런과 약혼한 것부터가 녹턴과 거리를 벌리기 위해서였으니 사이가 틀어진대도 나쁠 건 없다.

원칙 주의자인 새디는 내 말에 납득하지 못한 듯 입을 달싹였지만 이내 고개를 끄덕였다.

전달할 것들을 모두 이야기한 새디가 방을 나서고, 교체라도 한 것처럼 뒤벨이 문을 두드렸다. 발로즈의 충성스러운 집사는 여느 때보다 뿌듯해 보였다.

"좋은 일 있어, 뒤벨?"

"그럼요! 아가씨, 생각보다 훨씬 금방이었습니다."

"구했다니 뭘…… 설마."

뒤벨이 내 앞으로 유리병을 내려놓았다. 마개가 단단히 여며진 유리병 안에는 연보랏빛의 액체가 담겨 있었다.

"메모리아의 실타래입니다!"

에드가 공작저의 별관, 저택의 사용인들이 분주하게 움직였다. 주인의 취향대로 깔끔하고 단조롭던 배치가 화사한 색으로 변해 간다. 홀의 샹들리에 외에도 마법등을 띄워 빛이 찬연했고 바닥에는 장밋빛깔의 카펫이 깔렸다. 유리로 된 테이블에 화려한 문양이 새겨지고 창문의 틀에는 장미 덩굴이 감겼다. 검고 흰 복장을 한 이들의 손끝에서 누군가의 취향과 완벽히 부합하는 티파티장이 만들어지고 있었다.

기이하게도 움직이는 이들 모두의 표정이 멍하고 눈빛이 흐리다. 꿈에 취한 것처럼 아무런 이지 없는 표정은 그들을 사람이 아니라 인형처럼 보이도록 했다.

눈빛이 또렷한 것은 그들의 주인인 청년뿐이었다. 뒤쪽에서 녹턴 에드가는 일의 경과를 무감하게 지켜보고 있었다.

[좋아해야 할 텐데 말이야.]

주인의 입에서 말소리가 나왔지만 반응을 보이는 이들은 아무도 없다. 녹턴 역시도 그를 당연한 일로 여겼다. 무의미하고 무가치한 이들 대신, 그는 누군가를 떠올리며 옅게 웃었다.

[충분히 기쁘고 즐거워야, 슬픈 일도 견뎌 낼 수 있을 테니까.]

연보라색 눈동자가 둥글게 굴러 하늘로 향했다.

[너도 그렇게 생각하지?]

앨리스 리모란드.

"헉!"

앨리스가 벌떡 침대에서 일어났다. 쿵쿵쿵, 심장이 뛰는 소리가 요란하다. 그녀의 몸은 임시로 구비한 저택에 있었지만 그녀의 정신은 조금 전까지 보던 광경에 사로잡혀 있었다.

여전히 꿈속에서 헤매는 사람처럼, 앨리스는 앉은 자세로 몸을 물렸다. 등허리에 침대 헤드가 닿고 뒤로는 단단한 벽인지라 물러나려 한들 앉은 자리의 시트가 구겨질 뿐이다. 그럼에도 공포는 이성을 마비시켜 그녀는 제가 뭘 하는지도 몰랐다.

앨리스는 눈을 질끈 감고 몸을 웅크렸다. 심장이 울리는 소리가 불안을 때렸다.

'눈, 눈이…… 마주쳤어.'

꿈이다, 꿈이야. 고민할 것도 없이 조금 전의 일은 단순한 꿈이었다.

확신할 수 있었다. 왜냐하면 그녀는 이미 에른하르트에 오기 전에 비슷한 꿈을 꿨고 같은 예지몽을 여러 번 꾸는 일은 없었으니까. 그러니까 조금 전의 꿈은, 앨리스의 공포가 불러낸 허상이었다. 당연한 일이지만, 진짜 예지몽에서는 에드가 공작과 눈이 마주치지도 않았다.

눈을 감고 애쓴 보람이 있었는지, 떨림이 천천히 잦아들었다.

하지만 그마저도 찰나의 안도일 뿐이다. 아직 정리된 일은 아무것도 없다.

어려서부터 꿈을 꾸고 그것이 예지몽임을 자각한 지도 제법 오래되었으나 앨리스는 누구에게도 제 비밀을 이야기한 적이 없었다. 가장 소중한 친구인 두루아에게도 마찬가지였다. 다른 사람에게 이상하게 보이는 것도 싫었고 비밀

이제 약점이 될 수도 있다고 생각했다. 이상한 사람으로 낙인찍히는 것이 얼마나 괴로운 일인지 앨리스는 알고 있었다.

그리고 덧붙이자면, 누구에게도 알리지 않는 쪽이 더 이득이 되겠다는 계산도 있었다. 단편적이나마 미래에 무슨 일이 생길지 안다면 그것이 이로운 일이든 해로운 일이든, 그녀에게 커다란 도움이 될 테니까.

그럼에도 앨리스가 두루아에게 예지몽의 존재에 대해 털어놓은 것은 녹턴에드가 때문이었다. 그자가 초대한 티파티에서 무슨 일이 일어날지 알아 버렸기 때문에.

"처음부터, 만나는 게 아니었는데……."

녹턴 에드가가 어떤 사람인지도 몰랐던 날, 그에 대한 꿈은 두루아를 통해서만 단편적으로 엿보던 날, 아무것도 모르던 때로 돌아가고 싶었다. 녹턴 에드가가 제게 다가왔을 때 만나지 않으면 좋았을 텐데.

"안녕하세요, 리모란드 영애."

"공작 각하? 처, 처음 뵙겠습니다. 앨리스 리모란드라고 합니다."

"알아요, 발로즈의 가장 친한 친구시죠? 그 애의 이야기를 좀 묻고 싶은데 시간 좀 내주실 수 있을까요?"

기어이 울음이 터져 앨리스는 제 무릎에 얼굴을 묻었다.

그녀가 예지몽으로 본 티파티에서, 앨리스 리모란드는 애런 클레이모어와 함께 살해당했다.

"귀중한 시간 내주셔서 감사합니다, 리모란드 영애."

리모란드의 응접실로 들어온 청년이 웃으며 말했다. 눈매가 가느다랗게 접힌 안쪽으로 옅은 색 눈동자가 빛났다. 확실히 아름다운 사람이었다.

기사가 아님에도 키나 체격이 그에 못지않고 이목구비 하나하나가 정교하게 조각되어 있었다. 눈처럼 흰 얼굴은 조금 생기 없이 보였으나, 연보라색 눈동자와 어우러지니 그 자체로 묘한 분위기가 되었다. 그믐처럼 검은 머리칼, 우아하게 선 콧대와 옅은 색의 입술이 더해지니 살아 있는 미술품처럼 보이기도 한다. 심지어는 찻잔을 쥔 손가락마저 정교하게 빚어 낸 것 같았다. 사람이 적은 에른하르트에서 처음으로 두루아를 봤을 때처럼, 어쩌면 그 이상으로 녹턴 에드가의 외모는 자극적인 면모가 있었다.

그렇다고 마음을 빼앗긴 것은 아니었다. 앨리스에게는 분명 사랑하는 사람이 있었으니까. 비록 앨리스 모멘텀에서 리모란드가 된 순간 만날 수도, 만나서도 안 되는 사람이 됐지만.

얼굴도, 목소리도 모르는 기사를 떠올리자 입가에 쓴웃음이 올랐다. 얼추 3년을 알았지만 인식 방지 마법으로 인해 앨리스가 아는 것은 말투와 걸음걸이뿐인 사내였다. 그마저도 절도 있는 자세는 기사들의 특징이라고 할 만큼 흔해서 얼굴을 드러낸 채 다시 만나더라도 알아볼 자신조차 없었다.

이름도 가명이겠지.

과거에 묻고 온, 앨리스의 첫사랑은 그랬다.

청년과 눈이 마주치는 순간 앨리스는 다시 말갛게 웃었다. 속내를 감추고 웃는 것은 익숙한 일이었다.

"발로즈가 약혼을 했더군요. 리모란드 영애께서도 알고 계셨나요?"

"혹시 각하께는 두루아가 말하지 않았나요?"

"슬픈 일이지만, 약혼을 마치고서야 알았습니다."

정말? 예상치 못한 말에 당황하여 앨리스는 눈을 깜박였다. 두루아와 왕래한 세월이 길고 꿈으로도 봐서 두 사람이 마냥 달콤하고 다정한 사이가 아님은 알고 있었다. 하지만 그렇더라도 둘은 분명 친구였다. 약혼을 마치고서야 소식을 전하다니, 다정한 친구가 왜 그랬을까.

"일이 있어 영지에 다녀오니, 약혼을 치렀노라 말해 주더군요."

"자리를 비우셨군요! 그럼 모르셨을 수도 있겠어요. 두루아는 좀 급하게 약혼했잖아요. 거의 혼담이 들어오자마자 결정 내렸으니까……."

"혼담이라…… 아직 들어올 수 있었다는 게 신기하지만."

혼잣말처럼 나직한 말의 내용이 이상해 앨리스가 되물었으나 돌아온 것은 의미 모를 미소였다. 어쩐지 즐거워 보이지는 않는 얼굴로 녹턴 에드가가 입꼬리를 휘었다.

"급하게 약혼을 했다는 이야기는, 클레이모어 경과 사랑하는 사이는 아니란 말이겠군요."

"글쎄요, 거기까진 잘……."

"리모란드 영애께서는 발로즈와 굉장히 가까우시잖아요. 애런 클레이모어에 대해 어떻게 생각하는지도 듣지 않으셨나요."

"두루아가 각하께는 아무런 이야기도 해 주지 않던가요?"

"애석하게도 그렇더군요. 그래서 영애께 무어라 말했는지라도 알았으면 하는데."

조금 지나치지 않나? 앨리스가 입술을 달싹였다.

두루아와 에드가 공작이 소꿉친구란 걸 알고 있었기에 편하게 응접실로 초대하기는 했다. 두루아의 이야기를 별생각 없이 꺼내 놓기도 했고. 하지만 여유롭게 웃는 공작의 말은 다소 집요하게 느껴졌다.

어쩌면 두루아가 그에게 약혼을 이야기하지 않은 데에는 특별한 이유가 있을지도 모른다. 공작에 대해 그녀에게 대단한 말을 듣진 못했지만 저 역시도 두루아에게 모든 걸 이야기하지는 않았으니까. 말 못 할 사정이란 건 누구에게나 있을 수 있다.

지금 이 사람과 이야기하는 건 실수야.

그렇게 생각한 앨리스는 적당한 핑계로 자리를 무르러 했다. 초대한 지 얼마 되지 않았지만 그래야 할 것 같았다.

그녀가 막 입을 열려던 때, 두 사람의 눈이 마주쳤다.

"혹시 곤란하신 거라면, 말해 주지 않으셔도 됩니다. 몰아붙이려 한 말은 아니니까요, 리모란드 영애."

그 눈을 마주한 순간, 앨리스는 제가 조금 전까지 한 생각이 지나치다고 느꼈다.

"아……니요. 대단한 이야기도 아닌걸요."

"그렇다면 이야기를 들을 수 있을까요?"

"얼마든지요."

에드가 공작이 두루아의 친구인 것은 누구나 아는 사실이고 두루아 본인도 그를 친구라 칭하지 않았던가. 그녀에 대해 조금 이야기한다고 문제가 생길 리 없다. 괜찮을 거라는 기분으로, 혹은 말해야 한다는 의무감으로 앨리스의 입이 저항 없이 벌어졌다.

"두루아는 클레이모어 경을 사랑하지 않는다고 했어요. 외적인 조건이 마음에 들어 혼담을 수락한 것뿐이라고."

"외적인 조건이라면 어떤?"

"외모나 목소리, 성격 같은 이야기요. 가문은, 어차피 마음에 들고 말고 할 문제도 아니라고."

"그랬던가, 별로 대단치도 않았던 것 같은데."

상대의 눈이 가라앉았다. 앨리스는 그 모습을 멍하니 보고 있었다.

"말해 줘서 고마워요. 다음에도 발로즈가 무슨 말을 하면 바로 알려 주세요."

"언제든…… 말씀하세요."

"고마운 이야기네요. 한 가지만 더. 리모란드 영애, 발로즈가 어릴 때부터 서신을 주고받은 친구가 당신이 맞습니까?"

"네, 맞아요."

"영애께선 몸이 좋지 않아 따로 요양하며 지냈던 것 같은데, 발로즈와는 어떻게 알게 된 거죠."

"그건…….'

에른하르트의 일은 말하고 싶지 않아.

반발감이 비죽 솟아나 앨리스의 마음을 흔들었다. 조금 전과 달리 그녀의 입은 선뜻 벌어지지 않았다. 그렇다고 거부한 것도 아니었지만.

녹턴 에드가의 눈이 조금 가늘어졌다. 그러고는 곧, 언제 기이한 표정을 지었냐는 듯이 그는 달래듯 부드럽게 말했다.

"괜찮아요, 리모란드 영애. 영애가 발로즈의 소중한 친구라는 걸 이미 알고 있는데, 제가 리모란드 영애를 해칠 의도로 물을 리는 없잖아요. 제가 발로즈를 아끼는 마음을 의심하는 건 아니겠죠. 악용하려 했다면 리모란드 영애께 직접 묻는 대신 사람을 시켜 조사했을 겁니다. 그래도 저를 믿지 못하겠습니까?"

"각하의…… 말씀대로예요. 그러니까 제가 두루아와 만난 건一."

멈추었던 말소리가 다시 이어질 무렵, 똑똑 노크 소리가 말허리를 잘랐다. 허가의 말도 없이 다급히 응접실로 들어온 사람은 앨리스의 형제인 아르한 리모란드였다.

"말씀 중에 죄송합니다, 공작 각하. 급히 사정이 있어 무례를 범할 수밖에 없었습니다. 앨리스가 가 봐야 할 곳이 있습니다."

익숙한 목소리를 듣고, 흐려지던 앨리스의 눈에 확 총기가 돌아왔다.

뭐야, 방금까지 어떻게 된 거야.

제가 벌인 일임에도 감정의 경과를 이해하지 못하고 앨리스의 얼굴이 굳었다. 당혹감으로 저며진 얼굴을 흘려 보고 녹턴은 한숨 같은 웃음소리를 냈다.

청년이 느리게 몸을 일으켰다.

"오래간만이군요, 리모란드 공작 영식. 사정이란 게 뭐기에 이리 갑작스레 들어온 겁니까."

"정말 죄송합니다. 가문 내의 일이라 말씀드릴 수 없습니다. 무례한 청인 걸 알지만, 만남은 다음으로 기약해 주시면 좋겠습니다."

"할 수 없지요, 아무래도 이야기를 할 수 있는 상황이 아닌 것 같으니."

말을 마치고 그는 앨리스를 내려다보며 부드럽게 웃었다.

"시간이야 많으니까요. 다음에도 부디 만날 수 있으면 좋겠군요, 리모란드 영애."

에드가 공작을 대상으로 한 예지몽이 앨리스의 꿈에 섞여 든 것은 그날부터의 일이었다.

두루아의 시선이 아닌 공작의 시선으로 꿈을 꾸며, 그녀는 두루아가 보는 공작과 실제 공작이 얼마나 다른지를 생생히 깨달았다.

❦

연보랏빛 액체는 유리병을 기울일 때마다 벽면에 달라붙으며 느릿하게 움직였다. 조금 점성이 있나 본데 보는 것만으로 불쾌한 식감이 예상됐다.

메모리아의 실타래. 희미한 기억을 되살리고, 뒤엉킨 기억을 바로잡아 준다는 희대의 물약. 내 재산의 반이 들어간 물건이 바로 앞에 있었다.

뒤벨에게 따로 부탁해 구했지만, 설마 하루 만에 보게 될 줄이야. 비싼 만큼 구하기도 까다로울 줄 알았는데. 연이 닿았던 건지, 물약의 수요가 뚝 떨어진 건지.

물건을 빨리 구했음에도, 막상 마주하고 나니 기쁘기보다는 떨떠름했다. 이 식감 나빠 보이는 액체에 그런 효과가 있을지도 긴가민가했고, 병을 주면서 뒤벨이 남긴 말도 뒤숭숭했다.

메모리아의 실타래를 넘기고 가며 그는 내게 말했다. 기억이 엉켜 있는 정도에 따라 몇 시간에서, 일주일 정도까지 의식을 잃을지도 모른다고. 보통은 낮잠 시간 정도라고 하지만, 원래도 찝찝했는데 껄끄러움이 강해지는 것은 할 수 없다.

나는 몇 번이나 병을 들었다 놓다가 결국 심호흡을 하고 마개를 열었다.

어느 쪽으로도 확신은 없다. 녹턴 에드가 선인일지 악인일지, 내가 기억하던 대로 주인공일지 악당일지, 애런 클레이모어는 어떤 역할일지. 물약을 마셔 내 기억이 확답을 주더라도 결과를 믿을 수 있을지, 진실을 얻을 수 있을지, 그 어떤 것도 확신할 수 없었다.

바라기로는, 녹턴 에드가 그런 사람이 아니라고 확인하고 싶었다. 내가 그 결과를 믿지 못할지라도 십수 년을 봐 온 사람이 조금 못되고 비틀릴 뿐인 선인임을 확신하고 싶었다.

병의 마개를 옆으로 치워 두고 유리병을 기울였다.

입 안으로 액체가 흘러들어 왔다. 끈적거리는 물을 마시는 기분이다.

그런 얄팍한 감상을 낸 직후, 세계가 빙글빙글 돌기 시작했다.

온 세상이 원을 그리며 한 점으로 빨려 들어간다. 취기가 오른 것처럼 속이 매스껍고 눈을 제대로 뜨지 못하도록 앞이 어지럽다.

그리고 다음 순간, 내 기억들이 거꾸로 흐르기 시작했다.

기억이 정립되는 기분은 이상했다. 꿈에서 갑작스레 깨워진 느낌이기도 했고, 갑자기 취기가 사라진 느낌이기도 했다. 굳이 공통점을 끄집어내자면 정신이 괴로울 정도로 또렷해진다는 점이었다.

가장 최근에 일어난 일을 시작으로 기억은 시간을 역행하면서 흐트러진 것들을 바로 세워 갔다. 내가 갓 태어난 순간까지도. 내가 다시 태어나기 전까지도. 전생의 내가 죽기 전까지도. 전생의 기억에 대해서는 효과가 없을까 우려했기에 다행스러운 일이었으나, 그걸 다행이라 인지할 여력도 없었다. 해일에 쓸려 가는 것처럼 아무런 감상도 없이 나는 그저 바라볼 수밖에 없었다.

마침내 물약은 내가 가장 알고 싶어 했던, 원작의 소설에 이르렀다.

제목은 『그와 앨리스』로, 죽기 3년 전에 읽은 소설이었다. 3권짜리 소설에서 내가 읽은 부분은 2권까지였으며 표지는 주인공들의 머리 색만을 겨우 맞추었다. 흑발의 사내는 갈색 머리칼의 여자를 끌어안는 대신 등진 채로 그녀를 바라보고 있었다. 엉망으로 긴 앞머리가 얼굴을 거의 가리고 여자를 바라보는 옆 눈은 붉은색으로 빛났다. 갈색 머리의 여성은 그림으로 그려져 있음에도 실제 앨리스와 상당히 인상이 닮아 있었다. 이래서 알아보기가 수월했던 걸까.

앨리스의 출생이 드러나며 이야기는 시작된다.

그녀는 리모란드의 막내딸로 수도로 향하고 녹턴 에드가, 애런 클레이모어와 여러 일로 엮이게 된다. 사교계에 데뷔하고, 지금껏 입어 보지 못한 좋은 옷을 입고 친구를 사귀는가 하면 또 적을 만들면서, 앨리스는 두 남자와 자꾸 마주친다. 섣불리 사랑에 빠지지는 않았다. 앨리스에게는 이미 사랑하는 사람이 있었기 때문에.

에른하르트에 있던 시절, 성인이 되고 1년여가 지났을 무렵의 일이었다. 모멘텀 남작가에서는 어떻게든 앨리스를 비싼 값에 팔아 치우려고 혈안이 되어 있었다. 병에 걸린 미치광이, 재취를 구하는 늙은이, 여자를 학대하길 즐긴다는 거부. 혼담이 오가는 상대 중 정상적인 사람은 아무도 없었다. 초혼의 경우, 못해도 2년은 약혼을 유지하다가 결혼하는 제국의 전통상 바로 팔려 가지는 않겠지만 안전하다고 말할 수는 없었다.

아무리 선량한 척 웃고 착하게 굴어도 수렁에서 앨리스를 구해 줄 사람은 없었다. 그렇기에 그녀는 모멘텀에서 도망칠 길을 모색한다.

일부러 벌을 받고 방에 갇힌 다음, 앨리스는 외모를 죽이는 분장을 하고 성 밖으로 드나들기 시작했다. 가족들의 장신구를 몰래 내다 팔기도 하고(앨리스의 선량한 행세 덕에 의심받은 적은 없었다) 소일거리를 돕기도 하며 돈을 벌었다. 큰돈을 모을 수는 없었으나, 조금씩 모으다 보면 도피 자금 정도는 마련할 수 있었다.

그 와중에 앨리스는 어떤 기사를 만나게 된다. 검은 머리에 마법 도구를 쓴 건지 이상하게 인상이 흐린 청년. 엄밀히 말하면 아직 기사는 아니었지만 수행 중인 듯하니 곧 기사가 될 것은 자명했다. 상대가 직접 수행 중임을 밝히지는 않았으나, 말투나 기세만으로 앨리스는 확신할 수 있었다. 이야기할 때에는 별다른 위화감을 느끼지 못해도 헤어지고 나면 얼굴도 목소리도 전혀 기억나지 않는 청년은 가명조차 흔한 이름이었다. 그의 이름은 에드였다.

우연히 만나게 됐을 뿐이지만, 두 사람은 이후로도 긴 시간을 함께하게 된다. 말이 잘 통했고 함께 있으면 즐거웠다. 친구를 사귀어 본 적도 없는 앨리스로서는 다정하고 저를 귀히 여겨 주는 청년을 사랑할 수밖에 없었다. 앨리스의 시점인지라 에드의 속마음은 나오지 않았으나, 그 역시 같은 마음일 것이 분명했다. 그렇게 서로 신분을 감추고 만난 두 사람은 사랑을 키워 갔으나, 앨리스가 수도에 올라가게 되면서는 만날 수 없게 된다.

공작 부인을 사랑하던 기사가 아기를 훔쳐 갔다는 충격적인 진실은, 밝혀질 경우 앨리스와 리모란드의 명예에 상당히 누가 되는 일이었다. 명예를 잃는 것을 넘어 온갖 추저분한 소문까지 꼬리표처럼 달게 될 것이 분명했다. 앨리스는 모친과 몹시도 닮았기에 소문은 한층 악질적일 것이다. 그럼에도 도저히 에드를 저버릴 수가 없어 앨리스는 그를 믿고 모든 진실을 털어놓기로 했다.

그러나 매일같이 그를 만나던 곳으로 가도, 둘만 아는 장소에 편지를 남겨도, 친하게 지내던 아주머니에게 말을 전해 달라고 부탁해도 에드는 오지 않았다. 공교롭게도 앨리스가 수도로 올라가기 며칠 전부터 에드는 이미 사라져 버렸다. 기사의 수행은 모두가 비밀로 하는 것이니 이제 찾으려 해도 그럴 수도 없을 것이다. 앨리스는 단념했고, 앨리스 모멘텀으로서의 자신을 에른하르트에 완전히 묻어 버렸다.

그럼에도 사람의 마음이란 게 그처럼 칼 같지가 않아서, 앨리스는 두 사내와 어울리고 이따금 설렘을 느끼면서도 에드를 떠올릴 수밖에 없었다. 녹턴 에드가의 흑발을 볼 때면, 애런 클레이모어의 기사다운 언행을 볼 때면 세피아빛 추억이 과거에서 떠밀려 왔다.

그런 앨리스의 마음과 함께 두 남자에 대해서 미묘한 표현들이 서술되었기 때문에, 독자들은 '에드'가『그와 앨리스』의 진짜 주인공이며 둘 중 하나라고 확신하고 있었다. 비록 녹턴 에드가는 기사가 아니었으나 몇 년간 자리를 비웠다는 서술이 있었고 또 '에드'가 직접 기사 수행 중이라고 밝힌 것은 아니었으니까. 녹턴의 작위가 더 높고 앨리스를 질투하며 괴롭히는 두루아 발로즈가 녹턴을 사랑하는 악역이었다는 점에서, '에드'가 녹턴일 거라고 확신하는 독자들이 더 많았다.

이야기가 조금 진행되고 나서, 앨리스는 녹턴 에드가와 약혼을 치르게 되었다. 실상 클레이모어에서 먼저 혼담이 들어왔으나 당사자인 애런은 약혼을 거부한 데 비해, 녹턴은 앨리스를 암살하려던 두루아 발로즈를 처단하고 프로포즈를 성공시켰다.

그러나 끝내 약혼을 치른 순간, 두루아 발로즈의 화형식을 지켜보고 앨리스를 위로한 녹턴 에드가가 홀로 남겨진 순간.

진실이 드러난다.

『그와 앨리스』 51화.

……앨리스 리모란드는 참 마음이 여린 사람이었다. 저를 몰아붙이고 괴롭히고 끝내는 질투에 눈이 멀어 암살하려던 상대가 죽었다고 그토록 눈물을 쏟다니. 뭐가 그리 무서웠던 걸까, 내 종달새.

앨리스를 위로하고 저택으로 돌아온 에드가는 소파에 깊이 몸을 묻었다. 그런 그의 오른손에는 붕대가 감겨 있었다. 칼을 들고 앨리스를 찌르려던 발로즈를 막아 내면서 생긴 상처다. 칼에 찔린 손이 고통스러울 법도 한데, 그는 아무렇지 않게 붕대가 감긴 손으로 잔을 쥐었다.

시종이 건넨 잔에 담긴 와인이 붉은색으로 찰랑거렸다. 그 색을 보니 같은 색의 머리칼을 가진 여자가 생각났다.

두루아 발로즈, 저를 사랑하던 여자, 머리칼보다도 붉은 불길 속으로 사라져 버린 여자.

그리고 그녀와 나누었던 마지막 대화 또한, 차례로 떠올랐다. 입매를 휘어 웃으며 녹턴은 지난 일을 떠올렸다.

"앨리스 리모란드와 결혼해야 할 것 같아."

"각하, 에드가 각하……"

"황제를 세뇌하려는데 자꾸 리모란드 공작이 방해를 놓거든. 죽을 날도 얼마 안 남았는데 왜 자꾸 신관을 데려와서 성가시게 할까. 그래서 말이야, 공작부터 손을 대려면 그 여자한테 호감을 얻어야겠어."

리모란드 공작은 감이 좋아 녹턴 에드가를 찜찜하게 여겼다. 하지만 그가 악인이라는 물증은 없었고, 공작은 증거 없이 직감을 절대적으로 신뢰하지는 않았다. 겨우 찾은 막내딸이 원하는 사람이라고 하면, 찝찝해할망정 거부하진 못할 것이다. 그러니 앨리스 리모란드의 마음만 얻으면 되는데…….

"가장 빠른 방법이 뭘까?"

"각하, 각하……."

"완전히 바보가 되어 버렸네."

같은 말은 반복하는 발로즈를 바라보며 에드가는 어깨를 으쓱였다. 세뇌가 지나쳐서, 이 여자는 이제 무슨 일을 시키지 않으면 혼자서는 아무것도 하지 못하게 되었다. 그야말로 살아 있는 인형이 따로 없다. 두루아 발로즈뿐 아니라, 곧 모두가 이렇게 되겠지만.

"중요한 일은 아니지."

다른 방법도 있겠지만 당장 드는 생각은 하나뿐이었다. 흔하다 못해 진부하기까지 한 앨리스 리모란드의 출생과 마찬가지로, 흔하고 진부한 방법.

괴로운 상황을 만들어 두고 손을 내밀어 주는, 그 지극히 단순한 방법이 어쩐지 마음에 든다. 죽을 위기에 처한 상대를 구해 주고 대신 다쳐 주고 끝내 적을 처단하는 동화 같은 이야기가.

"네겐 미안하게 됐어."

아주 조그만 호감이라도 얻을 수 있다면 다음 단계는 쉬울 것이다.

남의 감정을 부풀리는 것은 에드가의 주특기였으니까.

"나를 위해 죽어 줄래?"

그는 멍하니 있는 여자의 머리를 다정히 쓰다듬으며 웃었다.

"두루아."

그게 진실이었다.

질렸다며 대충 읽어 내린 51화에는 그런 내용이 적혀 있었다. 물약을 먹어도 확신을 얻지 못하겠다고 생각한 것과 달리, 기억은 내게 확답을 주었다. 메모리아의 실타래는 내게 말하고 있었다.

녹턴 에드가는, 십수 년을 함께한 까칠하고 성격 나쁜 내 소꿉친구는 실은 내 친구가 아니었다고. 절대로 가까이해서는 안 되는 사람을 가까이해 버렸다고.

비참하고 두려운 깨달음과 함께, 나는 의식을 잃었다.

〰️🌹〰️

에드가 공작저, 별관의 홀. 녹턴 에드가는 잘 꾸며진 티파티장의 한가운데에 서 있었다. 장미 덩굴이 감긴 창문의 바깥으로 새까만 밤이 흘러들 때까지.

"그래, 결국……."

발로즈는 다른 쪽을 선택했구나.

그가 테이블의 잔을 들자 시종이 와인을 따랐다. 붉게 고인 액체는 누군가를 떠올리게 했으나 비추어진 형상은 녹턴 에드가뿐이다.

두루아 발로즈는 달라지고 있었다. 언제부터였나 하면 마땅히 짚어 낼 수도 없이 은근한 변화였으나, 분명히 그랬다. 함께하는 시간은 길었고 말은 갈수록 허물없어졌으나 느낄 수도 없는 발로즈의 마음은 점차 거리를 벌리는 것 같았다. 발로즈가 약혼 소식을 통보했을 때, 거리감은 확연해졌다. 그때부터 그녀는 공작저에도 발걸음을 끊었으니까.

최면이 풀리고 있는 걸까, 의심해 봐도 그 퀴퀴한 감정은 스스로를 좀먹을 뿐이다. 이때까지 남았는지도 알 수 없지만 최면이 사라진다고 해도 녹턴은 아무것도 할 수 없었다. 다시 마법을 거는 일도, 마법이 사라졌음을 인정하는 일도, 어느 것도 할 수 없었다.

뭐가 잘못된 걸까. 뭐가 문제였던 걸까.

앨리스 리모란드? 애런 클레이모어?

그도 아니면.

녹턴은 텅 빈 파티장을 훑어보고는 와인잔을 입 가까이 가져갔다. 그때, 외출복을 입은 시종 하나가 가까이로 다가왔다. 발로즈로 보냈던 사람이다.

"발로즈가 무어라 말했나."

"발로즈 영애님은 만나지 못했습니다."

만나 주지도 않아?

확연한 거부에 입매가 비틀렸다.

주인의 심기가 틀어진 것이 분명했으나, 시종은 멍한 표정으로 해야 할 말을 이었다.

"몸이 안 좋으셔서 며칠째 정양 중이라고 하십니다. 실제로 신관 몇이 거주 중인 걸 직접 확인했습니다. 각하께는 죄송하다고 따로—."

잔이 손에서 미끄러져 떨어졌다.

파편이 튀고 요란한 소리가 났으나 주인도 시종도 신경 쓰지 않았다. 다만 잔이 깨지는 소리와는 대비되는 낮은 목소리가 울렸을 뿐이다.

"그 애가 아프다고?"

"—루아 아가씨!"

물을 머금은 종이처럼 먹먹하던 소리가 점차 선명해진다.

"아가씨, 작은 아가씨!"

울음기가 섞인 목소리를 들으며 나는 눈가를 찡그렸다. 눈이 뻑뻑하고 잘 뜨이지 않았다.

다소 고통스럽게 눈꺼풀을 밀어내자 사람의 윤곽이 눈에 들어왔다. 수채 물감이 번진 것처럼 색만 겨우 보였으나 주홍빛 머리칼만으로 앞에 선 사람이 누군지는 알 수 있었다.

"세상에, 작은 아가씨 정신이 드세요?"

"새디?"

"죄, 죄송해요. 저는 아가씨가 어떻게 되시는 줄 알고……!"

흐느껴 우는 소리가 높아졌다. 눈을 몇 번 깜박이는 동안 두 개로 보이던 새디의 얼굴이 하나로 합쳐졌다. 목이 아프고 힘도 없고, 몸 상태가 영 말이 아니다. 메모리아의 실타래를 마시고 내가 좀 오래 잤던 걸까.

위로의 말을 건네려 했으나 목이 마르고 갈라져 길게 말할 힘은 없었다. 새디의 팔을 툭툭 건드리고 쉰 소리로 말을 꺼냈다.

"물 좀……."

"네, 네 아가씨! 잠시만요!"

겨우겨우 뱉은 말을 신기하게도 알아들었는지 새디가 다급히 물을 따라 주었다.

그저 마른 줄만 알았던 목구멍에 물기가 닿자 따끔한 통증이 느껴지며 사레가 들렸다. 켈룩, 켈룩, 날카로운 통증에 목을 부여잡을 때, 방의 문이 벌컥 열렸다.

"세상에, 두두!"

놀란 얼굴의 어머니, 눈가가 발개진 아버지와 한숨을 내쉬는 알로이까지. 가족들의 얼굴을 보니 아무래도 내가 몇 시간 오수에 취한 정도는 아닌 모양이었다.

"뒤벨에게 전부 들었다, 두루아. 메모리아의 실타래를 삼켰다고."

"죄송해요, 전부 제 잘못이에요. 뒤벨은 어쩔 수 없었어요. 비밀로 해 달라고 한 것도 저예요."

"감쌀 생각하지 마. 네가 쓰러진 데 뒤벨의 책임도 분명 있어. 그른 판단을 하는데, 시종도 아니고 집사장이 그대로 따르는 게 말이 돼?"

"……알로이."

알로이의 얼굴이 드물게도 차갑다. 뒤벨을 변호할 말 몇 마디를 더 떠올렸지만 지금 상황에서는 변명만 될 것 같았다.

"정말 죄송해요. 설마 아흐레나 자고 있을 줄은 몰랐어요."

"아흐레가 아니라 9분이라도 의식을 잃는 건 심각한 문제야, 아가."

"술에 취해 주정을 부린 것 같아 그걸 구했다고. 네가 쓰러졌을 때보다, 그걸 구한 이유를 들었을 때 더 놀랐어. 그게 뭐 어떻다고. 평생 흐트러진 모습 한 번 안 보이는 사람이 어디 있어."

"아니, 그건—."

"말했잖아, 두루아. 너는 그냥 행복하게 살면 된다고. 가문의 명예니 위신이니 그런 거 생각하지 말라고."

내가 물약을 구한 이유는 달랐지만 해명할 수도 없었다. 내가 책 속에 태어난 것까지는 기억하는데 기억과 현실이 달라 그걸 확인하려 했다고 어느 누가 말할 수 있을까. 모르긴 몰라도 말했다가는, 메모리아의 실타래의 부작용으로 미쳤다고 생각할지도 모를 일이다. 단단히 화가 난 알로이를 보고 나는 고개를 좀 더 수그렸다.

뒤벨, 미안해. 애런도 미안해요.

들리지 않는 말을 속으로 웅얼거리는 것 외에 할 수 있는 일이 없다.

"설사 네가 술을 마시고 세상에서 제일가는 미친 짓을 했다 해도 그래. 그런 위험한 걸 마실 가치는 전혀 없었어. 애런 클레이모어가 그걸로 눈치를 주니? 너를 고깝게 봐? 만약 그런 거라면 당장 말해."

"그런 게 아니야! 그냥, 내가 찝찝해서 그랬어. 애런은 별말 없었고 내가—."

"그렇게 부담스러운 사람이면 파혼하거라."

"아버지!"

기함해서 외쳤지만, 아버지의 말에 놀란 건 가족 중 나뿐인 모양이었다.

아니, 파혼이라니. 어떻게 말이 거기까지 가?

원래부터 결혼까지 갈 생각은 아니었지만, 그렇더라도 지금 파혼하는 것은 곤란했다. 물약을 먹기 전이었으면 어영부영 휩쓸렸겠지만 지금은 안 됐다.

"의뭉스러운 데가 없고 건실한 사람이라고 생각해서 가져온 혼담이었건만, 내가 실수를 한 것 같구나. 그 고지식한 면모가 오히려 널 부담스럽게 할 줄이야."

"아니요, 아니요. 그런 게 아니에요! 제가 잘못해 놓고 파혼을 하겠다고 하면 사람들이 어떻게 생각하겠어요? 심지어는 잘못도…… 알고 보니 대단한 것도 아닌데. 그냥 제가 쩔쩔해서 그런 거예요, 애런한테 부담을 느낀 건 아니고요."

"누가 널 어떻게 생각할지 그런 건 신경 안 써도 된다니까!"

횡설수설 늘어놓은 말이 지뢰를 밟은 것 같다.

알로이의 외침에 아차 싶어 나는 아랫입술을 깨물었다. 싸한 정적이 돌았다. 내가 깨어난 것에 기뻐하던 가족들의 얼굴에는 이제는 근심과 걱정이 한가득하다.

물약을 너무 성급히 먹은 걸까, 기껏해야 몇 시간 잠들 줄 알았는데. 9일이나 의식이 없었다면 가족들의 행동도 이해할 만했다. 나라도 누가 뭘 잘못 먹고 9일이나 정신을 못 차렸다면 같은 반응을 보였을 테니까.

하지만 솔직히는, 메모리아의 실타래를 지금 마신 것도 늦었다는 생각이 들었다. 내가 책 속에서 태어났다는 걸 깨달았던 순간, 어떻게든 구하는 게 좋았을 텐데. 녹턴 에드가에게 가까이 가기 전에 모든 걸 알았으면 좋았을 텐데.

입은 있어도 할 수 있는 말이 없어 나는 가만히 침묵했다. 곧, 알로이의 한숨이 터져 나왔다.

"소리 질러서 죄송해요, 두 분. 그리고 두루아……. 강요하는 건 아니야. 하지만 정말로 진지하게 다 내려놓고 다시 생각해 봐. 네가 발로즈로서의 체면 때문에 클레이모어 경과 결혼하려는 건지, 아니면 정말로 좋아서 그러는 건지."

그리 말하고 알로이는 몸을 일으켰다.

섣부른 일의 결과는 근신이었다. 한 달 동안 밖으로 나가지 말라는 엄명을 듣고 나는 침실에 갇히게 되었다. 의식을 잃었을 뿐 딱히 아픈 건 아니었는데, 휴식을 강요받았기에 침실을 나설 수도 없었다. 누가 오기라도 한다면 말은 달라지겠지만.

그래, 차라리 잘된 일이다. 안 그래도 머리가 아파 나가고 싶지 않았고 또 생각도 정리해야 했다. 근신을 핑계 삼으면 곤란한 연락이 오더라도 회피할 수 있을 것이다.

나는 새디가 타 준 차를 마시며 평온한 하루를 보냈다. 먼저 클레이모어에서 안부를 묻는 서신이 왔기에 답신을 쓰고, 에드가에서도 사람이 왔었다는 말에 뒤늦게 달력을 확인했다. 내가 잠들어 있던 아흐레간 주가 바뀌고, 바로 어제가 티파티 당일이었나 보다.

참석하지 않을 생각이면서 답신도 보내지 않은 건 시간을 끌기 위해서였지만, 지금 와 생각해 보면 잘한 일이었다. 근신을 당하기는 해도 어쨌거나 아팠다는 좋은 핑계도 생겼고. 가족들의 걱정하는 얼굴을 보면 마냥 좋은 일이라고 할 수도 없었지만. 티파티 날짜가 어제였기 때문인지 앨리스는 아직 리모란드로 돌아오지 않았다고 했다.

클레이모어에서 온 서신에는, 티파티에 대한 이야기도 쓰여 있었다. 참석하지는 않으나 연락책이 머무는 마당에 답신을 생략하는 것은 지나친 무례 같아서 거절하는 서신을 썼다고. 워낙에 기사의 표본 같은 사람이니 그럴 거라고 예상은 했지만 녹턴이 아무 일도 벌이지 않은 것이 다행이었다. 그리고…… 다시 생각하니 절로 한숨이 나왔다.

애런 클레이모어. 앨리스 리모란드.

녹턴 에드가. 그리고 두루아 발로즈.

기억을 제대로 들여다보니, 내가 어쩌다 착각했는지 알겠다. 원작 자체가 좀 주인공을 숨기면서 전개된 탓도 있었고, 다른 소설을 이 책인 양 착각하기도 했다. 읽은 지 너무 오래돼서 기억이 엉켜 있었다. 알고 나니, 아이러니한 일이 아닐 수 없었다.

처음에는 화형을 피하고자 녹턴과 친해지려 한 건데 실상 두루아 발로즈를, 나를 화형으로 몰고 갈 사람이 녹턴 에드가였다니. 물론 내가 살아가는 현실이 소설 속 내용과 똑같이 흐르지는 않았다. 녹턴 에드가가 어렸을 때 두루아 발로즈를 알고 있다는 언급은 있었지만, 그녀가 앨리스와 친구라는 언급은 없었고 작중에서와 달리 녹턴은 나를 '발로즈'라고 불렀다. 클레이모어에서 리모란드로 혼담을 넣었다가 애런의 거절로 무산된 일은 실제로는 일어나지 않았고, 오히려 내가 애런과 약혼으로 엮이게 되었다.

당연한 일이다. 두루아 발로즈가 다른 사람으로 바뀌었으니까. 그러나 근본적인 부분은 바뀌지 않았다. 이를테면 애런이 앨리스를 사랑한다는 것과 녹턴 에드가가 상종 못 할 악역이라는 것. 결론은 명확했다.

녹턴과의 연을 끊어야 했다. 그리고 그를 제대로 정리하기 위해서는 다른 사람이 필요했다.

한 사내의 얼굴이 떠올랐다. 햇볕 같은 백금발에 눈이 붉은 내 약혼자, 애런 클레이모어. 『그와 앨리스』의 진짜 주인공. 확신이 서니 이후로는 간단했다.

그의 사랑이란 앨리스 리모란드가 틀림없다. 원작과 다르게 내가 알게 모르게 앨리스의 힘을 실어 준 탓에 그 애에게 부당한 혼담이 오가지는 않았으나, 앨리스가 변장하고 성 밖을 돌아다닌 건 현실에서도 벌어진 일이었다. 그 애에게 '에드'에 대해 듣지는 못했지만 앨리스에게 비밀이 있다는 정도는 알고 있었고.

나 또한 원작에 대해서는 영원한 비밀로 간직할 예정이니 불평할 생각도 없다. 다만 여전히 애런이 왜 앨리스를 꺼리고 그 애에게 제 정체를 드러내지 않는지는 모르겠다. 기사 수행의 신성함 때문이라고 생각하기에도 석연치 않았다. 그런 것 때문에 정체를 드러내지 못하는 것뿐이라면 왜 리모란드로 혼담을 넣는 것조차 거부한 걸까. 그리고 원작에서는 가문에서 넣은 혼담을 어째서 거절한 걸까.

고민해 본들, 본인이 아니라면 알 수 없는 문제였다. 실상 당장 내게 중요한 문제도 아니었다. 내가 고민해야 할 부분은 앞으로의 행동이었다.

난 어떻게 해야 할까.

앨리스가 애런을 사랑하고 애런이 앨리스를 사랑하니까, 파혼을 하고 두 사람의 오해를 풀어 주고 그들이 맺어지도록 도와주는 게 맞는 걸까. 하지만……

그럴 수는 없어.

체감하기에도 스스로가 비겁하게 느껴졌지만 나는 정석적인 해결법대로 두 사람을 도와줄 수가 없었다. 주인공인 줄 알았던 녹턴 에드가는 실은 악당이었고, 황제를 꼭두각시로 만들기 위해 두루아 발로즈를 이용해 앨리스에게 접근한다. 그러나 녹턴이 주인공이 아닌 시점에서 그의 계획이 어떻게 될지는 이미 결론 난 일이었다.

그의 계획은 저지당할 것이다. 아마도 애런 클레이모어에 의해. 바꾸어 말하자면, 애런이 아니라면 녹턴을 막을 수 있는 사람은 없을 것이다.

앨리스 또한 주인공이었지만 소설상에서 특별한 능력이 서술된 적은 없었고, 책과 달리 예지몽을 꾼다는 특이점이 있었으나 그 또한 무력적인 특별함은 아니었다. 녹턴의 마법을 막을 수 있는 건 애런의 검뿐일 것이다.

애런을 놓아주는 것 자체에는 별다른 미련이 없다. 그러나 서로를 사랑하는 두 사람을 맺어 준다면 나는 혼자 남게 된다. 그렇더라도 내가 위험할 경우, 애런이 아예 손 놓을 거라 생각지는 않는다. 하지만 약혼자의 입장과 친구인 입장에는 차이가 있을 수밖에 없다. 일단 곁에 붙어 있을 수 있는 시간부터가 달랐다.

비겁하더라도 나는 살고 싶었다. 그럴 확률을 조금이라도 높이고 싶었다.

책 속의 녹턴과 실제의 녹턴이 다르다고 믿기에는, 쌓아 온 세월에 신뢰가 없었다. 앨리스의 말 몇 마디에 금방 흔들렸고 기억을 확인하고 나서는 완전히 무너졌다. 얄팍한 정과 얄미움, 소중하지는 않더라도 나쁘게 되지는 않기를 바랐던, 어쩌면 친구만도 못했던 그 마음조차 이제는 사라져 버렸다.

기존의 감정이 비워진 자리를 대체하는 것은 공포뿐이다. 녹턴 에드가가 언젠가 나를 화형대로 이끌지도 모른다는 합당한 두려움뿐.

그렇기에 나는 죄책감을 느끼고 양심의 가책을 느끼지만 앨리스와 애런을 도울 수 없었다. 주인공들의 사랑을 방해하는 이물질이 되어야 살아남을 수 있다.

평생을 그렇게 살겠다는 것도 아니잖아.

확실하지는 않아도 언젠가 녹턴은…… 죽을 것이다. 애런에게든 누구에게든 처단당할 것이다. 그렇게 생각하니 또 마음이 이상했지만, 그날이 올 때까지는 나는…….

내가 뭘 잘못한 걸까. 뭐 그리 엄청난 잘못을 해서 친구라고 믿은 사람에게 살해당할 걱정까지 하게 된 걸까. 애당초 그에게 접근하지 않았다면 좋았을 것이다.

모든 걸 제대로 기억하고 있었다면 좋았을 텐데. 그랬다면 적어도 바보같이 직접 찾아가 이용해 달라고 목을 내놓지는 않았을…… 잠시만. 내가 왜 녹턴을 찾아간 거였지.

남자 주인공인 줄 착각했기 때문에.

친분을 쌓으면 화형을 피하게 도와줄 것 같아서.

외적으로 완벽한 녹턴 에드가가 탐나서.

그를 가질 수 없다는 걸 깨달은 시점에서는, 셰릴 보르나인의 이야기를 엿든고 그를 동정해서, 죄책감을 느껴서.

원작의 강제성이 없다는 걸 알고는 오기가 생겨서.

정이 붙어서.

그가 날 특별히 여긴다는 데 우월감을 느껴서.

그가 날 특별히 여기지 않는다는 걸 알고는.

그가 날 장난감 취급하는 게 아닐까 의심스러울 때는 왜 그때도 아득바득 공작저를 찾아간 걸까.

내가 게을러서, 이미 익숙하고 편해진 관계가 좋아서.

정말 그 이유뿐이었을까? 하루가 멀다고 매일같이 공작저를 찾아가 시험당하고 상처 입으면서 버티던 게 순전히 내 감정이 벌인 일일까?

원작에서도 두루아 발로즈는 어릴 때부터 녹턴과 아는 사이였다. 녹턴을 사랑해서 앨리스에게 험한 짓을 하고 나중에는 그의 세뇌에 당해 암살 시도를 하고 화형당한다.

원작의 두루아 발로즈와 지금의 두루아 발로즈는 과연 얼마나 다를까.

나는 정말로 녹턴 에드가에게 한 번도 세뇌당한 적이 없는 걸까.

등줄기를 타고 찬 기운이 흘렀다. 온몸의 털이 곤두섰다.

그때, 누군가 문을 두드렸다. 무언가를 떠올리자마자 공교롭게도 노크 소리가 났다.

나는 느리게 문 쪽으로 고개를 돌렸다.

"안녕, 발로즈. 얼굴도 보기 싫어진 건 아니지?"

별다른 이유도 없이, 전에 들은 말소리가 떠올랐다.

낮고 부드러운 목소리로, 갑자기 나타나 내게 말을 건네던 녹턴 에드가.

똑똑.

답하지 않자, 다시 한번 노크 소리가 났다.

쿵, 쿵 심장이 뛰었다.

나는 숨조차 멈춘 채 가만히 문을 바라보았다.

어떠한 이성적인 사고도 그저 기다리기만 한 다음 순간.

"아가씨, 침실에 안 계세요?"

아. 다행스럽게도 익숙한 목소리가 나를 달래 주었다.

한껏 부풀었던 가슴께에서 느리게 숨이 빠져나왔다. 나도 모르게 슬립의 치맛자락을 움켜쥔 탓에 치마가 잔뜩 구겨져 있었다.

"작은 아가씨?"

"들어와, 새디."

문이 열렸다. 당연하게도 문 너머에는 목소리의 주인인 새디가 서 있었다.

"대답이 없으셔서 다른 데에 가셨나 했어요. 잘 시간은 제법 남았잖아요."

"아니, 다른 생각을 하느라 못 들었어."

"다른 생각이요?"

"아니야, 아무것도."

어설프게 웃으며 나는 고개를 저었다. 하기야 내 직감이 맞은 적이 얼마나 된다고, 징조도 없이 녹턴이 나타날 리 없었다. 이전에도 녹턴은 징조 없이 나타나긴 했지만 최소한 그때에는 사과하겠다는 명분이라도 있었다. 실질적으로는 내가 그에 대해 뭔가 알아차리지는 않았나 확인하러 온 것 같았지만.

"그래서 무슨 일이야?"

"작은 아가씨께 손님이 오셨어요."

"손님?"

애런? 앨리스? 바로 떠오르는 얼굴은 단둘뿐이다.

새삼스럽게 나는 협소한 내 인간관계가 슬퍼졌다. 어쩌다 이렇게 적만 많아진 걸까. 앨리스가 바로 돌아왔다고 보기에는 무리가 있으니 애런 쪽이려나. 그러고 보니 지금쯤이면 내가 보낸 답신이 도착하기에 충분한 때였다.

그리 생각하면서 애런이냐고 물으려는 차에, 새디는 징조도 없이 폭탄을 떨어뜨렸다.

"에드가 공작 각하께서 안부를 물으러 오셨어요."

애런 클레이모어의 일상은 대개 비슷했으나, 오늘처럼 특별한 일정이 있을 때에는 소소한 차이가 있었다.

그는 개인 수련을 중단하고 방으로 돌아왔다. 애런은 수련을 위해 입었던 검은 상의에서 깔끔한 셔츠 차림으로 갈아입었다. 빼놓았던 약혼반지를 다시 손에 끼고 선반에 올려 두었던 상자를 챙겼다. 상자 안에는 진정 마법이 걸려 있다는 오르골이 들어 있었다.

그의 약혼자, 두루아 발로즈가 저택에서 정양한 지 오늘이 열흘째였다. 방문을 삼가 달라는 말에 발로즈 저택으로 가지는 않았으나, 그것도 하루 이틀 일이지 열흘이나 연락이 없으면 예의를 지키겠다는 마음보다는 걱정이 앞선다. 그래도 다행히 조금 전 두루아로부터 답신이 도착하긴 했다. 몸이 안 좋아 정양 중이며 그간 안부를 전하지 못해 유감이라는 말로 시작되었다. 티파티에 가서는 안 된다는 말에 따라 준 데 대한 감사와 건강을 조심하라는 말이 이어졌고, 추신에는 모쪼록 녹턴 에드가를 조심하라는 당부가 적혀 있었다. 조금 멋쩍은 이야기였지만, 애런은 추신까지 읽고서야 서신을 쓴 사람이 두루아라는 것을 믿을 수 있었다.

녹턴 에드가를 조심하라는 말, 어제로 예정되었던 녹턴 에드가의 티파티, 그리고 티파티에 불참하겠다고 말하고는 돌아가 의식을 잃은 두루아 발로즈. 결론적으로는 지나친 의심이었으나, 애런 클레이모어는 그 일 사이에 어떠한 연관 관계가 있지 않을까 의구심을 품었기 때문이다.

애런 클레이모어가 아무런 근거도 없이 그런 생각을 한 것은 아니었다. 처음에는 남들처럼, 녹턴 에드가와 두루아 발로즈가 연인 관계이며 곧 결혼하게 될 거란 소문을 믿었다. 그는 파티장에 잘 다니지는 않았지만 사교계에 모습을 드러낼 때마다 에드가 공작과 두루아가 함께 있는 것을 목격했기 때문이다. 더군다나 언제나 다정하고 친근한 모습이었다.

두루아와 혼담이 오가면서 두 사람의 사이를 부정하는 말을 들었을 때도 온전히 믿은 것은 아니었다. 무언가 오해나 다툼이 있어 잠시 멀어진 게 아닐까 생각했다. 그도 그럴 것이, 마음도 없는 상대의 혼담을 틀어막는 남자가 세상에 어디 있단 말인가. 옛날이라면 모를까, 요즘에는 결혼하지 않는 것이 그리 대단한 흠이 아닌데도.

그러나 근래 들어, 그는 제가 두 사람의 관계에 대해 착각하고 있던 것이 아닐까 의심하게 되었다. 녹턴 에드가의 이야기를 할 때면 조금은 부드러워지던 두루아의 표정이, 그가 얄밉다고 험담하면서도 따뜻해지던 눈동자가 어느 순간 변했기 때문이다. 요즘의 두루아 발로즈는 녹턴 에드가의 이야기를 할 때면…….

'두려워하는 것 같았지.'

그는 완연한 기사였고, 약자를 보호하는 것은 당연한 일이었다. 그 약자가 제법 정이 든 친구라면 더더욱. 그렇기에 그녀에게 답신이 왔음에도, 애런 클레이모어는 발로즈 후작저로 가 보기로 했다. 직접 얼굴을 보고 이야기하기 전까지는 아무 일도 없다고 확신할 수 없었으니까.

애런 클레이모어가 두루아 발로즈에게 이성적인 매력을 느끼는 것은 아니었다. 그보다는 조금 여동생 같다고 생각했다. 외동으로 자라 알게 모르게 형제에 환상이 있던 그로서는 두루아와의 만남이 즐거웠다.

두루아 발로즈는 외모도 덜 자란 고양이 같았지만, 성격도 그랬다. 눈초리가 날카롭고 이따금 직설적으로 말하긴 해도 정작 험한 말을 하지는 않는다. 당하면 당한 대로 돌려주는 것 같기는 한데 사람을 진심으로 미워하는 것 같지도 않고……. 그리고 본인의 감정에 좀 미숙했다(애런이 녹턴을 향한 두루아의 감정을 헷갈린 데는 그런 이유도 있었다). 정이 없는 편이라 말하는 것과 달리, 어지간한 사람보다 잔정이 많기도 했다.

그런 점이 좀 귀여웠다. 약혼을 깰 무렵에는 남이 되어 돌아서는 것이 아쉬울 정도로. 아니, 그즈음에는 친구 정도는 되어 있지 않을까.

가볍게 웃고 애런은 방을 나서려 했다. 너무 늦지 않게 발로즈 후작저에 도착하려면 슬슬 출발해야 했으니까.

겉옷을 걸치고 막 나서려는 차에, 옷자락이 선반에 있던 물체를 떨어뜨렸다. 떨어진 게 무언가 애런의 고개가 바닥으로 향하는 순간, 그의 얼굴이 굳었다.

땅에 떨어진 것은 낡은 회중시계였다. 그리 질이 나쁜 물건은 아니었으나, 그렇다고 그가 사적으로 사용할 만큼 괜찮은 물건도 아니었다. 산등성이에서 떨어질 뻔한 누군가를 구해 준 답례로 받은 물건은, 시장에서 푼돈에 팔던 것이었다. 그럼에도 그 회중시계는 애런이 가장 소중히 하는 물건이었다.

'방을 치우면서 꺼냈다가 넣어 두는 걸 잊은 건가.'

잠시 머뭇거리다가 애런은 시계로 손을 뻗었다. 회중시계는 제법 컸으나 커다란 애런의 손안에서는 장난감처럼 보일 정도였다. 붉은 눈이 그리움으로 물들었다.

그에게 회중시계를 선물한 사람은 앨리스였다.

앨리스 모멘텀, 에른하르트에서 만날 적에는 성을 밝히지 않았지만 그러면서도 가명을 쓰지는 않았던 사람. 앨리스가 흔한 이름이라 괜찮다고 생각했던 걸까. 만약 그런 이유라면, 애런은 앨리스의 이름을 흔하게 지은 누군가에게 감사의 인사라도 할 수 있을 것 같았다. 지금에서는 만날 수 없는 상대였고 눈을 마주 보고 대화를 할 수도 없는 이였다.

과거에도 어설펐지만 분장을 한 탓에 얼굴을 제대로 본 적은 없었다. 그러니까 그녀의 본명을 손에 쥘 수 있는 것만으로 애런은 감사했다.

애런이 앨리스에 대해 아는 것은 세 가지뿐이었다. 앨리스의 목소리, 본명, 그리고 그녀의 본심 몇 마디. 전에 들었던 말이 다시금 그의 머릿속을 지나갔다.

"나는 에른하르트가 정말 싫어."

"압니다."

애런은 입을 다물었다가 재차 말했다.

"알고 있습니다, 앨리스."

당신이 에른하르트를 싫어하는 것. 그 묘비와 함께 모든 것을 묻고 싶어 했다는 것. 이렇게 구질구질하게 에른하르트의 앨리스를 그리는 것 또한 사실 원하고 있지는 않겠지. 모르기에 망정이지 그녀가 알았다면 조롱으로 받아들였을 것이다.

그럼에도 이마저 하지 않을 수는 없어서. 쓰게 웃으며 애런은 시계를 소중히 움켜쥐었다.

실상은 녹턴이 저택에 오건 말건 방문을 거절하고 싶었다. 훌륭한 변명거리도 준비되어 있었다. 티파티에 가지 못할 정도로 몸이 좋지 않았고 아직 낫지 않았으니 돌아가 달라고.

그럼에도 내가 응접실로 내려올 수밖에 없던 것은 의미 없는 일 같았기 때문이다. 녹턴 에드가에게 언젠가 연락이 올지도 모른다고 생각했지만, 다짜고짜 저택으로 올 줄은 몰랐다. 그도 그럴 것이 녹턴이 후작저에 온 것은 단 한 번뿐이지 않던가.

내가 녹턴을 어설프게나마 믿고 친애하던 시절, 그는 발로즈로 놀러 오라는 내 초대가 아무리 간절해도 귀 기울이지 않았다. 후작저에 오면 무슨 대단한 큰일이라도 생기는 것처럼, 입으로는 '생각해 볼게.' '글쎄.' '여유가 되면.'이라는 등 잘도 말했지만 시늉 비슷한 것도 하지 않았다. 그랬으면서 이제 오지 않길 바라게 된 시점에야 연락도 없이 쳐들어오다니.

내게 녹턴의 방문을 알리는 새디의 눈은 전처럼 흐리지 않고 그 애의 표정도 전처럼 멍하지는 않았지만, 그때의 일을 생각하지 않을 수는 없었다. 내가 거절한다고 해도 마법인지 세뇌인지 모를 수단을 쓴다면, 내 의사 같은 게 무슨 소용이 있을까. 자조하며 나는 응접실의 문을 열었다.

녹턴 에드가, 검은 머리의 청년은 응접실의 소파에 다리를 꼬고 앉아 있었다.

그의 뒤로는 흐린 눈빛의 기사가 서 있었다. 브라만 더프. 녹턴의 호위 기사는 이름을 알 뿐 아니라 어린 날, 몇 번 말을 섞은 적도 있었다. 눈빛이 흐려진 건 언제부터였을까. 녹턴에게 달라붙는 나를 이따금 괄시하듯 보기는 했어도 여느 기사들과 마찬가지로 그의 눈은 또렷했었는데.

"에드가 공작가 사람들 모두, 녹턴 에드가에게 세뇌당해 있어."

떠올림과 동시에 입가에 쓴맛이 돌았다. 이제 와 앨리스의 말을 의심할 생각
도 없었지만, 정말로 그렇게 되었구나 실감이 들었다.

나는 저택의 주인이 들어왔음에도 말없이 나를 보는 녹턴과 잠시 눈을 마주
쳤다. 무슨 생각인지 모를 연보라색 눈동자는 평소보다 다소 가라앉아 있었다.

티파티 초대장을 주고 갔을 때가 마지막으로 본 날이던가. 그래도 그때는 의
심이었는데 지금은 확신이다. 늘 보던 얼굴을 보면서도 마음은 확연히 달랐다.

계속해서 마주 볼 수가 없어, 나는 은근히 시선을 피한 채로 느리게 녹턴에
게 다가갔다. 발에 추를 매단 것처럼 다가갈수록 발걸음이 무거워졌다. 나는
벌을 받듯이 걸음을 끌며 걸어가 그의 맞은편에 앉았다. 그제야 녹턴의 입이
열렸다.

"말랐네."

"그래? 뭐…… 아팠으니까."

정적은 깨졌지만, 긴장은 사라지지 않는다. 애써 평소처럼 말했으나 심장이
뛰는 소리는 갈수록 거세어져 갔다. 기사도 아닌 마법사니까 이런 소리까지는
들리지 않을 거라 믿는 수밖에. 그는 웃지 않는 얼굴로 물끄러미 나를 보았다.

"뭐가 문제인 거야. 갑자기 며칠이나 앓다니."

"몸살이야. 그거 확인하러 온 거야?"

"이튿날 클레이모어 후작저에서 술까지 마셨으니—"

빤한 시선은 가만히 내리깔려 홍차에서 피어나는 뿌연 김을 헤집었다. 기
다란 손가락이 부드럽게 찻잔의 손잡이에 얽혔다. 섬세한 손길이 장난이라도
치듯 손잡이를 어루만지고 그의 손톱이 이따금 차에 부딪히는 소리가 툭툭 울
렸다.

"나를 만나서 앓았던 건 아닌 것 같고."

나는 숨을 들이켠 채로, 평소보다 느리게 움직이는 그 광경을 바라봤다.

내가 애런과 술을 마신 걸 녹턴이 안다. 이것이 의미하는 바는 명백했다. 발로즈나 클레이모어, 적어도 둘 중 한 가문에 녹턴이 눈을 심어 둔 것이다. 감시하던 대상이 앨리스뿐만이 아닌 것은 당연하고 예상할 수 있는 일이었다. 녹턴이 『그와 앨리스』에서와 같은 목표를 가지고 있다면 권력자들의 동향을 신경써야 할 테니까.

그러나 녹턴 에드가가 어디까지 보고 있는지는 예상할 수 없었다. 저택에 드나드는 사람들만을 감시하고 있는 건지, 아니면 저택 내부에 사람을 심어 놓은 건지. 아니, 그의 능력이 내가 아는 대로라면 따로 사람을 심을 것도 없었다. 새디 때처럼 누군가를 세뇌하는 일이 녹턴에게 그토록 간단한 일이라면.

"이번에도 마찬가지로 너를 감시한 건 아니야, 발로즈."

"……내가 아니라면, 애런을 감시했다는 말이네. 그럴 이유가 있어?"

"글쎄."

녹턴의 눈이 잠시 가늘어졌다. 비웃음을 지으려다 실패한 사람처럼 그의 얼굴은 조금 굳어 있었다. 무거운 침묵보다는 차라리 말을 내뱉는 것이 나아서, 나는 재차 말을 물었다. 긴장과 불안이 조바심에 불을 붙였다.

"티파티에는 왜 초대했던 거야."

"구설을 정리하려 했다는, 되지도 않는 이유 말고 진짜 이유 말이야."

"초대한대도 올 생각도 없었잖아. 리모란드 영애는 초대장을 건네자마자 사라졌고, 클레이모어 경은 거절하는 답신. 그리고 너는 앓아눕고 말이야."

"아팠던 게 내 죄야?"

"널 초대했던 게 죄 같아서. 초대하지 않으면 아픈 척을 할 필요도 없잖아? 그렇게 생각하고 온 건데, 정말로 앓았다고 하니 당황스럽네."

그리 말하며 녹턴이 미간을 찡그려서 움찔, 손끝이 튀었다.

역시 핑계라고 생각하는 걸까. 하기야 피하고 싶은 사람의 티파티에 초대받은 날, 앓아서 나갈 수 없었다는 말이 순진하게 들릴 수는 없겠지. 그러나 이제는 어찌 생각한대도 상관없었다. 이미 녹턴 에드가의 의심은 피할 수 없다. 그가 날 의심하지 않았다면 후작저에 찾아와 새디에게 최면을 걸지도 않았을 것이다.

다만 나는 녹턴과 마주 보는 채로, 심장이 쿵쿵거리며 이야기를 나누는 상황을 더는 견디기가 힘들었다. 대부분의 시간을 그의 서재에서 보낸 때가 있던 것이 거짓말처럼, 나는 그와 같은 공간에 있는 것만으로 두려웠다. 한계였다.

나는 자리에서 벌떡 일어나 녹턴에게서 고개를 돌렸다.

"내가 꾀병 부린다고 생각하든 말든 네 마음대로 해, 그리고 아직 몸이 안 좋으니 돌아가 주면 좋겠어."

"브라만."

내 말에는 대꾸도 없이 그는 함께 온 기사의 이름을 불렀다. 덩치가 커다란 기사는 바닥에 내려 두었던 상자를 꺼내어 테이블에 올리고 내용물을 꺼냈다. 돌아가 달라는 말을 무시하고 벌어지는 상황에 나는 어쩌지도 못하고, 멍한 표정의 기사와 상자를 번갈아 바라보았다.

푸른빛의 액체가 든 커다란 병과 조그만 잔 하나.

저게 뭐야. 물을 새도 없이 녹턴은 병으로 다가가 마개를 열었다.

조그만 잔에 푸른 액체가 고여 들었다.

녹턴의 손이 기울고 목울대가 오르내린다.

갑자기 벌어진 상황을 도저히 이해할 수가 없어, 나는 대놓고 얼굴을 찡그렸다.

"설마 여기까지 와서 술 마시고 있는 건 아니지?"

"성수야."

"뭐?"

"독이 안 든 건 방금 봤으니 알 테고."

뭣하면 한 잔 더 마셔 볼까?

담담한 목소리에 현실감이 더욱 떨어졌다. 난데없이 상자를 열고 난데없이 성수를 꺼내서 난데없이 독이 없다는 걸 확인한 실태가 이해되지 않는다. 혼란스러운 마음은 말소리에 그대로 반영됐다.

"아니, 너 무슨…… 그 큰 게 성수라고? 그걸 왜 나한테……."

스스로가 생각하기에도 바보같이 말을 더듬었다. 그를 못 들은 척해 줄 리 없는 녹턴은 비죽 나는 웃음을 입가에 매달고는 마개를 여몄다.

한 걸음, 두 걸음, 세 걸음.

발소리가 가까워지고 키 큰 사내의 그림자가 내 위로 드리우고야 나는 녹턴의 얼굴을 올려다봤다.

"너는 참 성가셔."

녹턴이 손을 뻗었다. 당혹감에 굳은 내 얼굴 바로 앞까지.

닿았나, 닿지 않았나. 애매한 거리에서 내 얼굴로 흐트러진 머리칼이 그의 손가락에 감겨 귀 뒤로 넘어갔다. 솜털이 곤두섰다.

역광으로 인해 그림자 진 얼굴은 평소보다 어두워 보였고, 그의 연보랏빛 눈동자는 평소보다 요요했으며.

"뜻대로만 되면 좋을 텐데 말이야."

녹턴 에드가의 목소리는 잔뜩 갈라져 있었다.

두려움이 녹아 희게 변했던 머리에서 불길이 솟았다. 순간적으로 나는 공포도 잊고 이를 악물었다. 공포에 억눌렸던, 녹턴 에드가가 악인은 아닐 거라고 믿었던, 어쩌면 그의 친구였을지도 모르는 한때의 두루아 발로즈가 내 안에서 튀어나왔다. 어중간한 정은 모조리 남겨 두고, 미움과 억울함과 분노만을 들고.

"지금 그걸 말이라고 해?"

뜻대로만 되면 좋겠다니. 원작의 내용이 사실이든 아니든 간에, 실제 있던 일만 상기하더라도 그런 말이 나올 수는 없었다.

나와서도 안 됐다. 설사 내가 세뇌인지 뭔지, 알 수 없는 무언가에 당해 녹턴의 수족처럼 공작저로 향한 것이라도 그랬다.

마음을 줬다가도 시험당하고 친구라고 여겼다가도 비웃음당하고, 조금 가까워지려면 도로 거리를 벌렸다. 매 순간은 아니라도 나는 녹턴에게 휘둘리며 살아왔다. 몇 번이나 거부당하고 상처받아도, 정인지 세뇌인지 모를 것 때문에 꾸역꾸역 그를 찾아가 곁을 지켰다.

모든 것을 녹턴의 뜻대로, 그에게 맞춰 주었다.

"누가 들으면 네가 나한테 휘둘리며 산 줄 알겠어. 네 그 똑똑한 머리에 옛날 일에 대한 기억은 없나 봐. 아니면 그까짓 거 대단한 일도 아니라 지워 버린 거야?"

나는 오래전부터 네 뜻대로 해 왔어. 친구라고 말할 수도 없을 정도로, 그렇게 칭하는 게 낯부끄러울 정도로.

입 밖으로 내지 못한 말은 머릿속으로만 이어졌다. 분노가 끓어오르는 상황에서도 차마 이런 말만은 내 입으로 하고 싶지 않았다.

녹턴 에드가는 빤한 눈으로 나를 내려다보다가 오늘 중 처음으로 웃었다. 내속을 뒤집어 놓은 게 어지간히도 기쁜가 보지, 너무도 녹턴다운 웃음이라 속이 뒤틀린다.

"네 말대로야. 맞추어 준 건 너였지."

"그게 내 잘못이라고?"

"어떻게 네 잘못이겠어, 내 소중한 발로즈. 처음부터 잘못됐던 거야. 모든 게 말이야."

그는 갈라진 목소리로 속삭이고 숙인 허리를 폈다.

그러고는 돌아섰다.

아까부터 녹턴 에드가는 제멋대로였다. 자기 할 말만을 늘어놓고 내 말은 듣는 시늉도 하지 않았다. 원래 그런 경향이 있었지만 요즘 들어서는 더욱더 그랬고 오늘은 내 분노조차 무시했다.

칼로 자른 것처럼 대화를 끊은 녹턴은 처음부터 그런 화제를 꺼내지 않은 사람처럼 태연히 걸어갔다. 카펫에 반쯤 먹힌 구둣발 소리가 느리게 울렸다.

나는 그의 뒷모습을 강하게 노려봤다. 그걸 아는지 모르는지, 녹턴은 제 기사의 팔에 걸쳐져 있던 겉옷을 넘겨받았다. 돌아가려는 모양이었지만, 그렇기에 그의 저의는 한층 더 알 수가 없었다.

어중간하게 끊긴 분노를 터뜨리려 나는 입을 열었다. 그러나 그보다 조금 먼저.

"앨리스 리모란드와 연락이 닿는지는 모르겠지만, 약혼은 처음부터 할 생각 없었어. 수도로 와도 좋다고 해. 에른하르트에 있고 싶다면 평생 거기서 지내도 상관없지만."

녹턴의 말은 다시금 내게 찬물을 끼얹었다.

에른하르트에 있는 걸 알고 있어?

앨리스에게 감시를 붙였다는 것은 본인의 입으로도 직접 들은 명백한 사실이었다. 불행히도 녹턴에게 그 말을 들은 뒤 앨리스가 에른하르트로 향하는 바람에 그 애에게 사실을 말해 주지는 못했다.

그러나 그토록 두려운 듯이 녹턴에 대해 말하던 앨리스가 에른하르트로 향하면서 경계를 소홀히 했을 거라고는 생각할 수 없었다. 리모란드 공작은 철저

한 사람이었으니 딸에 대한 안 좋은 소식이 흘러 나가지 않도록 에른하르트로의 여정을 평소보다 훨씬 비밀스럽게 준비해 주었겠지. 비록 내게 앨리스의 행방을 알렸으나, 그건 어디까지나 내가 앨리스의 유년 시절을 알고 있기 때문에 알려 준 것이다.

어쩌면 리모란드에도 녹턴이 심어 놓은 사람이 있는 걸까. 그게 아니라면…….

아니, 생각해 보니 내 곁에도 앨리스의 행방을 아는 이가 있었다.

"그게…… 리모란드 영애님이 몸이 안 좋으신가 봐요. 잠시 에른하르트로 하러 요양을 가셨대요."

"영애님의 목적지는 비밀이라, 아가씨께만 은밀히 전하라고 하셨어요."

설마. 나는 돌아갈 채비를 마친 녹턴을 멍하니 바라보았다.

"그럼, 발로즈."

"앨리스가 거기 있다는 걸 어떻게 알았어?"

멍하니 벌어진 입이 나도 모르게 물음을 던졌다. 그러나 이런 말로 답해 주지 않을 건 뻔했다. 내가 알고 있다는 사실을 노골적으로 흘려서는 안 된다는 이성의 말을 짓누르고, 나는 재차 물었다.

"너, 새디를, 내 시녀를 세뇌한 거야?"

정적이 여느 때보다도 무겁게 공기를 짓눌렀다.

시곗바늘이 움직이는 소리가 선명히 들릴 만치 조용한 공간, 그렇기에 청년의 한숨 소리 또한 다른 때보다 크게 울렸다. 허공에 토해진 한숨이, 내 살갗에 차갑게 달라붙는다.

뒤늦게 돌아온 이성에 아차 싶었으나, 시간을 되돌릴 수는 없었다.

문으로 향했던 녹턴의 고개가 내게로 돌아왔다. 그의 표정은 조금도 밝지 않았다.

"세뇌하고는 다르지. 그건 장기적인 개념이니까 최면이라 말하는 게 어울릴 거야."

"그 말은⋯⋯."

"알고 있잖아? 그날, 네가 공포에 곱아들던 날. 이유도 없이 벌벌 떨던 건 아니잖아, 발로즈."

내 말 못지않게 직설적인 답이다. 얻어맞은 것처럼 머리가 멍했다. 조금 전처럼 화가 나지도 않았고 그보다 전처럼 공포가 샘솟지도 않았다. 녹턴이 무슨 생각인지 모르겠으며, 내가 무슨 말을 하면 좋을지도 모르겠다.

예상치 못한 답을 들은 탓일까, 아니면 상황을 인지하고 싶지 않은 것일까. 혼자 고민하고 의심하고 두려워하면서도 녹턴을 믿으려 애쓰던 순간들이 허무하게 무너졌다.

『그와 앨리스』가 어떤 소설인지 안 순간 십수 년이 무너졌으니 대수롭지 않은 일일지도 몰랐다. 하나 나는 이제는 내가 왜 녹턴과 마주 보고 이런 이야기를 하고 있는지조차 알 수가 없게 되었다.

그가 나를 어쩌려는 건지도 모르겠다. 내가 그의 비밀을 알게 되었다는 것이 녹턴의 안에서 확신이 되었다면, 그는 왜 내게 아무 짓도 하지 않았나.

모르겠다. 아무것도 모르겠다. 머릿속이 멍해서 생각할 기력조차 없었다.

"하지만 그때뿐이었어. 뭐라고 말해도 믿진 않겠지만 그래도 다시 말할게."

그는 눈가를 찡그리며 손으로 얼굴을 덮었다. 무언가를 참는 것처럼 목울대가 움직였다.

그 모습에 녹턴이 가져온 물건이 생각나 나는 테이블 쪽으로 시선을 돌렸다. 그 위에는 여전히, 마개가 단단히 여물린 병이 놓여 있었다. 푸른빛의 성수가 든 유리병. 다른 사람이 가져왔다면 호의라고 여겼을 막대한 선물.

나를 혼란스럽게 하는 무언가.

"널 감시한 적은 없어. 그리고 앞으로도—."

그때, 응접실의 문을 두드리는 소리가 녹턴의 말을 가로막았다.

문이 열렸다.

"작은 아가씨, 말씀 중에 들어와 죄송합니다. 손님이 한 분 더 아가씨를 찾으십니다."

나와 마찬가지로 근신 중인 뒤벨을 대신해 그의 일을 맡은 카리사였다. 갑작스러운 손님, 그리고 녹턴을 보는 카리사의 곤란한 표정. 어쩐지 불길한 예감이 들었다.

"누군데."

"클레이모어 경께서 오셨습니다."

얻어맞은 것 같던 머릿속에 폭탄이 터진 것처럼 정신이 괴롭게 또렷해졌다.

농담이지? 하필이면 이 상황에서? 나는 그럴 리 없음에도 카리사가 농담이었다며 깔깔 웃는 미친 짓을 벌여 주길 바랐지만, 애석하게도 그런 일은 없었다.

『그와 앨리스』의 주인공과 악당. 감시를 붙인 사람과 감시를 당하는 사람. 앨리스를 사이에 두고 대치하게 될 두 남자. 두 사람의 관계를 어떻게 정의하더라도 좋은 느낌은 아니었다.

이는 내가 원작의 내용을 제대로 알게 된 탓도 있었지만, 알기 전부터도 그렇게 생각했다. 애런과 약혼을 하고 녹턴에게 사실을 알린 순간부터 그는 애런 클레이모어에게 좋은 감정을 내비치지 않았다.

그가 애런을 질투한다는 헛소리를 하려는 건 아니다. 녹턴이 나를 무어라 생각하는지 명확히 알지는 못했지만, 그게 사랑이나 친애와 같은 따뜻한 감정은 아닐 테니까.

다만 녹턴은 내가 처음으로 그의 의견을 구하지 않고 일을 저질렀던 것이 유쾌하지는 않은 듯했다. 그의 같잖은 시험에서 나는 한 번도 녹턴을 택하지 않은 적이 없었으니까. 만약 나를 이용할 생각으로 세뇌했던 거라면 그걸 방해하는 애런이 성가셨겠지.

녹턴의 생각을 하다 보니 자연스럽게 시선이 그쪽으로 돌아갔다. 그리고 뒤늦게, 나는 그가 겉옷을 이미 차려입었음을 깨달았다. 지나친 걱정이었다.

녹턴은 이미 돌아갈 채비를 마쳤고 애런은 저택 밖에서 대기 중일 것이다. 애런을 다른 응접실로 안내하라고 말하면 두 사람은 마주칠 일도 없다. 사실 만난다고 하더라도 별일이 생기지도 않을 것이다. 여태까지도 두 사람이 마주친 일은 몇 번 있었으니까. 티파티에 절대로 가서는 안 된다고 말한 앨리스의 말이 떠올라 조금 찝찝하긴 했지만, 그 말의 이유를 모른다고 상황을 최악이라고 매도하는 것은 너무 성급한 일이었다.

순간적으로 감이 안 좋아 당황했으나 심호흡 몇 번에 마음이 가라앉았다. 나는 여전히 곤란한 얼굴로 답을 기다리는 카리사에게로 고개를 돌렸다.

"그래, 그럼 애런은 일단 다른 응접실로 안내해 줄래? 각하께서는 이제 돌아가실 것 같으니 곧一."

"미안하지만 발로즈, 마음이 바뀌었어."

"뭐?"

"너와 좀 더 이야기를 나누고 싶어졌거든. 그래, 네 약혼자가 기다리는 게 싫다면 이쪽으로 데려와도 좋아. 리모란드 영애가 없는 것이 아쉬우나, 다른 형태의 티파티라고 생각하면 나쁘지 않겠지."

기껏 괜찮을 거라고 자기 합리화를 하자마자, 녹턴이 마음을 망쳐 놓았다.

안 돼, 휘말려서는 안 된다.

순간적으로 빰이 떨렸으나 나는 곧 얼굴을 굳히고 강한 어조로 말했다.

"카리사, 이 저택의 주인은 나야. 내 말대로 해."

"작은 아가씨, 그게……."

"왜 그러는데."

"클레이모어 경께서 오시자마자 비가 내리기 시작해서 밖에 계시기 곤란하다고 생각했습니다. 그래서 일단 아가씨께…… 알리는 게 시급하다고 판단해서."

그게 무슨 뜻이야?

애런이 오자마자 비가 내려서 저택 밖에 둘 수 없었다. 그렇다는 이야기는…….

카리사는 이제 식은땀을 흘리기 시작했다. 그러나 나 역시도 등골이 차가워져서, 그녀의 심경을 걱정해 줄 수는 없었다.

"다른 응접실로 가기엔 늦은 것 같군요, 두루아."

카리사의 뒤쪽에서 걸어 들어오는 애런을 보고, 나는 불길한 예감이 틀리지 않았다는 것을 깨달았다. 내 속을 아는지 모르는지 애런은 느리게 걸어와 내 바로 앞에 멈추어 섰다.

"반갑습니다, 에드가 각하."

꽃

"리모란드 공작 각하께서 중간 지점에 기사들을 배치해 두었다고 하셨습니다. 엘포트에서 텔레포트 스크롤을 사용하실 수 있도록요."

"올 때와 같은가 보네요."

"떠날 채비가 끝나면 바로 말씀드리겠습니다, 쉬고 계세요. 아가씨."

"감사해요, 메이비 경."

문이 닫히고, 앨리스는 침대에 걸터앉아 한숨을 내쉬었다.

에른하르트로 도망쳐 온 지도 열흘이 넘었다. 속마음을 감추는 데는 능숙해서 다른 사람들에게 드러내지 않았지만, 올 때만 하더라도 앨리스는 공포에 매몰되어 있었다.

두렵고 도망치고 싶은 마음이 가득해지니 자연스럽게 그리운 사람이 떠올라 발길은 에른하르트로 향했다. 두루아를 만나기 전까지는 남의 동정을 구걸해야 했던 지옥, 두루아를 만난 이후로는 졸렬하고 위선적인 사람들로 가득하던 천국. 앨리스에게 있어 에른하르트란 그런 곳이었지만 막상 와 보니 어떠한 감상도 들지 않았다. 어쩌면 겨우 반년이 지났음에도 앨리스 모멘텀과 앨리스 리모란드는 완전히 다른 사람이 되어 버렸는지도 모른다.

에른하르트에 오고, 앨리스는 공포로 울고 두려움에 떨고 무수한 악몽에 괴로워하며 이불 속에 파묻혔다. 에드가 자주 나타나던 곳을 멀리서 바라보면 조금 나아지는 듯했으나, 그리움이란 어떨 때는 공포보다 가혹해서 나중에는 평생 만나지 못할 사람을 그리는 것도 그만두었다. 공포는 갈수록 기승을 부렸다. 언제라도 녹턴 에드가 나타나 저를 티파티장으로 끌고 갈 것만 같았다.

그래, 티파티. 그게 앨리스가 근래 들어 벌인 모든 일의 원인이었다. 예지몽은 원래도 다른 꿈에 비해 선명했지만 그날의 꿈은 몇 번이나 악몽으로 상기된 탓인지 더더욱 선명했다.

꿈속에서 앨리스는 두려워하면서도 녹턴의 초대를 받아들이고 공작저로 향한다. 저택에는 두루아 발로즈와 애런 클레이모어 또한 초대를 받고 모여 있었다. 비록 두루아의 형상은 안개처럼 가려져 직접 확인할 수는 없었으나, 애런 클레이모어가 두루아의 이름을 불렀기에 확실했다.

그러나 딱 네 사람뿐이었다. 티파티의 특성상 많은 객을 초대할 수 없는 건 사실이었지만 이렇게 소규모의 사람을 초대하는 것은 상당한 친분이 있거나 따로 목적이 있을 때뿐이었다. 그리고 이 경우에는, 누가 보더라도 에드가 공작의 목적은 후자였다. 그에게 있어 친분이 있노라 말할 수 있는 사람은 두루아 발로즈 하나뿐이었으니까.

지나친 공포는 사람을 도망치게 만들지만 한계에 다다르지 못한 공포는 사람을 묶어 버린다. 녹턴과의 기묘한 대화를 나눈 뒤, 앨리스는 그를 피하려 애썼지만 그럼에도 마주칠 때는 그의 제안을 거절하지 못하고 고개만 끄덕였다. 티파티로 향한 것도 그런 맥락의 일이었다.

그러나 긴장하며 공작저에 들어선 앨리스가 처음 느낀 감정은, 공포나 두려움보다는 회의감과 소외감이었다. 녹턴 에드가는 다른 사람은 들러리로 부른 것인지, 오로지 두루아에게만 말을 건넸다.

이 꿈을 꿀 당시에는 두루아에게 예지몽에 대해서도 녹턴 에드가의 정체에 대해서도 말을 한 적이 없었다. 그러나 두루아는 근래 들어 계속 녹턴과 거리를 벌리고 싶어 한 탓인지 즐긴 것 같지는 않았다. 대화가 활발했다면 주인이 보이지 않는 찻잔이 그토록 자주 기울어지지는 않았을 것이다. 두루아의 약혼자인 애런 클레이모어는 그녀를 도우려는 건지 이따금 에드가 공작의 말을 끊고 끼어들었다.

그렇게 세 사람이 바쁘게 입을 놀리고 앨리스는 멀뚱히 찻잔만 기울이고 있을 때, 옆쪽에 서 있던 시녀가 실수를 저질렀다. 의자에 발이 걸려 넘어지면서 클레이모어와 앨리스의 잔을 엎어 버린 것이다.

다행히 잔에 있던 차는 많이 식은 상태였으나 두 사람은 비에 젖은 생쥐 꼴이 되었다. 시녀는 허리를 숙이며 사과하고, 곤란해진 두 사람은 다른 옷을 준비해 주겠다는 집사를 따라 잠시 자리를 비운다.

예지몽이 만약 앨리스의 시점에서만 진행되는 이야기였다면, 이다음에 무슨 일이 벌어졌을지는 몰랐을 것이다. 그러나 그렇지 않았기에 앨리스는 꿈에서 두 사람의(보이는 것은 한 사람뿐이었지만) 모습을 생생히 볼 수 있었다. 누군가는 둘만 남겨지는 순간을 벼르고 있던 것일까, 분위기가 변했다.

그리고 아마도 그 누군가는 두루아일 것이다. 공작의 얼굴은 조금 당혹스러워 보였으니까. 무슨 말을 했는지도 모르기에 그녀가 무슨 생각이었을지는 더더욱 알 수 없었다.

이렇게 클레이모어가 그녀를 보호하고 그 뒤에 숨어드는 상황이 답답하다고 여긴 걸까. 아니면 녹턴 에드가와 이제라도 정말 끊어 내야겠다고 생각한 걸까. 알 수야 없었지만, 그때부터 기묘한 일이 벌어졌다.

두루아가 있을 것으로 추정되는, 흐리게 뭉개진 공간이 일렁이기 시작했다. 물웅덩이에 빗방울이 떨어진 것처럼 둥근 파문이 요란하게 일었다. 그리고 들리지 않던 목소리가 들리기 시작했다.

[……흔한 ……고 ……그래…… 녹…… 는 우리 사…… 이 연락하…… 게 좋을 것 같아.]

[발로즈.]

앨리스에게도 익숙한 두루아 발로즈의 목소리. 물기에 젖은 종이처럼 군데군데가 먹먹하게 흐려졌지만 목소리는 갈수록 선명해지고 끊김도 사라져 갔다.

[물론 앨…… 연락을 끊…… 다는 건 아니야. 하지만 알…… 피, 동성 친구와 이성 ……느낌이 다르잖아. 나도 ……설에 휘말리는 건 이제 지긋지긋하고.]

그 뒤로 말 몇 마디가 더 이어졌고, 조금 더 시간이 지났을 때는 앨리스도 두루아의 말소리를 분명히 알아들을 수 있었다. 거리를 벌리자는 말이었다.

에드가 공작은 완곡한 어조로 이해할 수 없다고 말했으나, 두루아의 뜻은 꺾이지 않았다. 종내에는 녹턴 에드가의 분위기가 변했다. 어둡게 일그러진 눈에는 확연한 분노가 담겨 있었다. 화를 참듯 움켜쥔 손등에서 파란 힘줄이 돋았다. 에드가 공작은 제 감정을 억누르듯 낮은 목소리로 되물었다. 목소리도 표정도 어둡고 무거웠으나, 이어지는 말은 두루아를 달래려는 것 같았다.

[네가 날 끊어 내겠다고?]

[그게 좋아. 너한테나 나한테나.]

[그게 정말 내게도 달가울지는 네가 판단할 게 아니야.]

[그럼 나와 계속 연락해서 좋을 게 뭔데, 녹턴. 나와 연락하지 않는 게 아쉬워? 내가 소중하다고 생각해? 내가 널 소중히 여겨 주길 바라? 전부 아니잖아.]

물음을 던져 놓고 답을 듣기도 전에 단정 지어 말했으나, 에드가 공작은 말 없이 그녀를 바라볼 뿐 정정하지 않았다.

그게 허무했던 모양이다. 허탈한 웃음소리가 났다.

[녹턴, 전에 말이야. 애런 클레이모어가 소중하냐고 물었지.]

[듣기 싫으니까 말하지 마.]

[말대로야, 녹턴. 내겐 너보다 애런이 소중해. 아니 그걸 넘어, 이젠 너와의 관계가 소중하지도 않아.]

마침내 두루아의 입에는, 관계의 종결을 뜻하는 말이 자리 잡았다. 이제는 나도 너와 마찬가지로 네가 필요하지 않다고.

[그러니 우리 친구 놀이도 그만하자.]

일그러져 있던 녹턴 에드가의 얼굴에서 표정이 무섭게 사라졌다. 다른 옷으로 갈아입은 애런과 앨리스가 티파티장으로 돌아온 것은 그쯤의 일이었다.

[아, 그래. 그토록 소중하다고.]

두 사람이 들어온 것을 가만 보고는 에드가 공작의 입매가 비죽 뒤틀렸다.

그리고 다음 순간, 눈빛이 흐려진 애런 클레이모어가 칼을 뽑았다. 새파란 칼날은 인지할 새도 없이 앨리스의 가슴팍을 파고들었다. 앨리스 리모란드의 가슴을 붉게 물들인 칼날은 비틀리며 뽑혀 나와, 비명을 지를 새도 없이 애런 클레이모어, 본인의 목으로 향했다.

[그럼 이제 참을 필요도 없겠네. 유감스럽게도 말이야.]

경악스러운 상황, 두루아의 비명과 함께 꿈은 끝났다.

정말 너무도 선명한 꿈이었다. 떠올리면 아직도 손이 떨려서, 앨리스는 두 손을 맞잡고 깊게 심호흡을 했다.

그 꿈을 꾸고서야 앨리스는 깨달았다. 공포에 수그리고 끌려다니기만 해서는 어떻게든 비극이 벌어질 거라고.

그렇기에 힘겨운 일이었지만, 그녀는 제 친구에게 가장 은밀한 비밀을 털어놓았다. 예지몽의 존재, 녹턴 에드가의 실체, 그리고 그를 자극하지 말라는 조언을 덧붙였다. 생각 같아서는 녹턴 에드가가 낌새를 눈치채기 전에 앨리스가 알게 된 모든 것을 두루아에게 털어놓고 싶었으나, 그녀에게도 받아들이는 시간이 필요했다.

혼란에 가득 찬 두루아의 얼굴을 보고 앨리스는 물러났다. 그 직후, 티파티의 초대장을 받게 될 걸 알았다면 그렇게 물러나지는 않았겠지만.

예지몽이라 한들, 차림새와 계절로 추측할 뿐 정확히 언제 어떤 상황에서 벌어지는 일인지는 앨리스도 알 수 없었다. 그렇기에 초대장을 받으면서 그녀는 당황할 수밖에 없었다. 그의 얼굴을 보면서는 거부의 말을 도저히 내뱉을 수가 없어 참석하겠노라 거짓을 고하고, 에른하르트로 도망치는 것이 앨리스의 최선이었다.

그래도 며칠이나 겁먹고 울고 벌벌 떨고 나니 속은 좀 후련해졌다. 어쩌면 그럴 기력도 남지 않아 이제는 될 대로 되라고 생각하게 된 걸지도 몰랐다. 오기가 피어났거나, 혹은 공포에 짓눌렸던 분노가 머리를 내민 걸지도.

"아가씨, 준비가 모두 끝났습니다."

"응, 잠깐. 곧 나갈게요."

방문 너머로 들린 말에 답하고 앨리스는 느리게 몸을 일으켰다.

사실, 지금 돌아가는 것도 두렵긴 했다. 공포를 조금 소진했다고 한들 여전히 녹턴 에드가는 두려운 상대였다. 에드가 공작이 흑마법을 사용한다는 것만 겨우 알 뿐, 그가 제게 접근하는 이유도 두루아에게 집착하는 이유도 명확히 알지는 못했다.

그렇기에 앨리스는 돌아가기 전, 내심 새로운 예지몽을 꾸길 바라고 있었다. 앞으로 무슨 일이 일어날지 안다는 건 엄청난 무기가 되어 줄 테니까. 비록 그녀의 예지몽은 먼 미래의 일을 보여 주지는 못하고 최대 한 달 뒤에 일어날 일을 보여 주는 것이 한계였으나, 그것만으로도 충분히 도움이 될 것이었다. 아쉽게도 얻어 내지는 못했지만.

우연히 꿈이 찾아와 주기를 기다리는 것은 너무 막연한 일이었다. 때문에, 앨리스는 예지몽을 기다리는 대신 다른 대책을 세웠다.

앨리스는 서랍에 달린 자물쇠를 열고 안에서 무언가를 꺼냈다. 몇 번을 쓰고 몇 번을 읽었는지, 종이가 너덜너덜하게 닳은 수첩이었다. 그 안에는 앨리스가 꿈에서 본 녹턴 에드가의 정보가 가득 들어 있었다.

이대로 끌려다니다가는 언제 살해당하더라도 이상치 않았다. 그게 아니더라도 그자의 마법이라면 무슨 일을 당해도 이상치 않았다. 당장의 티파티는 피했지만 제2의, 제3의 티파티는 언제든지 일어날 수 있었다.

앨리스는 저와 제 친구의 목숨을 지키고 싶었다. 흑마법을 사용하는 것만으로 처형되던 시대는 지났기에, 녹턴 에드가가 커다란 죄를 범하기 전까지는 제국의 힘을 빌릴 수도 없을 것이다. 그렇지만 적어도 개인적으로 최면에 걸리고 세뇌를 당하는 것만큼은 피할 수 있다.

앨리스는 제 목에 걸린 백수정을 매만졌다. 그저 백수정에 백금으로 된 줄을 달았을 뿐인 단순한 목걸이였다. 겉으로 보기에는 단순한 보석으로밖에 보이지 않겠지만, 실상은 흑마법사의 마법에서 몸을 보호할 수 있는 성물이었다. 값이 비싸고 구하기 어려운 데다가 하나도 아니고 셋을 구해야 했지만 그럼에도 앨리스는 돈이 아깝지 않았다.

앨리스 리모란드가 에른하르트로 온 것은 단순히 도망치기 위해서만은 아니었다. 겨울잠을 자는 들짐승처럼 저택에 처박혀 있던 것은 시간이 모든 걸 해결해 줄 거라고 믿어서가 아니었다. 앨리스는 나름대로 녹턴 에드가와 싸울 준비를 하고 있었다. 성물을 구하고 흑마법에 대한 많은 서적을 읽으면서.

그녀는 제 수첩을 침실의 벽난로에 던져 넣었다. 불길이 수첩을 탐욕스럽게 삼켰다. 벽난로의 앞에는 이전에 불길이 집어삼킨 정보의 잿더미가 쌓여 있었다.

앨리스는 불타오른 제 공포의 흔적들을 힐끔 보고는 몸을 돌렸다. 에른하르트를 떠날 시간이었다.

⊱✿⊰

앨리스는 내게 티파티에 절대로 가지 말라고 했지만, 이쯤 되면 티파티장이 나를 찾아온 수준이다. 비록 그 애는 없었으나 네 명 중 셋이 있다면 그리 말해도 괜찮지 않을까.

나는 응접실의 테이블에 앉은 두 남자를 번갈아 쳐다보고는 한숨을 삼켰다.

"티파티가 무산된 바로 다음 날, 초대하고 싶던 두 사람과 마주 앉게 되다니 참으로 공교로운 일이군요. 그런데."

나와 같은 생각을 한 것인지, 녹턴은 눈을 가늘게 떴다.

"클레이모어 경께서는 몸이 안 좋다고 하지 않았나요?"

그냥 불참한다고 말한 게 아니라 거짓말을 했어? 몸이 안 좋다니, 무슨 믿기지도 않는 핑계를. 마나를 다루는 이라면 다친 게 아니고서야 어지간해서는 아플 일이 없었다. 그야말로 세 살짜리도 안 믿을 거짓말이다. 그럼에도 애런은 한 치의 거리낌도 없는 기색이었다.

"당일까지는 계속 몸이 안 좋았습니다. 그랬기에 약혼녀가 몸이 안 좋은데도 오늘에야 모습을 비출 수 있었습니다."

기사가 이렇게 거짓말을 잘해도 돼? 애런 클레이모어는 분명 내가 봐 온 사람 중 가장 기사다운 사람이었는데…….

의외로운 면모에 나는 당황했지만, 녹턴의 앞에서 그걸 티 낼 수는 없었기에 앞에 놓인 차를 홀짝거리기만 했다.

"그런데 공작 각하께서는 무슨 일로 발로즈에 오신 겁니까?"

"글쎄요, 별다른 이유가 필요한가요."

"전에는 불필요했을지도 모르지만 지금은 다릅니다. 애당초, 아무리 친하다고 한들 용건도 없이 무작정 방문하는 것은 무례한 일입니다. 그리고 어린 시절을 함께하셨다 한들 제 약혼녀와 사적으로 만나는 것도 달갑지 않습니다."

"경께서 상관할 일이 아닙니다."

"곧 혼인을 치를 예정입니다."

누가? 내가?

"상관없지 않습니다."

합의되지 않은 이야기에 나는 그저 당혹스러울 뿐이었지만, 녹턴의 표정을 확인하고는 그토록 가벼운 감정을 누릴 수 없었다.

그의 눈이 싸하게 가라앉아 있었다. 이따금 기분이 내려앉을 때, 그리고 조금 전에 둘만 있을 때도 본 표정이었지만 어딘가 분위기가 달랐다. 분노했다는 것을 시각적으로만 인지했던 순간과 달리 주위의 공기까지 스산했다. 말하자면 녹턴에게서 살의가 느껴지는 것만 같았다.

분노와 허무에 밀려간 공포는 나를 이미 지나간 줄 알았음에도 되돌아왔다. 안정되었던 심장 박동이 요란해지고 나는 시선을 내리깔았다. 손이 정처 없이 떨렸다.

그때, 옆쪽에서 나온 손이 내 손을 단단히 잡아 주었다. 오래도록 검을 잡은 탓인지 커다란 손은 조금 거칠었으나 분명 따뜻했다. 그 온기에 어쩐지 알로이가 생각났다.

공포가 온전히 가셨다고 말할 수는 없을 것이다. 그러나 두려움에 압도되어 있을 때와는 조금 달랐다. 혼자서 공포를 견뎌야 하는 순간과 나를 지지해 주는 누군가가 있는 순간은 분명히 달랐다. 가족에게서 느끼던 감정을 애런에게 느끼는 것이 조금 아이러니하긴 했지만.

나는 내리깐 눈을 천천히 들었다. 테이블에 가려져 있을 텐데도 녹턴의 눈은 애런이 잡아 주고 있는 내 손으로 향해 있었다. 무섭도록 서늘한 눈을 바라보며, 나는 그에게 들었던 말을 떠올렸다.

"애런 클레이모어가 소중해?"
"십수 년을 함께한 나보다?"

신기한 일이다. 조금 전까지만 해도 녹턴이 뭘 원하는지 내가 뭘 해야 하는지 가늠할 수 없었는데, 곁에 누군가 있다는 것만으로 나는 적어도 한 가지만은 깨닫게 되었다. 지금의 내가, 지금의 두루아 발로즈가 무얼 해야 하는가.

"녹턴, 전에 테라스에서 물었던 거 기억나?"

녹턴은 대답하지 않았으나, 되묻지 않는 것만으로 그가 같은 일을 떠올렸다는 걸 알 수 있었다. 두근거리는 심장이 튀어 나올 것 같아 나는 소리 없이 심호흡했다.

"말대로야, 녹턴. 내겐 애런이 소중해."

내가 해야 할 일은 그를 끊어 내는 일이었다.

"그러니 너와는 거리를 둘 수밖에 없어."

소중하다는 다소 낯간지러운 말 때문인지, 아니면 벌벌 떨면서도 거리를 두자 말한 탓인지 애런이 놀라 쳐다보는 것이 느껴졌다. 내 얼굴은 여전히 정면을 보고 있는 터라 옆 눈으로만 힐긋 보일 뿐이었지만 시선이 꽂히니 좀 낯이 부끄러웠다.

그러나 결코 거짓은 없었다. 목적이 있어 약혼을 치렀을 뿐 파혼하고 나면 아무것도 아니게 될 관계였지만, 나는 다정하고 든든한 애런을 조금쯤 친구로 여기게 됐으니까.

녹턴의 표정은 내 말을 들은 뒤로도 변함이 없었다. 싸늘하게 가라앉은 얼굴. 기분이 풀리지도 상하지도 않은 딱 그대로의 표정으로 이번에는 그가 나를 보고 있었다.

용기 내어 한 말이었다. 그럼에도 침묵은 무겁다.

"농담한 거 아니야."

"알아."

정적이 버거워 덧붙인 말에 그는 짤막하게 답했다. 짧은 대답이었음에도 목소리가 조금 전 이상으로 갈라지고 거친 것이 느껴졌다. 심기가 상해 목소리가 가라앉았다고 생각하기에는 좀 지나쳤다. 그 기이한 변화가 나를 한층 더 긴장시켰다.

"그래, 거리를 두겠다고. 얼마나 뭘 어떻게."

"내가 너무 돌려 말했어? 이제 사사로이 만나지 말잔 말이야."

"……좀 궁금하네. 발로즈, 네가 그럴 수 있어? 나를 끊어 낼 수 있다고?"

말은 느리게 이어졌다. 녹턴의 손가락이 앞에 놓인 찻잔의 손잡이를 만지작거렸다. 차를 마시려는 듯 손잡이를 움키고 기울였다가 되돌리고 엄지로 손잡이와 잔의 표면을 문질렀다. 항상 부산할 때의 어린아이처럼 그는 잔을 내버려 두지 못했다. 무언가 초조한 사람처럼, 혹은 무언가 참고 있는 사람처럼.

내 결심을 부정하는 듯한 내용은 달갑지 않았으나 그보다는, 좀 전부터 표정이 변하지 않는 녹턴이 이상하게 느껴졌다. 속이 뒤틀린 걸 넘어 새까매진 것처럼.

직감이라고 할지, 온몸의 솜털이 새파란 기운을 느끼고 곤두섰다. 애런 역시 이상한 낌새를 느낀 건지 긴장한 기색이 전해졌다. 내 손을 잡아 주던 애런의 손이 떨어졌다. 약혼녀의 병문안을 오느라 차마 검을 가져오지는 못했지만 그의 손이 습관적으로 허리춤을 더듬는 것이 눈에 들어왔다.

검이 없는 기사와 검이 없어도 되는 마법사. 주인공과 악당.

녹턴도 입장이 있고 목적이 있으니 앞뒤 가리지 않고 일을 벌이지는 않을 것이다. 하지만 모든 걸 수습할 자신이 있다면, 혹은 그런 것마저 상관이 없을 정도로 화가 난 거라면 애런이 녹턴을 막아 줄 수 있을까.

두 사람의 역할상 언젠가 애런이 녹턴에게 승리할 것은 자명한 사실이었다. 그러나 그게 지금도 가능할지, 앨리스가 엮이지 않은 상황에서도 가능할지는 의심할 수밖에……

나는 습관적으로 두 사람의 입장을 정리하다가 아차 싶어 입술을 깨물었다.

그게 아니었다. 지금 순간은 녹턴과 애런이 대치하는 상황이 아니었다. 애런은 나를 돕고 있을 뿐이요, 녹턴과 대치하는 사람은 나였으니까. 내가 아니었다면 애런은 앨리스에게 별다른 관심이 없는 녹턴과 마주 앉아 있지도 않을 것이다.

그러니 벌벌 떨며 남의 뒤에 숨어서는 안 된다. 내 편과 적의 무력을 가늠하며 재고 있어서는 안 되는 상황이었다.

"못할 것도 없지."

손이 떨리고 목소리가 떨렸다. 참 볼품없이 들렸을 것이다.

"이상하다, 진짜. 전부터 그랬는데 말이야. 녹턴, 너한테 난 별것도 아니잖아. 사라진다고 아쉬울 것도 없고 딱히 특별하지도 않고. 말로는 친구라고 칭해도 한 번도 그렇게 생각한 적 없지."

"……발로즈."

"이 김에 물어볼게. 어렴풋이 짐작하고 있었지만, 자존심이 상해서 확실히 할 수가 없었거든."

앨리스에게 들은 말을 시작으로 녹턴에 대한 공포는 나날이 자라기만 했다. 메모리아의 실타래를 삼키기 전에는 섣불리 의심해서는 안 된다, 확정 지어서는 안 된다, 자신을 달래듯 말했지만 그럼에도 시간이 지나면서 그를 향한 의심은 점점 커졌다. 쌓아 온 세월에 비해 녹턴 에드가를 향한 내 신뢰란 너무도 얄팍해서, 나는 무의식적으로나마 그를 두려워해야 한다고 생각한 걸지도 모른다. 계속 피하고 두려워해야 위험에서도 피할 수 있을 테니까.

그러나 아이러니하게도, 녹턴 에드가의 공포가 확정된 이 시점에서 나는 다른 생각을 하려 노력했다.

무서워하지 않아도 돼, 겁먹을 것 없어. 아무 일도 일어나지 않을 거야.

그런 거짓말이라도 되뇌지 않으면 나는 차마 녹턴의 눈도 마주치지 못할 테니까.

"녹턴, 내가 널 사랑한다고 생각해?"

실로 얄팍한 자기 세뇌였지만 그럼에도 의미가 없진 않았는지 나는 차근차근 속에 있던 생각들을 풀어낼 수 있었다. 어쩌면 지나친 공포로 이성이 마비돼서, 입에서 나오는 대로 지껄이고 있을 뿐인지도 모르겠다.

"그렇게 생각하지 않으면 네 말 하나하나가 이해가 안 되더라고. 재보듯 시험하고 네가 날 특별히 여기고 있다 착각하게끔 말하면서 행동으로는 한 번도 그런 적이 없지. 그러면서 내가 다른 쪽을 택할 기미라도 보이면 속이 뒤틀린 사람처럼 굴고."

"너 대체 무슨 말을─."

"내가 널 사랑한다고 생각했어? 그래서 네가 무슨 짓을 하더라도 나는 네 옆에 빌빌 붙어서 조금 화내고 조금 짜증 내면서, 네가 달래는 시늉이라도 하면 풀어져서 영원히 장난감 노릇을 할 줄 알았어?"

"그만해, 발로즈."

"그런데 나중 되니 그것도 이해가 안 되더라. 그냥 네가 날 갖고 논다고 생각했는데 말이야, 10년이면 질릴 때도 됐잖아."

말을 끊어 내려는 녹턴의 부름을 몇 번이나 무시하며, 나는 자기 파괴적인 이야기를 늘어놓았다. 초조함 탓인지 말은 갈수록 이상한 곳으로 흘러, 단순히 애런의 뒤에 숨지 않으려는 건지 아니면 속에 쌓인 앙금을 풀어내려는 건지 알 수 없게 되어 갔다.

"네가 아니라 내가 끊는 게 자존심이 상한 거라면─."

"그까짓 게 중요한 거였으면!"

화를 참듯 녹턴이 움켜쥐고 있던 테이블의 끄트머리가 뜯겨 나갔다.

그 소리가 너무 커서 나는 말을 멈추고 벌떡 일어났다. 방금…… 마법을 쓴 건가?

아니, 그런 기미는 없었다. 마법에 문외한인 내가 완벽히 판단할 수 있는 문제는 아니었지만, 테이블을 뜯어내기 위해 근력 강화 마법을 쓰는 멍청이는 없을 것이다. 취미로 검을 다룰망정, 기사 서임을 받을 만큼 제대로 수련한 것도 아닌데 어떻게 맨손으로 테이블을 뜯어낸단 말인가.

내가 일어날 때 덩달아 일어난 애런이 굳은 얼굴로 그를 보았다. 보호하듯,

애런이 나를 등 뒤로 돌렸다.

녹턴 또한 의도하고 벌인 일은 아니었는지, 그의 눈이 당혹감으로 커져 있었다. 그러나 곧 놀람은 사라지고 그의 얼굴에 차가운 분노가 도사렸다. 이를 악물었는지 그의 턱은 단단히 다물려 있었다.

"진작 모든 게 끝났겠지, 발로즈."

억눌린 소리로 말하고, 그는 심호흡하듯이 가늘고 느리게 숨을 뱉었다. 다소 거리가 있었음에도 숨결에 섞인 열기가 여기까지 닿아 오는 기분이었다.

"네가 날 사랑한다고 착각했냐고? 그럴 리가 없지."

여전히 일어선 채로 있는 우리를 바라보며, 녹턴이 느리게 몸을 일으켰다. 역광이 진 형체가 길쭉하게 길어진다. 어려서부터 몸을 단련한 탓인지, 애런 클레이모어의 키는 상당히 큰 편이었으나 녹턴의 머리 또한 엇비슷한 곳에 있었다. 체격 또한 비슷해서 시각적으로도 긴장감을 자극했다.

녹턴 에드가는 비틀린 속내를 감출 생각도 없다는 듯 웃었다.

"그럴 리가 없다고, 발로즈. 발로즈, 빌어먹을 발로즈."

"물러나 주십시오, 에드가 각하."

"애런 클레이모어가 소중하다고? 다른 여자를 사랑하는 약혼자가 소중하다니, 진심으로?"

경고를 무시하고 토한 말에 애런의 표정이 굳었다.

나 역시 당황할 수밖에 없었다. 애런 클레이모어가 사랑하는 사람이 있다는 것을 알 만한 사람은 나와 애런뿐이었는데 어떻게 안 걸까. 설마 상대가 앨리스란 것 역시도 알고 있는 걸까.

의문이 들었으나 지금은 답을 확인할 수 없었다. 나는 침착해지기 위해 마른 침을 삼켰다.

"저는 두루아를―."

"대단한 거 알려 주는 척하지 마, 나도 아니까."

"안다고?"

"그래, 연인을 향한 사랑만이 소중한 감정이라고 착각하지 마, 녹턴. 내가 애런이 소중하다고 말한 건 그런 의미는 아니었어. 그리고 설사, 그렇다고 하더라도 내가 보답 없는 짝사랑에도 얼마나 헌신적으로 될 수 있는지는 네가 제일 잘 알잖아?"

두려움에 지기 싫다는 오기 때문인지, 나는 평소보다도 비죽거리며 말했다. 그게 뭔가를 잘못 건드렸던 것일까, 녹턴의 얼굴에서 표정이 사라졌다.

아, 그래?

혼잣말인지 내게 묻는 건지 알 수 없는 조그만 목소리였다. 소리를 색으로 볼 수는 없겠지만 만약 가능하다면 흰색이라곤 조금도 섞이지 않은 검은색일 것이 분명한 말이었다.

"소중하다고…… 애런 클레이모어 때문에 거리를 둬야겠다고."

"결심하게 된 직접적인 계기는 애런이지만, 그보다 전부터 생각하고 있었어. 녹턴, 나는 이제―."

네 시험 같은 건 지긋지긋해.

그에게 하고 싶던 마지막 말을 뱉으려 했으나 녹턴은 조금도 들을 기색이 없었다.

"그 말은 하지 말았어야지. 네가 네 의지가 아니라 다른 사람 때문에, 사랑 때문에 나를 버리겠다는 말은 하지 말았어야지."

"녹턴……?"

"그런 말까지 들으면 속이 뒤틀리잖아."

그의 표정만을 살피느라 뒤늦게야 알았다. 연보라색 눈동자에는 이미 이성 같은 건 없어 보였다. 해일이 오기 전의 새하얀 적막처럼 짧은 정적이 스산하다.

분위기가 변했다. 여태까지도 충분히 살벌한 분위기라고 생각했지만, 지금의 공기는 궤가 달랐다. 나는 마법을 모르고 마나가 뭔지도 모르는 일반인이었으나, 공기가 무겁고 기묘하게 흐르는 것이 선명히 느껴졌다. 나를 지키고 선애런의 어깨가 긴장으로 굳은 것이 선명했다. 그리고 다음 순간.

녹턴이 피를 토했다.

지금 무슨 일이 일어난 거지.

눈앞에 보인 광경에 현실감이 없었다. 남들보다 혈색이 좋지 않은 창백한 얼굴, 날카로운 턱 아래로 검붉은 피가 뭉쳐 흐르고 있었다. 녹턴의 얼굴은 너무 희고, 입가를 덮고 있는 그의 손가락도 너무 희어서 피는 더 검게 보이고 더 붉게 보이고…….

"녹턴!"

나는 비명처럼 외칠 수밖에 없었다.

머릿속이 희게 질렸다. 나를 부르는 애런의 목소리도 나를 붙잡는 그의 손길도 뿌리치고 녹턴에게로 달려갔다.

"왜, 왜 피가…… 왜 피를…….."

그러나 다가가서도 나는 무슨 말을 해야 할지, 어디를 살펴야 할지 알 수 없었다. 이해할 수 없었다. 조금 전까지만 해도 멀쩡한 얼굴로 이야기를 하고 협박하고 위협하고, 악당으로서 할 수 있는 일은 전부 다 한 주제에 어째서 피를 흘리고 있는 건지.

녹턴 에드가에 대해서는 미움과 공포밖에 남지 않았다고 생각했는데도 나는 초조해서 견딜 수가 없었다. 가까이에서 피를 흘리는 소꿉친구를 보는 것은 생각보다 당혹스러운 일이었다. 상대의 비밀을 알게 되고 위협에 두려워하는 상황에서도 다가가 안위를 살필 만큼. 피가 흐르는 온몸의 구석구석에서, 저마다 심장이 뛰는 것처럼 박동이 강하게 울렸다.

내가 뒤늦게 이성을 챙길 수 있던 것은 다소 집요하기까지 한 시선을 느꼈을 때였다. 녹턴이 나를 보고 있었다.

눈이 마주쳤다. 순간적으로 당황하여 뒷걸음질을 치려 했지만 팔이 붙들린 탓에 그럴 수 없었다. 주로 사용하는 오른손, 입가를 틀어막은 손이 아닌 왼손이 내 팔을 움켜쥐고 있었다. 아픈 것까지는 아니었으나 쉽게 빼낼 수 없도록 힘이 제법 들어가 있었다.

아파서? 고통스러운 건가. 뭔가를 해야겠다는 의욕도, 그를 피해야겠다는 공포도 어디에 간 건지 그저 머릿속이 저리기만 했다.

"너를 놔줄까 했는데 말이야. 아무래도 힘들겠어."

"뭐……?"

"하기야, 욕심 많은 그 피가 어디로 갈 리가 없지."

무슨 말을 하는 거야.

힘이 빠진 소리의 말뜻을 이해할 수 없었다.

녹턴이 그가 움켜쥐고 있던 내 팔을 가까이 당겼다. 다리에 힘이 풀린 나는 그가 당기는 대로 끌려갔다.

"조언 하나 해 줄까, 발로즈."

고개를 비스듬히 틀고 녹턴이 내 귀에 속삭였다.

내가 무서워도 티 내지 마.

"두루아!"

가까이 다가온 것이 위협으로 보였던 건지 애런이 내 이름을 부르며 다가왔다. 또다시 대치 상황이 될까 긴장했으나, 녹턴은 뜻밖에도 내게서 쉽게 떨어졌다. 그럼에도 그를 경계하듯 애런은 나를 감싸고 있었다. 한 발짝 물러선 채로 녹턴이 시선을 움직였다.

피가 묻은 소매와 입가를 덮었던 손, 바닥에 떨어진 피와 저가 무너뜨린 테이블.

옅은 색의 눈은 차례로 굴러 마지막으로는 애런과 그가 감싸고 있는 내게로 향했다. 녹턴의 눈이 유리구슬처럼 빛났다. 무슨 생각인지 가늠할 수 없는 얼굴로 그는 잠시 우리를 바라보다가 핏덩이가 엉킨 머리칼을 쓸어 올렸다.

"구질구질하기 짝이 없네."

그리고 다음 순간, 녹턴의 모습이 사라졌다.

그뿐만 아니었다. 녹턴 에드가가 남긴 핏자국도 처음부터 없던 것처럼 테이블과 의자와 카펫 모두가 깨끗해져 있었다. 덧붙여, 있었으나 없던 것과 다름없이 존재감이 흐리던 녹턴의 호위 기사도 보이지 않았다. 엄밀히 말하면 이쪽은 방금 사라졌다고 확신할 수도 없었지만.

나도 애런도 벌어진 일을 가늠할 수가 없어서 천천히 눈을 깜박였다. 목을 틀어막던 것을 토해내듯, 나는 다소 쉰 소리로 물었다.

"……텔레포트예요?"

"그런 것 같습니다. 이런 식으로 간단히 쓸 수 있는 마법인지는 몰랐─."

말을 하다 말고 애런이 급하게 고개를 숙였다.

울컥, 붉은 핏물이 쏟아져 나왔다.

"애런!"

한 번 있던 일이라고 조금 전보다는 나았지만, 마찬가지로 나는 비명처럼 그의 이름을 불렀다.

뭐야, 오늘 피 토하는 날이야?

다가가자 애런은 곤란하고 민망한 듯 멋쩍게 웃었다. 그래 봐야 입가에 피를 흘린 채로 웃는 얼굴이 괜찮아 보일 리는 없다.

"괜찮습니다, 두루아. 그냥 좀 속이 안 좋아진 것뿐입니다."

"누굴 바보로 알아? 속이 안 좋으면 음식을 토하지 왜 피를 토해요."

"그건 그렇군요. 내상을 조금 입었습니다. 대단한 일은 아닙니다."

피를 토한 게 왜 대단한 일이 아닌지, 일반인의 입장으로는 도저히 이해할 수 없었다. 그렇지만 애런은 진심으로, 민망해 보일 뿐 아프거나 괴로워 보이지는 않았다.

"방금 녹턴이 갑자기 피를 흘려서 이상하다고 생각했는데, 혹시 일반인은 모르는 기세 싸움 같은 걸 하신 건가요?"

"음…… 아니요, 부끄럽지만 제가 일방적으로 당한 쪽입니다. 아무래도 수련이 부족했던 것 같습니다."

"수련이 부족하긴, 매일 하는 게 수련이면서."

"그렇긴 하지만, 좀 해이해졌습니다. 심상 수련은 마음을 가라앉히고 해야 했지만, 아시다시피 최근 마음이 평온할 날이 적더군요. 그렇게 말해도 결국은 다 핑계겠지만."

다른 사람도 아닌 본인에게 하는 말이면서 애런의 말은 어딘가 가혹한 데가 있었다. 반성의 빛이 서린 눈동자에 반박도, 위로도 애매해져 버렸다. 나는 말을 돌릴 화젯거리를 찾다가, 이해할 수 없는 부분을 떠올리고 인상을 찡그렸다.

"그럼 녹턴은 왜 각혈한 거죠?"

"글쎄요, 몸이 원래부터 안 좋으셨다거나. 적어도 저 때문은 아닙니다. 유감스럽게도."

"당신 때문에 피를 토했냐는 질문은 조금 전에 끝났어요. 자기반성인지 자책인지 몰라도 적당히―."

조금 까칠하게 말하자마자 애런이 다시 피를 토했다.

내 탓인가?

괴롭게 붉은 물을 토하는 애런에 마음이 초조해져서, 나는 벌떡 몸을 일으켰다. 지금은 누구 탓인지 따지고 있을 때가 아니었다.

"기다려 봐요, 신관, 아니 마법사라도 불러올게요!"

뭐라고 변명해야 할지는 몰랐지만, 뭐 수련하다가 내상을 입었는데 약혼녀가 걱정돼서 부득불 병문안을 온 거라 둘러대면 되겠지.

그렇게 말하고 뛰어나가려던 나는 진열장 쪽에 시선을 빼앗겨 버렸다. 애런을 응접실로 들이면서 새디가 진열장으로 치워 둔 것이었다.

푸른 액체가 담긴 병, 녹턴이 성수라 말한 액체가 그 위에 있다. 외상, 내상, 질병을 비롯하여 심지어 절단된 신체에도 탁월한 효과를 보이는 신의 선물이.

"성수로군요. 저렇게 큰 병으로는 처음 봅니다."

"진짜라면 당장 처치하기엔 좋겠지만, 진품인지는 몰라요. 그게…… 녹턴이 가져온 거라서요. 역시 진짜는 아니겠죠?"

"허락해 주신다면 확인해 보겠습니다."

"따로 방법이 있는 건가요? 어차피 버릴 생각이었으니까 방법이 있다면 해 보셔도 좋지만."

"그럼 잠시 실례하겠습니다."

애런은 다소 비틀거리며 일어나 진열장으로 향했다. 커다란 병의 마개가 열리고 곧바로 병이 기울어졌다.

"애런!"

푸른 액체 몇 방울이 그의 입으로 들어갔다.

"미, 미쳤어요? 그걸 왜 마셔요?"

"조금만 확인하려 했는데 조절에 실패했군요. 귀한 걸 허비해서 죄송합니다."

"아니, 그런 얘기가…… 그게 진짠지 아닌지도 모르는데 그걸 다짜고짜, 아깝다는 얘기가 아니고요!"

녹턴과 얘기하면서 논리 같은 건 다 날아가 버린 건지 입에서 나오는 말은 횡설수설이 따로 없었다. 그러나 말하면 말할수록 내가 듣기에도 성수가 아까워 애런을 타박한 것 같아져서 손에 식은땀이 날 정도였다.

그때 애런이 하하, 소리를 내며 웃음을 터뜨렸다. 그제야 나는 내가 놀림당했다는 걸 깨달았다. 세상에, 내가 애런 클레이모어에게 농락을 당할 줄이야.

어이가 없어 한숨을 내쉬니 다리에 힘이 풀려서 그대로 고꾸라졌다. 놀란 애런이 나를 잡아 주려 손을 뻗었으나, 힘이 없기로는 그도 마찬가지라 주저앉은 사람만 둘이 될 뿐이었다.

이게 뭐야. 갓 태어난 새끼 기린처럼 힘없이 주저앉은 모습이 웃겨서 나와 애런은 한참을 킬킬거렸다. 조금 전까지 있던 일이 거짓말처럼 지금 상황이 가볍고 우스웠다.

웃음기가 어느 정도 가셨을 무렵, 우리는 테이블의 다리와 의자에 적당히 기대어 앉았다. 조금의 정적이 흐르고, 애런이 가벼운 한숨과 함께 웃음기를 뱉어 냈다.

"사실 두루아, 당신께 사과드려야 할 일이 있습니다."

"방금 못 잡아 준 거요?"

"에드가 공작 각하에 대해서."

그의 입에서 나온 말에 나 역시 웃음기를 잃었다. 녹턴에 대해 사과해야 할 일이 있다니, 듣는 것만으로 불길했다.

"당신이 한 말을 온전히 믿지는 않았습니다. 최근 들어 그분을 두려워하는 것 같다는 생각이 들고는 조금 바뀌었지만. 당신의 말을 함부로 왜곡해서 미안합니다, 두루아."

"아, 그런 거라면 괜찮아요. 뭐 대단한 일이라고. 나도 미안해졌으니까 없던 셈 쳐요."

192

"미안해졌다니요?"

"당신을 방패 삼아 좋을 대로 떠들어대서 미안해요."

무슨 말이냐고 묻듯이 애런이 느리게 눈을 깜박였다.

"내가 해결할 일이라고 생각해서 용기를 냈는데 결과적으로는 애런을 믿고 함부로 떠든 게 됐네요. 둘이서만 있을 때는 아무 말도 못 했거든요. 당신만 다치게 하고."

"제가 내상을 입은 건 당신 때문이 아닙니다. 조금 전에 말씀드렸듯이 수련이 부족한 탓이죠. 기사 수행을 막 마쳤을 시점이라면 그 정도에 피를 토하진 않았을 겁니다."

"제 일에 말려들지 않았으면 수련이 부족하건 말건 각혈하지 않으셨을 것 같은데요."

"제가 지켜드리고 싶어서 나섰을 뿐입니다."

애런은 가볍게 숨을 고르고 말을 이었다.

"그리고 오늘뿐 아니라 앞으로도 계속. 지켜드리고 싶습니다. 조금 전에는 전혀 믿음직스럽지 못했으니, 믿지 못해서도 할 수 없는 일이지만."

"앞으로도 계속…… 지켜 준다고요? 평생? 그거 굉장히…… 프로포즈처럼 들리네요."

"예?"

나로서도 당황해서 되물은 말이지만, 사내의 눈에 당혹감이 밴 걸 보니 장난기가 솟았다. 나는 부러 몸을 붙이고 장난스럽게 웃었다.

"그럼 나랑 결혼해 줄래요? 결혼해서 평생 지켜 줘요, 애런."

애런의 눈이 둥글게 커졌다. 정말 정직한 반응이다.

그 놀란 얼굴을 보고 웃으며 나는 농담이었노라 실토하려 했다. 그러나 곧.

"당신이 원하신다면."

애런은 생각지도 못한 답을 내려놓았다.

순간, 귀를 의심했다. 의심하지 않을 수 없었다.

가볍게 던진 농담에 돌아온 답은 마찬가지로 농담이라 치부하기에는 지나치게 진지했다. 장난스러운 기색도 당혹스러운 기색도 없고, 눈동자에는 일말의 의지마저 엿보였다. 좀 전의 당혹감이 어디로 간지 모를 만큼 맑은 눈에, 나도 모르게 눈을 피했다.

"음, 저희 약혼한 지 반년밖에 안 됐어요. 전통대로면 1년 반이나 남았는데……."

"전통은 법이 아닙니다. 꼭 따라야 하는 건 아니죠."

"사, 랑하는 분이 따로 있으시잖아요. 파혼하기로 약속하고 한 약혼이고, 물론 계약서 같은 걸 쓴 건 아니지만."

"그랬지요."

"있잖아요, 자의식 과잉의 미친 소리라는 거 아는데 혹시 저 좋아해요? 좋아하게 됐어요?"

결혼하겠노라 답한 이를 상대로 이렇게까지 말하는 것도 이상했지만, 할 수 없는 일이다. 상대는 사랑하는 사람이 죽었으니 평생 결혼할 수 없다고 말한, 반쪽짜리 기혼자였다. 쌍방 얻을 것만 얻고 파혼해 주겠다고 말하고서야 겨우겨우 약혼반지를 나눌 수 있던 사람이다. 그런데 갑자기 나와 결혼하겠다니……. 취하거나, 미치거나 마음이 변한 것 중 한 가지일 텐데, 마신 거라곤 성수뿐이었고 눈동자는 미친 사람이라기엔 너무 또렷했다.

머리로는 그럴 리 없다고 생각해서 나를 깎아내리면서 한 말이었지만 내심으로는 긴장하지 않을 수 없었다. 지극히 당연한 반응을 보였다고 생각했는데, 애런은 내 반응이 의외로웠는지 눈을 동그랗게 떴다가 곧 답했다.

"좋아합니다. 친구로서."

맥이 탁 풀렸다.

그럼 그렇지, 무슨 생각을 한 거야.

굳었던 어깨에 힘을 풀며 나는 길게 한숨을 내쉬었다.

"당신 농담은 너무 이상해요, 애런. 저는 일단 경께 첫사랑이 따로 있다는 걸 알아서 안 넘어갔지만요, 다른 영애한테도 그런 농담을 했다가는 혼인빙자로 고소당할 거예요."

"무서운 말이지만 농담은 아닙니다."

"……농담은요, 진심이 아닌 모든 걸 말하는 거예요."

"진심입니다."

이것도 농담이지? 영 믿을 기분이 들지 않아 게슴츠레하게 눈을 좁히고 애런을 노려보았다.

그러나 나와 눈을 맞추는 대신 그는 가만히 앞을 바라보고 있었다.

아니, 앞을 보는 게 아니었다. 애런은 지나간 일을 떠올리고 있었다. 추억인지, 그리움인지 당사자가 아니고서는 정확히 알 수 없는 감정으로 그의 눈이 잠겨들었다.

그를 보고도 애런의 말을 농담이라 치부할 수는 없었다. 나는 그의 옆얼굴에서 고개를 돌렸다.

"사랑하는 사람의 묘비를 보고 돌아온 것이 엊그제 같은데 어느덧 반년이 지났군요. 부끄럽지만, 당시만 하더라도 죽을 것 같은 기분이었습니다. 다른 사람과의 성혼 같은 건 생각할 수도, 받아들일 수도 없었지요. 두루아, 당신께는 이해 못 할 말일 수도 있겠지만 저는 혼약은 사랑의 최종 형태라고 생각하고 있었으니까요."

앨리스가 리모란드로 온 지도 반년 정도가 지났지.

내가 애런을 만났을 때보다 조금 전의 일이었다.

"다른 사람을 사랑할 수는 없었습니다. 그러니 한심스럽게도 당신께 연인으로서의 사랑을 고백하지는 못합니다. 애쓰고 노력하더라도 평생 불가능한 일일지도 모릅니다. 그러나 가능할 것 같기도 합니다."

그의 말소리만 들리던 공간에서 돌연 부스럭거리는 소리가 났다. 기대어 앉아 있던 애린이 자세를 바꾸는 소리였다.

나는 테이블 다리에 기대어 앉아 있었고, 내 옆에 있던 애린은 이제는 내 앞에 있었다. 한쪽 무릎을 세우고 다른 쪽 무릎을 꿇은 채 백금발의 기사가 나를 보았다. 키도 체격도 나보다 훌쩍 큰 애린이 무릎을 꿇는다고 앉아 있는 나보다 작아 보일 리는 없다. 그러나 허리를 수그리고 어깨를 낮춘 애린의 배려는 그를 조금도 위협적으로 느끼지 않게 했다. 입가에는 핏자국이 비치고 허리춤에는 검조차 없었으나 내게 무릎을 꿇은 사내는 누구보다 경건해 보였다.

"두루아, 당신을 지켜 주고 싶다는 말이 더할 나위 없는 진심입니다. 그런 기분을 다시 느끼게 될 줄은 몰랐는데, 정말 평생토록 불가능한 일이라고 생각했는데도."

"연인으로서의 사랑은…… 필요 없어요. 저희 부모님도 정략혼으로 맺어지셨거든요. 그렇지만 서로를 존중하고 배려하고 가족으로 사랑해요. 사람 사이의 정이 성애적인 사랑보다 열등하다고 생각해 본 적은 없고, 오히려 그토록 뜨거운 사랑이라면 지키기도 더 힘들 테니까요."

그래, 농담으로 취급하고 넘어갈 수 있는 상황은 아니란 거지.

속에 뭉친 답답한 기운이 가시기를 바라며 길게 한숨을 내쉬었으나 가슴에 진 응어리는 그대로였다.

"그런 사랑을 폄하할 생각은 없지만, 난 그래요. 정략혼으로 맺어지더라도 상대만 괜찮다면 얼마든지 소중한 인생의 동반자가 될 수 있다고, 그렇게 생각해요."

"그 말은 받아 주시겠다는 뜻입니까?"

"하지만 애런, 답하기 전에 당신과 해야 할 이야기가 있어요."

농담으로 치부할 일도, 모르는 척 넘어갈 일도 아니다. 녹턴에게 살해당할지도 모른다는 불합리한 공포를 견디기 위해서는 나를 지켜 줄 사람이 필요했다.

내겐 애런 클레이모어가 필요했다. 적어도 녹턴의 마지막 순간까지는.

그렇기에 나는 앨리스와 애런의 이야기를 묻어 두고 싶었다. 애런의 절절한 사정을, 앨리스의 비밀스러운 사랑을 자세하게 알게 되더라도 나는 같은 결론을 내야 했고, 괜히 죄책감만 부풀리게 될 테니까.

그러나 애런 클레이모어에게서 저런 말까지 듣고 나면 아무리 비겁한 사람이라도 마냥 묻어 둘 수는 없게 된다. 차라리 몰랐다면 모를까, 상대가 앨리스인 걸 알고 앨리스의 마음속에도 '에드'가 있을지 모른다고 알게 된 상황에서는.

비겁한 주제에 죄책감을 견디지도 못해서 입가에 쓴웃음이 걸렸다.

"함께 술을 마신 날에요, 그 애의 이름을 말한 거, 계속 생각하고 있던 거죠? 일부러 말한 것 같지는 않고, 그렇다고 정말 생각 없이 벌어진 실수 같지도 않고."

"그건……."

"그 애가 그리우니까. 내게 뭐라도 묻고 싶으니까."

생각해 보면 대단한 기사인 애런이 술에 취했다고 혀가 느슨해졌다는 건 조금 이상한 일이다. 그렇다고 그가 고의로 앨리스의 이름을 입에 담았다고 생각하지는 않았다. 내게 '앨리스의 묘비'란 말을 해서 얻을 수 있는 것은 두루아 발로즈의 혼란뿐.

더군다나 그가 내게 앨리스에 대해 말하고 싶었다면 애런은 좀 더 직설적으로 말했을 것이다. 그는 의뭉스럽게 말을 흘려, 저가 원하는 것을 상대가 알아차려 주기를 바라는 비겁하고 용기 없는 사람은 아니었으니까.

그러니 아마도, 그는 계속 생각하고 있던 게 아닐까. 앨리스의 일과 그 애와 가까운 친구인 나를 엮어서. 혹시 나는 앨리스의 사정을 알고 있는 게 아닐까. 그런 식으로.

뭐, 이것도 다 추측일 뿐이지만. 분위기에 취한 건지 내 기분에 취한 것인지 나는 내가 하는 생각들이 다 사실인 것으로만 느껴졌다.

그러나 그를 부정하듯, 애런은 전에 없이 굳은 얼굴을 하고 있었다. 어쩌면 조금 전 녹턴과 대치하고 있을 때보다도 단단히 마음을 닫은 얼굴로.

"실수였습니다. 술에 그리 강하지는 않으니까요. 하지만 설사 실수가 아니었다고 한들, 그게 무슨 의미가 있습니까. 죽은 사람의 이름이 뭐가 됐든 그런 건—."

"앨리스요. 앨리스 리모란드."

"……다른 사람입니다. 이름만 같은 사람이고 묘비까지 봤다고 하지 않았습니까. 죽은 사람이 살아나서 리모란드 공작가의 영애가 되다니요, 그런 터무니없는 소릴 하는 겁니까?"

"경께서 앨리스를 피해 다니는 게 이상하다고 생각했어요. 단순히 껄끄러워하시는 정도를 넘어 만나기 두려운 것처럼 피해 다녔으니까. 혼담 상대로 거론됐기 때문만은 아니라고, 당신의 입으로도 직접 들었는걸요. 그럼 그 애를 피한 이유가 뭔데요."

"다른 이유가 없는 건 아니지만, 적어도 그 이유는 아닙니다. 두루아, 이름이 같은 것만으로—."

"확신하고 있잖아, 애런."

내 머릿속에는 여전히 온전히 맞아떨어지지 않는 퍼즐 조각이 있었다. 그러나 마음으로는 이미 애런의 상대가 앨리스임을 확신하고 있었다. 내게 반박하는 붉은 눈동자에 묘한 감정이 섞이는 걸 보고는, 한층 더 확신이 굳어졌다. 충동이 등을 떠밀어 나는 애런의 셔츠 깃을 붙잡고 그의 얼굴을 당기며 속삭였다.

"그 애가 당신이 사랑하는 그 여자라고."

숨이 스칠 만큼 가까운 거리에 있었기에, 그의 눈동자가 크게 흔들리는 것 또한 분명히 보였다. 그건 애런의 대답이었고 애런의 본심이었다.

내가 예상한 그대로, 그는 얼굴이 같고 이름이 같음에도 상대를 다른 사람이라 착각하는 멍청이는 아니었다. 그러나 솔직한 건 아름다운 붉은 눈뿐이다.

그는 동요한 기색을 명백히 드러내면서도 정중하게 내 손을 옷깃에서 떼어냈다.

"다른 이야기는 필요 없습니다, 두루아. 청혼에 대한 답으로는 승낙과 거절밖에 없어요."

속내를 숨기기 위한 위장처럼, 그는 한결 군은 얼굴로 한결 단호한 목소리로 말했다. 그 말은 영락없는 진심으로 들렸다. 목소리는 떨리지 않았고 동요하던 눈도 단단히 멈추었다.

그런 애런을 보고 무어라 말해야 하는 걸까. 마음속 깊은 곳이 간질거리기 시작했다.

이만하면 할 만큼 했잖아. 그 애의 이름까지 꺼냈는데도 애런은 그게 아니라고 부정했잖아. 그 애가 앨리스가 아니라고 자기가 사랑하는 사람은 죽었다고. 사실상 이제는 더 해 볼 만한 것도 없었다.

어쩌면 내가 그의 말을 거절하더라도 애런은 앨리스와 맺어지지 않을지도 모른다. 『그와 앨리스』에서는 앨리스와 애런이 이어질 것이 거의 확실했으나, 이미 많은 것들이 바뀌었기에 이제 확신할 수 있는 것은 아무것도 없었다. 내가 결혼하지 않겠다고 말했다가, 그가 나도 앨리스도 아닌 다른 여자와 맺어져 결혼하게 된다면 분명히 나는 후회할 것이다.

괴로울 것이다. 그런 자잘한 질투까지 가지 않더라도, 그가 앨리스와 맺어지고 말고를 떠나 내가 그를 놓아줄 수 없겠노라 생각한 데는 중요한 목적도 있었다.

녹턴 에드가. 『그와 앨리스』에서 두루아 발로즈를 이용하고 화형에 처한 악당. 내 소꿉친구. 녹턴에게서 안전하기 위해서 그가 필요하다는 생각에는 지금도 변함이 없다.

지켜 주겠다고 하잖아, 결혼해 준다고 하잖아.

아니라는 사람한테 맞는다고 우길 수도 없고, 앨리스의 사정에 대해 함부로 떠들어댈 수도 없다. 원작을 거론할 수 없으니 내가 앨리스와 에드의 이야기를 알고 있는 것도 설명할 수 없는 상황이었다. 그러니 이쯤이면 자기 합리화를 할 수 있는 최소 기준 정도는 지난 셈이다.

"청혼 이야기를 먼저 꺼낸 건 이쪽 같지만요, 애런. 좋아요, 대답할게요."

진심으로는 고개를 끄덕이고 싶었다. 나는 녹턴이 두렵고 살해당하는 것이 두렵고 내 최후가 원작에서처럼 화형이 될까 두려웠다.

그럼에도 단순히 두려움에 매몰되어 선택하기에, 내 감정의 종류가 공포뿐인 것은 아니었다. 내게는 여느 사람과 마찬가지로 죄책감이 있었고 친구를 향한 사랑이 있었고 실망하게 하기 싫다는 초조함이 있었고 잘못된 결론을 내린 데 대한 반성도 있었으며.

"안타까운 소식을 전해 유감이네요, 경은 차였어요."

남의 남자를 가로채지 않을 정도의 자존심도 있었다.

"하지만―."

"더는 말하지 말아요. 말하면서도 당신을 놓아주는 게 너무 아깝고 내가 바보같이 느껴지니까. 10초 만에 말을 번복하는 건 너무 없어 보이잖아요. 아니 그렇다고 설득해 달라는 말은 아니고요."

"두루아."

"그래도 결혼해 주겠다고 대답해 줘서 고마워요. 그런 말로 농담하려 한 것
도 미안하고 그리고……."

나는 길게 한숨을 내쉬었다. 벌써 몇 번째로 한숨을 내쉬는 건지. 그래도 조
금 전과는 달리 마음속의 응어리가 숨결에 섞여 나왔다. 한결 기분이 나았다.

"내가 잘못했어요, 애런."

"잘잘못을 운운할 문제는 아닌 것 같습니다. 아니, 사과해야 한다면 마음대
로 말을 번복하고 사랑 고백도 못 한 채 청혼한 제 몫입니다."

"잘잘못을 운운할 문제가 아니라면서요. 뒤에 말을 안 붙여도 돼요. 저는 기
분 좋았거든요. 그리고 지켜 주신다는 말도 좋네요. 아주 든든한…… 형제가
생긴 기분이에요."

알로이 같았다는 말을 덧붙일까 했지만 아무래도 당사자가 느낄 기분이 이
상할 것 같아 입을 다물었다. 언니 같다는 말은 좀 이상하게 들리겠지. 더 친해
지기 전에는 말을 아끼자.

"다시 말하지만, 농담은 아니었습니다."

"알아요, 그래도 어쩌겠어요. 당신 차였다니까. 애당초 그런 말을 하려면 처
음 만났을 때나 해 주지 그랬어요, 그때는 결혼해 드릴 마음 많았는데."

"지금은 다릅니까?"

"전우애밖에 느껴지지 않아요."

내내 굳은 얼굴이던 애런이 웃음을 터뜨렸다. 이게 뭐가 재밌는 건지는 조금
도 이해할 수 없었지만 웃음소리는 크고 높고, 서글프고 허탈한 색으로 물들어
갔다.

그 웃음소리를 듣고 나는 내가 옳은 선택을 내렸다는 걸 확신했다. 전부터
알고 있긴 했지만 역시 내게 남을 이용해 먹는 재주 같은 건 없었다.

"그나저나 그게 반년 전의 일이에요? 그러니까…… 저와 약혼하기 직전쯤에 묘비를 보고 오신 거군요. 어쩐지 대뜸 무릎을 꿇는데 정상적인 상태로 보이진 않더라고요."

"부정할 수 없는 이야기군요."

"그래서 시간이 당신을 치료해 주었나요?"

"제 정신은 치료해 줬습니다."

농담할 정도로는 긴장이 풀린 모양이지. 나는 양쪽 무릎을 당겨 끌어안고 무릎 위에 얼굴을 기대었다.

"왜 앨리스를 모르는 척해요?"

"그 사람이 아니니까요."

"왜 내 쪽 혼담을 택한 거예요."

"말씀드렸지 않습니까, 당신이 거절할 거라고 생각했어요."

"당신이 계속 모르는 척하면, 애런."

분명 녹턴이 앨리스와 약혼하지 않겠노라 한 말을 기억하고 있었지만, 그건 어차피 나만 아는 이야기였다. 애런도 앨리스도 아무도 모르고 나만 아는 이야기.

"그 애는 녹턴의 신부가 될지도 몰라요."

그러니까 이건 거짓말이었지만, 아무렴 어떨까. 애런을 놀릴 생각만으로 하는 것도 아니고 새하얀 거짓말인걸.

나는 도로 얼굴이 굳어 눈이 떨리는 애런을 보고 웃음이 났다. 바로바로 바뀌는 애런의 얼굴도, 제국 제일의 신랑감인 녹턴을 상대로 세기의 악마를 논하 듯 말하는 상황도 그저 웃겼다. 굳이 웃음을 참으려는 노력도 하지 않고 나는 그대로 소리 내어 웃었다.

"경이 왜 그러는지, 무슨 일이 있던 건지는 모르지만 잘 생각해요. 그거 정말 심각한 문제거든요."

"……두루아, 조금 전에도 말했지만."

"그래요, 다른 사람이라고. 나도 귀 있어서 들었어요. 그런데 애런, 그 사람이 아니라도 앨리스는 내 친구예요. 당신과는 조금도 관련이 없는 사람이라 관심 같은 건 없을지도 모르지만요. 녹턴과 결혼해서 무슨 일을 당하더라도 경과는 조금도 상관없을 수 있지만요. 아니, 그래도 약혼녀의 제일 친한 친구인데 그렇게까지 말하는 건 너무하지 않나요?"

"그건, 두루아…… 저는 그렇게 말한 적이……."

무슨 말을 하지도 못하고 애런이 입술만 달싹였다. 난처함 때문인지 그의 얼굴이며 목이며 손끝까지 주홍빛으로 물들어 있었다. 그래, 애런이 직설적으로 나온다고 나까지 직설적으로 행동할 필요는 없는 일이다.

나는 애런의 입에서 앨리스가 제 첫사랑이라고 실토하게 하는 걸 포기했다. 그 대신, 애런에게 내 친구를 소개해 주기로 했다.

"애런은 내 약혼자잖아요. 그러니 내 친구한테 잘해 주세요. 경의 첫사랑이 아닌, 내 친구인 앨리스한테. 그렇게 꼴 보기 싫다고 피해 다니지 좀 말고요."

"제가 언제 그렇게 말했습니까. 저는 그게……."

"네?"

"……알겠습니다."

굳이 애런의 인정이 있어야만 두 사람을 만나게 할 수 있는 건 아닐 테니까. 즉흥적으로 입을 열었을 뿐이지만, 말하고 보니 가장 좋은 방법 같았다. 일단은 녹턴의 일이 끝나고야 주선해 볼 수 있겠지만.

나는 한숨을 내쉬는 애런을 보며 웃었다. 그리고 애런 역시도 곤란한 척 골치 아픈 척 한숨을 내쉬고 있지만, 입꼬리가 움푹 들어가 있어서…… 아, 놀리려고 했는데 입 가렸다.

그는 커다란 손으로 제 입가를 덮은 채 고개를 돌렸다. 드러난 목덜미마저 새빨갛게 물든 건 모르고 있겠지, 바보 같은 내 친구.

"두루아, 이런 말이 굉장히 이상하게 들릴지도 모르겠지만 말입니다."

"말해요, 애런."

"앨리스를 만나지 않았다면, 당신을 사랑하게 됐을 것 같습니다."

"오…… 대단한 칭찬이긴 한데요. 역시 경은 편견에 찌들어 있어요. 누가 고리타분한 기사 아니랄까 봐."

"예?"

"조금 전에 제가 한 말 기억 안 나요?"

돌아가 있는 얼굴을 되돌리고 싶었지만, 그건 친구가 하기에는 지나친 스킨십 같아서 나는 그냥 정면을 보고 말했다.

"날 사랑해요, 친구로서."

숨을 멈추는 소리, 잠시간의 침묵, 시곗바늘이 도는 소리.

그리고.

"예, 두루아."

간단한 대답.

만족스러운 순간이었다.

○3장○

입김에
무너진 성

에드가 공작저, 공작의 방은 켜진 불 하나 없이 캄캄했다. 에드가의 주인이 아닌 한, 아무도 방에 들어갈 수 없었고 그럴 생각조차 못했다. 그렇기에 갑작스레 생겨난 형체는 녹턴 에드가였다.

몸이 좋지 않은 상태에서 마법을 쓴 후유증으로, 녹턴은 방에 도착하는 즉시 한 번 더 피를 토했다. 숨은 거칠고 기력이 없어 손이 떨렸다. 입가에 묻은 피를 닦아 내려 해도 손이 제대로 움직이지 않는다.

그는 금방이라도 꺾일 것 같은 다리에 힘을 주고는 가까스로 소파까지 걸어갔다. 소파에 몸을 깊이 파묻고야 녹턴은 조금이라도 숨을 돌릴 수 있었다.

그야말로 엉망진창. 그런 제 모습이 우스워 녹턴은 헛웃음을 터뜨렸다.

멍청한 짓도 정도가 있지, 몸 상태가 나빠진 걸 뻔히 알면서도 애런 클레이모어가 왔다는 말에 발목이 붙들리다니. 그건 정말 녹턴 에드가가 해 온 일 중 드물게도 바보 같은 짓이었다.

그자는 명백히 발로즈의 약혼자였다. 그날이 아니라도 둘은 많은 날을 함께

할 것이다. 심지어 오늘은 같이 있는 걸 본 것도 아니고, 그저 왔다는 말을 전해 들었을 뿐인데 왜…….

정적 속에 애런 클레이모어가 숨어 있기라도 한 마냥, 그는 가라앉은 눈으로 새까만 어둠 속을 바라보았다.

조금의 시간이 지나고 숨이 정리되었을 무렵, 그는 손을 튕겨 전등을 켜고 종을 울렸다. 곧바로 시종 하나가 방문을 열고 나타났다.

이지가 느껴지지 않는 흐리멍덩한 얼굴, 소년이 다가와 고개를 숙였다. 피투성이가 된 주인의 모습에도 일말의 동요도 없이 그는 녹턴의 말을 기다리고 있었다.

"트롤의 피를 가져와."

"알겠습니다, 각하."

녹턴 또한 그를 이상히 여기지 않았다.

그는 시종이 나가는 것을 물끄러미 보고는 입매를 틀었다.

수백 명의 사람이 거주하는 새까만 저택, 그럼에도 살아 있는 시늉이라도 하는 건 그들의 주인인 녹턴 에드가뿐이었다. 집사도 시녀도 시종도 하인도 하녀도 기사도 누구라고 할 것 없이 모두가 전부, 살아 숨 쉬는 인형일 뿐이다. 그렇기에 저택에는 늘 온기라곤 없었다.

언제부터 이렇게 된 걸까.

그들을 인형으로 만든 것은 분명 녹턴 에드가였으나, 저택이 죽은 것처럼 느껴지는 건 녹턴의 마법 때문은 아니었다. 이지를 잃기 전에도 그들은 별로 다를 게 없었다. 녹턴 에드가에게 무관심했고 존중을 몰랐으며 무얼 명령해도 비웃기 일쑤였다. 결국 무력을 사용하기 전까지는.

그럼에도 녹턴은 의식적으로든 무의식적으로든 옛날 일을 떠올리고 있었다. 전에는 그를 비웃던 이들이 그럴 수 없게 되었다는 것만이 달라졌는데도, 뭐가 그리 그립다고 과거에 파묻혀 있는 걸까. 왜일까, 왜, 어째서.

사실 답은 이미 알고 있었다.

"말대로야, 녹턴. 내겐 애런이 소중해."

"너한테 난 별것도 아니잖아. 사라진다고 아쉬울 것도 없고 딱히 특별하지도 않고. 말로는 친구라고 칭해도 한 번도 그렇게 생각한 적 없지."

"재보듯 시험하고 네가 날 특별히 여기고 있다 착각하게끔 말하면서 행동으로는 한 번도 그런 적이 없지."

"네가 무슨 짓을 하더라도 나는 네 옆에 빌빌 붙어서 조금 화내고 조금 짜증내면서, 네가 달래는 시늉이라도 하면 풀어져서 영원히 장난감 노릇을 할 줄 알았어?"

"10년이면 질릴 때도 됐잖아."

"그러니 너와는 거리를 둘 수밖에 없어."

결국 두루아 발로즈였다.

녹턴이 벌떡 몸을 일으켰다. 걸음걸이가 바르지는 않았지만, 그렇다고 휘청거리지도 않은 채로 그는 옆쪽에 놓인 서랍으로 향했다.

마법적인 장치로 잠겨 있는 서랍에 패턴대로 마나를 흘리자 서랍이 열렸다.

서랍의 안쪽에는 벨벳으로 된 검은 상자가 있었다. 아직 상자를 열지 않았으나, 그 안에 무엇이 있을지 녹턴은 이미 알고 있었다. 그 형체며 촉감이며 모든 것을 생생히 그릴 수 있었다.

상자 안에 있는 것은 커프스였다. 검은색 다이아몬드에 연보라색 안개가 떠다니는 단추. 그가 제일 싫어하는 연보라색의, 물건.

녹턴은 피로한 눈으로 상자를 내려다보다가 습관적으로 손을 뻗었다. 그러나 상자에 손이 닿기 전, 그의 오른손이 허공에 멈추었다. 그는 제 양손을 내려다봤으나 오른손이나 왼손이나 무어라 할 것 없이 피투성이였다. 저택에 돌아온 뒤 각혈할 때, 아무래도 왼손에도 피가 튄 모양이었다. 허공으로 뻗어졌던 손이 아무것도 거머쥐지 못한 채 웅크려졌다.

녹턴은 다시 서랍을 닫고 소파로 돌아갔다. 무너지듯 몸을 파묻고 피 묻은 손등으로 눈가를 덮었다. 눈앞은 지독하게 검고 손에선 쇠 냄새가 났다. 세상 모든 게 귀찮고 성가시게 느껴졌다.

그는 그대로 빛 한 점 없는 세상에 파묻혔다. 트롤의 피를 가져오게 시킨 시종을 기다려야 했지만 그럴 가치도 느끼지 못했다.

두루아 발로즈.

발로즈.

발로즈.

그는 같은 이름자를 몇 번이나 떠올렸다.

그러고는 곧 숨결보다도 가느다란 소리로 다시 한번.

"두루아."

까무룩, 의식이 저변으로 잠겨 든다.

녹턴 에드가에게 새까만 잠이 왔다.

말을 할 때는 기세가 좋았으나, 뒤늦게 낯이 부끄러워 우리는 잠시 말이 없었다. 어색한 정적을 깨려는 듯 애런이 입을 열었다.

"에드가 각하 말입니다, 원래 그렇게……."

"살벌하냐고요? 글쎄요."

"가깝게 지내지 않았습니까."

"전에는 한 번도 무서운 적은 없었어요. 얄밉기는 엄청 얄밉고 또…… 믿음 직스럽진 않았지만."

녹턴이 그런 식으로 나를 시험하고 재보지 않았다면, 그를 좀 더 믿을 수 있었을까. 의미 없는 가정이었다.

그래도 좀 쉬었다고 다리에 힘이 돌았기에 나는 몸을 일으켰다. 구겨진 치마를 대충 펴고 먼지를 털어 내었다.

"참, 그래서 성수는 진짜인가요? 확인할 수 있다고 했잖아요."

"예, 진짜 성수일 경우 마나를 밀어내는 반응이 와서 조작할 수는 없습니다. 순도도 높고 심지어 저 정도 양이라니, 값어치가 얼마나 될지 가늠할 수도 없군요."

"그렇게 대단한 거예요?"

"적어도 클레이모어 저택에 있는 것보다는 몇 배나."

성수의 진품 여부도 의심하던 상황에서 그것이 내가 예상하던 이상으로 진귀하다고 하니 마음이 한결 찜찜해졌다. 녹턴이 왜 내게 이런 걸 주고 갔을까. 병문안 삼아 가져왔다기에는 물건이 과했고 그걸 준 사람이 녹턴이란 점도 마음에 걸렸다. 부담스러운 정도를 넘어, 의심할 수밖에 없었다. 그 애는 대체 무슨 생각인 걸까.

뒤따라 애런도 자리에서 일어났다. 아까는 조금 힘이 풀렸던 다리가 반듯이 서 있었다.

"그럼 저는 이제……."

그가 막 입을 열었을 때였다. 응접실의 문을 두드리는 소리가 났다.

어쩐지 최근 들은 노크 소리 대부분이 불길한 일의 전조였던 것 같은데. 꺼림칙한 소리에 마음이 초조해졌지만 뭐, 녹턴이 다시 왔을 리는 없겠지.

다행스럽게도 문 너머에서 소리를 낸 사람은 카리사였다.

"작은 아가씨, 카리사입니다. 말씀 중에 두 번이나 끼어들어 죄송합니다만, 리모란드 영애님께서 찾아오셨습니다. 일단 2응접실로 안내해 드렸습니다. 돌아가시라 말씀드릴까요?"

손님의 갑작스러운 방문을 알린다는 점에서는 같았지만 카리사의 목소리는 조금 전보다 훨씬 차분했다. 그럴 만도 했다. 내가 이성 친구인 녹턴과 둘만 있을 때 약혼자인 애런을 안내해야 하는 상황이라니, 녹턴 에드가 악당임을 배제하고 생각하더라도 심각한 상황이었다. 비가 와서 어쩌지도 못하고 애런을 안으로 안내하면서 머릿속이 얼마나 복잡했을지 상상이 간다. 카리사가 조금만 더 연륜이 있었다면 처음부터 다른 응접실로 데려갔겠지만, 같은 실수를 두 번 안 한 것만으로 칭찬할 일이다. 발로즈는 한 번의 실수에 엄격하지는 않았으니까.

일단 애런을 보내고 앨리스와 이야기해 봐야겠다.

그런 생각으로 나는 애런을 돌아봤다가 그의 얼굴이 굳어진 걸 확인했다. 그의 반응이 새삼스럽지는 않으나 각혈한 탓에 피가 잔뜩 묻은 얼굴은 확실히 새삼스러웠다.

그러고 보니, 녹턴 에드도 없었다. 그가 응접실로 들어선 걸 어지간한 사람들이 다 알 텐데도 마법이라는 해괴한 방법으로 사라져 버려서 몹시도 이상한 상황이 되었다.

이걸 어떻게 수습하지.

한숨이 턱밑까지 차올라서 나는 가늘게 숨을 뱉어 냈다.

"……잠시만 기다려줘, 카리사. 다시 부를게."

"알겠습니다, 아가씨."

애써 차분한 목소리로 말하고 나는 침착하게 애런을 돌아봤다.

"어떡하죠, 애런."

"말들 나누셔도 괜찮습니다. 각하께서도 돌아가셨으니 저도 이만—."

"그러니까 그게 문제예요. 녹턴이 없어요."

다행히 브라만 더프는 잊지 않고 챙겨 갔고 제가 피를 흘린 것도 치우고 떠났지만, 그래도 사람 하나가 통째로 사라져 버리다니 범상해 보이지는 않는다. 그제야 애런도 녹턴의 부재를 깨닫고 곤란한 표정을 지었다.

"급한 일이 생겨 텔레포트로 돌아가셨다고 말하면…… 그러고 보니, 각하께서 마법사란 건 아무도 모르던 사실이군요. 하지만 마도구를 썼다고 하면 괜찮지 않겠습니까? 정말 마도구를 쓰신 건지도 모르고."

"그건 일단 막 뱉는다고 쳐도 경의 얼굴을 보세요. 그렇게 피 칠갑을 해 놓고 한 사람이 사라졌으면 두 사람이 싸운 줄 알 거예요."

"닦…… 얼굴을 닦을 게 있으면."

애런의 말에 나는 응접실을 빙 둘러보았다. 바닥의 카펫, 찻물을 쏟으며 카펫으로 떨어진 찻잔들(다행히 깨지진 않았다)과 앞부분이 뜯기고 무너진 테이블…… 세상에 이것도 잊고 있었다.

"일단, 저 테이블을 저렇게 만든 건 경인 셈 쳐요."

"예?"

"갑자기 부끄러워져서 테이블을 뜯어낸 셈 치는 게 좋겠어요. 좋아요, 그럴싸하네요."

"전혀 그럴싸하지 않습니다."

애런의 말을 무시하고 다시 주위를 두리번거렸다. 시계, 샹들리에, 그리고 진열장과 푸른 액체가 담긴 병. 나는 고개를 끄덕였다.

"좋아요, 제가 경께 성수를 아끼지 않는다는 걸 보여드릴 때가 왔네요."

"……무슨 말을 하는 겁니까."

"피를 닦을 만한 게 마침 저기에 보여서요."

"두루아! 성수로 얼굴을 닦다니, 어떻게 그런……."

"생각보다 종교에 신실하셨네요."

"그런 의미가 아닙니다. 가치를 모른다면 모를까, 저게 얼마나 귀한 건지 알고 있는 상태에서 그런 짓을 할 수는 없습니다."

드물게도 애런의 얼굴이 파랗게 질렸다. 아무리 애런 클레이모어라도, 돈을 물처럼 쓰는 것은 두려운 모양이었다.

응접실의 문 쪽에서 재차 노크 소리가 났다.

"작은 아가씨, 죄송합니다만 리모란드 아가씨께서 다시 오셨습니다. 말씀이 길어질 것 같으면 돌아갔다가 나중에 연락하겠다고 말씀하시는데, 어떻게 할까요."

나는 눈을 깜박이며 애런을 보았다.

조금 풀어졌던 얼굴이 도로 굳어 있었다. 알기 쉬운 반응이다.

좀 더 안쪽의 일을 수습하고 싶었지만 마냥 기다려 달라고 말할 수도 없었다. 이대로 돌아가 버리면 곤란하니까. 앨리스와 최대한 빨리 이야기하는 것이 좋을 것 같았기에, 나는 방법도 없는 수습을 포기하고 애런을 돌려보내기로 했다.

뭐, 죽기야 하겠어. 끽해야 또 파혼하라는 소리나 듣겠지.

"피 토한 건 알아서 수습해 줘요, 애런."

"예?"

"들어와도 괜찮아, 앨리스."

"잠…… 두루아!"

애런이 뒤늦게 외쳤지만 이미 응접실의 문은 움직이고 있었다.

문이 열렸다. 그리고 그 자리에는 옅은 갈색 머리칼의, 선량하게 생긴 여인이 이쪽을 보고 있었다.

어쩐지 앨리스도 얼굴이 좀 굳은 것 같은데.

"안녕, 앨리스."

나는 이제는 굳다 못해 얼굴이 질린 애런을 힐긋 보고는 한숨을 삼켰다.

"오랜만에 보네."

"아, 말도 없이 떠나게 돼서 미안. 그런데 클레이모어 경께서는……."

애런의 얼굴을 보고는 앨리스가 말을 흐렸다. 나는 팔꿈치로, 얼어 있는 애런의 옆구리를 쳤다. 부디 그럴싸한 변명 정도를 뱉어 주길.

애런의 어깨가 퍼뜩 뛰었다. 그는 앨리스와 눈도 마주치지 못하고 시선을 비꼈다.

"아, 그…… 심상…… 수련 중에 마나가 꼬였습니다."

"……그런 일로 피를 토하기도 하나요?"

"아주 드문 경우긴 하지만."

내 앞에서는 아무렇지 않았으면서 제 사랑 앞에서는 다른지 애런의 얼굴이 붉어지기 시작했다. 목부터 시작해서 더운 기운이 올라왔다. 그는 은근슬쩍 손을 들어 입가를 덮고 고개를 돌렸다.

생각보다 귀여운 면이 있네.

애런을 보며 앨리스의 표정이 미묘하게 물들었다. 동정하는 것 같기도 하고 뭔가 좀 허약한 사람을 보는 것 같기도 했다. 역시 상대의 정체를 알고 있는 쪽은 애런뿐인 걸까.

앨리스의 뒤에 선 카리사도 굳어 있는 것을 발견하고, 나는 입가에 검지를 가져다 댔다. 애런의 명예를 지켜. 입 모양만으로 한 말이었지만 알아들었는지 카리사는 절도 있게 고개를 끄덕였다.

곧 응접실의 문이 닫혔다. 다행스럽게도, 사명감으로 가득한 집사는 녹턴이 어느새 사라졌다는 걸 눈치채지 못한 것 같았다. 순진한 사람 같으니.

문이 완전히 닫히자마자 애런이 입을 열었다. 여전히 손으로 입가를 덮은 채였기에 다소 웅얼거리는 소리가 났다.

"그러면 저는 이만, 가 보도록 하겠습니다."

"가도 좋긴 하지만 애런, 정말 그 얼굴로 갈 수 있어요?"

"얼굴은……."

어떻게든 변명하긴 했지만 수습할 방법은 못 찾았나 보다. 이제는 내 일이 아니라 남의 일이 된 기분이었지만, 성의껏 나는 성수를 다시 쳐다봤고 애런은 크게 고개를 가로저었다.

그때, 앨리스가 가방에서 무언가를 꺼냈다. 검은색의 민무늬 손수건이었다.

"이걸 쓰세요."

"예?"

"손수건 있었구나. 고마워, 앨리스. 닦을 건 어쩌지, 차라도 내오게 사람 부를까?"

"응, 그렇지만 보는 사람이 많아지면 곤란하신 것 같으니까……."

앨리스는 말을 끌며 재차 가방에 손을 넣었다. 다음 순간 그 애의 손에 들린 것은 조그만 병이었다.

"두루아, 원래는 네게 주려고 가져온 향수인데 당장은 클레이모어 경에게 더 필요해 보이네."

"어…… 일단 나는 괜찮은데, 향수면 냄새가 좀 짙지 않을까?"

"넌 진한 향 싫어하잖아, 거의 날 듯 말 듯 연한 향이니 괜찮을 거야."

앨리스는 향수의 병을 열고 손수건에 액체를 적셨다. 그녀의 말대로 향수가 듬뿍 쏟아졌는데도 향은 그리 짙지 않았다.

애런은 무슨 말도 못 하고 입을 달싹이다가 곧 앨리스로부터 손수건을 건네받았다. 그의 눈에 묘한 감정이 일렁였다. 당사자가 아니고서야 정확히 알 수는 없겠지만, 몹시도 복잡해 보였다.

"감사……합니다."

애런이 얼굴을 조심스레 닦았다. 몹시 소중한 것을 대하는 사람처럼 손길이 섬세해서, 제 얼굴보다도 젖은 손수건을 귀히 여기는 듯 보였다.

"그래도 향수가 피부에 좋진 않을 테니까, 저택에 돌아가시면 꼭 세안하세요."

"그러겠습니다. 감사합니다, 리모란드 영애."

"그리고 한 가지 더."

다소 잠겨 든 감사 인사를 흘려듣고 앨리스는 다시 가방에 손을 넣었다. 이쯤 되면 저 조그만 가방 속이 얼마나 넓은지 의심스러울 지경이다.

내 쓸데없는 생각을 모르는 채, 앨리스가 이번에 꺼낸 물건은 목걸이였다. 백수정이 달린 백금 줄의 목걸이.

조금 전과는 달리 도저히 저의를 알 수 없는 물건에, 나도 애런도 당황스러워 눈을 깜박였다. 그런 우리들을 바라보며 앨리스가 맑게 웃었다.

적당히 얼굴을 닦아 내고, 애런은 클레이모어로 돌아가는 마차에 올랐다. 올 때는 다소 가벼운 마음으로 병문안을 왔는데 지금은 몸도 마음도 너덜거렸다.

녹턴 에드가의 실체를 확인하고 피를 토하고 청혼을 거절당하고 그리고…….

"약혼 선물이에요. 늦었지만 약혼 축하해요, 두 사람."

해사한 웃음과 함께 날카로운 말이 박혔다. 두루아 발로즈의 친구로서 할 수 있는 아주 당연한 말이고 다정한 축하였다. 그럼에도 애런에게 그 말은 가슴 깊이 파고든 칼날과 같았다.

당장 입을 열어 변명하고 싶었다. 두루아와 저는 사랑하는 사이가 아니라 친구라고. 결혼까지 이어지지는 않을 거라고. 구차하지만 그렇게나마 말하고 싶었다.

하지만 그는 그럴 수 없었다. 두루아에게 청혼을 거절당한 것이 조금 전의 일이다. 분명히 진심이었고 친구로서일망정 그녀를 귀애하는 마음도 있다. 진심으로 한 청혼에 진심으로 한 거절. 그래 놓고 앨리스에게, 두루아와 결혼할 사이가 아니라고 못 박는 것은 두루아 발로즈에게도 실례되는 행동이었다.

더군다나 애런의 변명은 앨리스에게 관심거리도 못 될 것이다. 어쩌면 그녀는 두루아로부터 이미 이 약혼이 가짜 놀음임을 들었을지도 모른다. 그러나 모르더라도 달라지는 건 아무것도 없다. 두루아와 예정된 파혼을 맺은 이후에도 마찬가지다.

애런 클레이모어는 앨리스에게 자신이 '에드'라고 나설 수 없었다. 그건 스스로 한 맹세 때문이기도 했지만, 앨리스의 반응이 두렵기 때문이기도 했다. 제가 에드라고 말한 순간 싸늘해질 눈동자를, 저를 비난할 입을 상상하는 것만으로 견디기 힘들게 괴로웠다. 그래, 좋게 포장할 수도 없이 결국은 제가 겁쟁이인 탓이다.

그는 괴롭게 표정을 일그러뜨리고 양손으로 얼굴을 덮었다. 자조감, 자괴감, 자신의 비겁함에 대한 비난과 직접 한 맹세에 대한 후회. 많은 감정이 검게 들끓었다.

앨리스와 짧은 말 몇 마디만을 나누었을 뿐인데, 감정이 이렇게 될 줄 몰랐다. 조금도 예상할 수 없었다.

애런의 손이 제 목에 걸린 목걸이를 매만졌다. 백수정은 눈처럼 희었지만, 제 마음은 터무니없이 검다.

"애런은 내 약혼자잖아요. 그러니 내 친구한테 잘해 주세요. 경의 첫사랑이 아닌, 내 친구인 앨리스한테."

그 말을 들은 순간, 두루아의 말에 대답한 순간, 애런 클레이모어의 마음속에는 누구보다 검은 욕망이 넘실거렸다. 혹할 수밖에 없는 말이었다.

내가 에드이기를 포기한다면.

에드로서 너와 쌓아 온 모든 추억을 포기한다면.

그럼 나는 두루아의 친구로서 당신에게 다가가도 될까.

정말로, 그런 편법을 써도 되는 걸까.

모든 걸 알면서 모르는 척하는 건 기만인데도, 앨리스가 그런 걸 얼마나 싫어하는지 알면서도 마음에 자꾸 바람이 불었다.

아, 정말 우습고 우스운 일이다. 설사 저가 두루아의 친구로서 앨리스에게 다가간다고 한들 상대와 마음을 나눌지는 누구도 장담할 수 없는 일인데도, 저는 가정만으로 모든 것이 될 것처럼 유혹에 시달리고 있었다.

애런은 입술을 깨물고 고개를 숙였다.

흔들리지 마, 앨리스를 기만하지 마, 직접 한 맹세를 지켜.

그러나 그의 결심은 전처럼 단단하지 못했다.

"그 애는 녹턴의 신부가 될지도 몰라요."

218

두루아가 심어 놓은 말이 애런의 결심을 단단히 헤집고 있었다.

그는 제 마음을 다잡으려 몇 번이고, 몇 번이고 속으로 맹세를 외웠다. 그럼에도 아까 토한 피가 목 안쪽에 고여 있는 건지, 쇠 냄새가 났다.

"이 목걸이가 녹턴의 세뇌를 막아 줄 거라고?"

나는 앨리스가 내준 목걸이를 이리저리 돌려 보았다. 빛을 받으면 반짝거리는 게 제법 예쁘긴 해도 그리 특별해 보이지는 않는데.

대놓고 의심하는 기색을 보였지만 앨리스는 기분이 상하지는 않은 듯 순순히 고개를 끄덕였다.

"응, 흑마법에서 몸을 지켜 주는 성물이거든."

"듣기만 해도 가격이 가볍지는 않을 것 같네."

"두루아한테 돈 받을 생각은 없으니 걱정하지 마."

"그렇게 말하면서 손이 떨리는 것 같아, 앨리스."

앨리스가 삐죽한 눈으로 나를 노려봤다. 그래도 유순하게 처진 눈매는 매서워 보이지는 않고 그저 귀엽게만 보였다.

하긴, 사람의 인상이 매섭더라도 뭐가 그리 무서울까. 별것 아닌 말 한마디, 심지어는 호의로 포장된 말조차도 사람의 심장을 가를 수 있는데. 나는 잠시, 온몸의 피가 빠져 버린 것 같던 애런을 떠올리며 쓰게 웃었다.

그러면서 어떻게 앨리스를 모르는 척할 셈이야. 그 한 마디를 들은 걸로도 죽은 사람처럼 굴면서.

애런의 사정을 정확히 알 수는 없었지만 그의 사랑만은 분명했기에 안타까운 마음은 더 컸다.

"아까는 놀랐어. 약혼 선물이라고 말하면서 줘서. 약혼한 지 반년이나 됐는데."

"그렇지만 말도 안 나눠 본 사람한테 대뜸 선물을 줄 수는 없잖아. 그래도 내가 그분과 얘기를 나눈 건 처음이니까 적당한 핑곗거리는 되겠지."

"애런도 녹턴으로부터 보호가 필요해?"

"아직 말 안 했구나, 참."

무심코 물은 질문이었으나, 입 밖으로 말을 뱉고 나니 새삼스레 불안한 기분이 들었다. 그러고 보니 애런에게 그 목걸이가 필요한 이유가 뭘까. 너무 많은 상황이 급작스레 들이닥치다 보니 바보가 된 모양이다.

앨리스의 어두워진 얼굴이 한층 더 불안감을 고조시켰다. 애런 클레이모어는 분명 『그와 앨리스』의 주인공이었다. 그러니까 악당인 녹턴을 상대할 수 있는 유일한 역할일 텐데, 그래야 할 텐데. 원래도 성물을 몸에 지닌 채 상대할 예정이었던 걸까.

앨리스는 잠시 말을 멈추고 길게 한숨을 내쉬었다.

"그런데 에드가 각하도 와 계신다고 들었는데, 돌아가신 거야?"

"제일 먼저 온 사람이 녹턴이었어. 오늘은 손님이 많았거든. 아, 그래서 들어올 때 표정이 굳어 있었구나."

"아무래도 나만 빼고 상황이 비슷해서. 이건 조금 뒤에 얘기하고 일단……돌아가신 거지?"

"그렇긴 해. 마법을 써서 돌아간 거라 사용인들은 아무도 몰라."

앨리스는 무언가 석연치 않은 사람처럼 눈가를 찡그리며 조그맣게 중얼거렸다. 두루아 발로즈, 애런 클레이모어, 그리고 녹턴 에드가 전부……. 우리들의 이름자가 혼잣말로 나열되었다.

무슨 의미지. 불안과 호기심을 부풀리는 행위였으나 나는 잠자코 앨리스의 말을 기다렸다.

"그럼 혹시 클레이모어 경이 피를 토한 게 각하 때문이야?"

"역시 그 이상한 변명은 안 믿어 줬구나. 맞아, 녹턴 때문이야. 반대로 녹턴
도 피를 토했어. 이쪽은 애런 때문은 아니지만."

"뭐?"

앨리스의 눈이 동그랗게 커졌다. 못 들을 말을 들은 사람처럼 그녀의 얼굴이
혼란으로 가득했다. 알 수 없는 표정에 불안이 심해져서 나는 얼마 참지 않았
음에도 더 듣고 있을 수만은 없었다.

"그래서 무슨 일이야, 앨리스."

"하나만 더 물을게, 두루아. 혹시 말이야. 조금 전에 공작 각하께 '너보다 애
런이 소중해.', '네가 소중하지 않아.' '친구도 그만두자.' 뭐, 그런 말을 했니?"

쿵, 마음에 커다란 돌이 떨어진 것 같았다.

전에도 느낀 적이 있는 기분이었다. 앨리스에게 무도회장의 테라스에서 나
눈 대화를 들킨 순간, 녹턴이 난간을 무너뜨렸다는 걸 들은 순간. 그러나 두 번
째 겪는 일이라고 섬뜩함이 덜해지는 않았다.

설마 앨리스가 공작저로 돌아가기도 전에 곧바로 발로즈로 온 것은, 따로 이
유가 있는 걸까. 어쩌면 아주 급하고 아주 중요한 용무가 있어서?

추측을 먹이 삼아 불안이 자라나고 심장 박동은 빨라졌다. 초조함을 부풀리
듯이 밖에서 천둥소리가 났다. 아까는 조그맣던 빗소리가 창문을 세게 두드리
기 시작했다.

"오늘 일도 꿈에 나왔어?"

"아니, 방금 그 말은 네가 티파티에서 한 말이었어. 에드가 공작 각하가 주최
한 그 티파티."

"잠깐만 앨리스, 그러니까…… 네가 본 티파티 꿈에서 같은 일이 일어났다고

말하는 거지? 그래, 이건 뭐 너 빼고 전부 있었으니 그럴 만도 하겠다. 하지만 그러면 왜 절대로 티파티에 가선 안 된다고 말한 거야? 피를 토한 것 때문에?"

"엄밀히 말하면…… 같지는 않아. 티파티에서는 네가 그런 말을 한 뒤, 각하께서 클레이모어 경에게 최면을 걸어."

녹턴이 애런에게 최면을 걸 수 있다고?

말을 듣자마자 솟아나는 반발감에 나는 곧바로 입을 벌렸다. 그러나 앨리스의 말은 미처 끝나지 않았다.

"그리고 최면에 당한 클레이모어 경은 나를 살해하고 자살해."

"자살……이라고?"

"형태는 그렇지만 실제로는 살해당한 거겠지, 각하한테 말이야."

"……최면을 걸었다는 건 어떻게 알았어?"

"갑자기 경의 눈이 흐려졌으니까. 나는 몇 번 봐서 구별할 수 있어."

그렇게 말하는 앨리스의 얼굴에는 확신이 서려 있었다.

그래, 애런의 눈이 흐려지지 않았다 한들 그런 예지몽을 꿨다면 나도 같은 생각을 했을 것이다. 애런은 갑자기 미쳐서 앨리스를 찌르고 자살할 사람은 아니었으니까. 더군다나 상대가 앨리스라면 더더욱 말이 안 되는 일이었다.

하지만 이 애의 말에 수긍하였기에 나는 더 당혹스러웠다. 애런도 최면에 당할 수 있다니, 처음에 내가 그렸던 가정이 완전히 어긋났다. 원작 내 두 사람의 역할상 애런의 무력이 녹턴보다 강할 줄 알았다. 그래야 어떤 식으로든 녹턴을 끝장내고 앨리스와 행복하게 맺어질 테니까.

성물을 사용해 물리치는 전개라고 생각하기에도 무리가 있었다. 순식간에 살해당할 만큼 무력의 차이가 컸다면, 성물을 몇 개를 두른들 의미 없을 것이다.

설마 『그와 앨리스』가 배드엔딩인 건 아니겠지?

아니, 그럴 리는 없었다. 작가 후기에서 이야기의 결말이 분명한 해피엔딩이라는 언급이 있었으니까.

그럼 무력이 아니라 지력으로 녹턴을 굴복시킨 건가. 그게 더 힘들어 보이는데.

어쨌거나 그게 사실이라면, 나는 이번에도 단단히 착각하고 있던 것이다. 애런과의 약혼을 굳이 지속하려던 것도, 그의 청혼에 흔들리던 것도 다 의미 없는 일이었다. 애런의 힘으로도 녹턴을 막아 내는 게 무리라면…… 하기야 본인도 말하긴 했지, 일방적으로 당한 거라고. 그러니까 정말 쓸데없는 데에 심력을 낭비한 셈이다.

그러면 방금 살해당할 수도 있던 건가? 애런과…… 어쩌면 나도?

등골이 서늘해지는 생각에 으스스 떨다가, 문득 드는 생각에 나는 고개를 들었다.

"좀 이상한데, 앨리스."

"나도 모르겠어. 어차피 티파티에서도 나는 가만히만 있었으니, 내가 없이도 같은 상황이 재현될 수 있다는 건 이해해. 하지만―."

"그것도 그렇고 네 꿈 말이야. 내가 뭐라고 말할지는 모른다고 했잖아. 내가 그런 말을 한 걸 어떻게 안 거야?"

"아, 그건…… 나도 좀 이상하다고 생각하긴 했어. 한 번도 그런 적이 없었는데, 그 꿈에서는 갑자기 네 목소리가 들리기 시작했거든. 얼굴은 여전히 보이지 않았지만."

내가 의심한다고 생각한 건지 앨리스의 표정에 다급한 기색이 서렸다. 그 애가 내 양손을 덥석 붙잡았다.

"하지만 믿어 줘, 두루아. 나는 확신하고 있어. 분명 그 꿈도 예지몽이야. 그렇지 않으면, 내가 어떻게 네가 할 말을 알고 있었겠어?"

"……널 의심한다는 건 아니야, 앨리스. 그냥 네 꿈이 왜 변했을까 생각해 본 거지. 믿으니까 걱정하지 마."

그녀를 달래며 나는 잠시 생각에 잠겼다.

메모리아의 실타래 덕분에 원작의 내용을 더욱 생생하게 기억하게 됐지만, 현실과는 달라진 부분이 많았기에 맹신할 수는 없었다. 절대로 변할 수 없는 사실(이를 테면 앨리스의 출생의 비밀 같은) 정도는 단서로 삼을 수 있겠지만.

그렇기에 보다 확실한 앨리스의 예지몽을 지표 삼고 있었는데 꿈이 달라진 것이 달가울 리 없다. 더군다나 달라진 부분이 두루아 발로즈, 다름 아닌 나 자신이라면.

머리를 쓰는 걸 그렇게 좋아하지 않는데, 왜 이런 상황에 놓여야 하는 걸까. 아무것도 확신할 수 없는 상황에 머리가 아팠다.

"뭐가 달랐던 걸까."

"모르겠어. 각하께서 피를 토할 만한 일은 뭐지?"

"글쎄, 왔을 때는 멀쩡했단 말이야. 멀쩡한 척도 아니야. 녹턴이 처음부터 몸이 안 좋았다면 내가 몰랐을 리가…… 아니, 이것도 이젠 장담할 수 없겠네. 그런데 그런 상태로 병문안을 왔다는 것도 이상하잖아."

"그럼 그사이에 무슨 일이 있었는지 말해 줄래? 차근히 짚어 보면 뭔가 알 수 있을지도 몰라."

"되게 탐정 같은걸, 앨리스."

"놀리지 마, 두루아!"

얼굴이 빨개진 앨리스가 소리쳤다. 상황과는 어울리지 않았지만 그 모습이 귀여워 나는 소리 내어 웃었다. 그러고는 앨리스가 항의하는 소리를 내기 전에 말을 돌리려 서둘러 입을 열었다.

의식이 없어 티파티에 참가하지 못했다는 데부터 이야기를 시작했다. 원래부터 불참할 생각이긴 했지만, 잠들어 있었기에 아파서 가지 못한 척했다고.

메모리아의 실타래를 삼킨 이유에 대해서는 자세히 말할 수 없어 적당히 녹턴 에드가와 있던 일을 돌아보기 위함이라고 뭉뚱그렸다. 그랬더니 티파티 당일에 녹턴이 사람을 보내 내가 아프다는 걸 알아 갔다. 이후에는 녹턴이 성수를 가지고 병문안을 명분 삼아 찾아왔고, 대뜸 성수 한 잔을 마시면서 독이 없다는 걸 확인시켜 주었다……고 말했는데. 이 시점에서 앨리스의 얼굴이 새파랗게 질렸다.

"성수를 마셨다고? 녹턴 에드가가?"

존칭도 없이 녹턴 에드가라니 신선한데.

농담이 혀 밑으로 차올랐지만 앨리스의 기색이 워낙 심각하여 나는 그대로 말을 삼켰다. 이런 상황에 농담이라니 안 될 말이지, 어쩌면 정신 나간 상황의 반복에 내 정신이 미쳐 버린 걸지도 모르겠다.

"애런이 증명해 줬어, 성수가 맞다고. 저기 진열장에 있는 거 보이지, 저만한 크기로는 처음 봐서—."

"그럴 리가 없어, 두루아!"

나도 영 이상한 이야기로 들리긴 하지만, 생각보다 앨리스의 반응이 격했다. 마치 있어서는 안 될 일이 일어난 것처럼. 그러나 이어서 앨리스의 입에서 나온 말은, 정말로 그렇게 반응할 법한 이야기였다.

"흑마법사에게 성수는 맹독이나 다름없단 말이야!"

뭐?

"맹독이라니, 무슨…… 그럼 성수가 아니란 이야기야? 녹턴은 직접 마셨어. 내가 먼저 마셔 보란 얘기도 안 했다고. 그 애가 그걸 마실 때까지도 난 그게 성수란 것도 몰랐는데……."

말도 안 된다. 사람을 치료하는 성수가, 순도에 따라 기적을 발휘할 수 있는 성수가 누군가에게는 독이 될 수 있다니. 그리고 그 누군가가 녹턴 에드가라니.

이해할 수 없는 일이다. 그게 사실이라면 녹턴이 직접 그걸 마셨을 리 없다. 성수가 제게 독이 된다는 걸 몰랐다고 해도 이상하다. 적어도 입으로 들어간 순간엔 알았을 텐데 어째서. 자해를 즐기는 게 아니고서야 그런 일을 할 리가 없잖아.

"두루아, 클레이모어 경이 정말 확실하다고 하셨어?"

"뭐라고 했지, 마나에 무슨 반응이 와서 조작할 수 없이 진품이래. 아주 분명히 말했는데. 그럼 녹턴, 녹턴이 피를 토한 건 그것 때문이야? 그건 너무 이상하잖아."

"너한테 흑마법사가 아니라고 증명하려던 건……."

"난 그 마법이 흑마법이란 것도 오늘 처음 알았어. 성수가 흑마법사에게 독이란 것도 당연히 몰랐고. 그리고 그렇다고 하더라도 그건 너무, 지나치게 비정상적인 방식이야."

만약 그런 의도였다면, 내게 스스로가 흑마법사가 아니라고 말하려던 거라면 애당초 내 앞에서 새디를 세뇌한 걸 실토하지도 않았을 것이다. 그러니 조금도, 앞뒤가 맞지 않았다. 녹턴 에드가가 내 앞에서 굳이 성수를 마셔야 할 이유가 뭐가 있단 말인가. 속이 막히도록 답답하다. 마찬가지였는지 앨리스도 짙은 한숨을 내쉬었다.

"하기야 모를 만해, 나도 에른하르트에 가서 흑마법 서적을 몇 권씩이나 읽고 알게 됐으니까."

"그럼 뭐야, 진짜."

확실히 말할 수 없는 일들이 벌어지기로는 근래 들어 내내 그랬지만, 가장 이해할 수 없는 순간은 지금이었다.

머릿속의 실타래는 조금 풀리는가 하면 더 커다랗고 복잡한 매듭을 슬그머니 내어놓는다. 답답하다 못해 속에 까맣게 멍울이 지는 것 같았다.

"애초에 성수를 가져온 것 자체가 이해할 수 없는 일인데, 대체 무슨 생각으로……."

"성수……. 어쩌면 말이야, 두루아. 에드가 각하는 어쩌면……."

"어쩌면?"

"아니야, 조금 확실해지면 말할게."

애런식 화법이 옳은 건가. 약간 다른 것 같긴 하지만.

앨리스의 말에 긴장하다가 나는 한숨을 내쉬었다.

"짐작 가는 게 있으면 지금 말해 줘. 내겐 그럴싸한 추측이 하나라도 필요해."

"그래, 별것도 아닌데 너무 질질 끄는 것도 좀 그렇겠네. 어쩌면 내 생각이 너무 얼토당토않을 수도 있고. 그냥…… 각하가 왜 그러는지에 대해서 생각해 봤거든."

"그래서?"

"복잡하게 생각할 것 없이 좀 단순해지면, 혹시 각하께서 널…… 사랑하시는 게 아닐까 그래서 네가 아프다는 말에 성수를 가져온 거고, 네가 자길 의심하는 걸 아니까 의심하지 말라는 의미에서—."

기대한 내가 바보 같다. 순식간에 맥이 탁 풀렸다. 생각해 볼 수 있는 이유 중에 가장 가능성이 낮은 추측이었다.

"헛소리 잘 들었어, 앨리스."

"두루아!"

"지금부터 그럴 리가 없는 이유를 말해 줄게. 1번. 녹턴은 나를 이름으로 부르지도 않는다. 2번. 녹턴은 내가 발로즈 저택으로 놀러 오라고 초대를 해도 단 두 번밖에 온 적이 없다. 너한테 녹턴의 이야기를 들었을 때 떠보러, 그리고 조금 전에 티파티에 안 온 걸 따지러. 3번. 녹턴은 틈만 나면 나를 떠보고 시험했다."

손가락을 하나하나 들어 올리며 이유를 읊자, 앨리스의 얼굴에서 혹시나 하던 기색이 차차 사라져 갔다.

"그리고 4번. 사랑하는 사람을 그렇게 취급하는 사람이 어디 있겠어, 앨리스. 그런 식으로 사랑해도 괜찮은 건 덜 자란 아이뿐이야."

"그냥…… 가정해 본 것뿐이야. 그 사람이 네게 왜 그렇게 집착하는지, 사실 가장 단순한 이유잖아. 네가 아니라고 하니 아닌 거겠지만."

"그건 정말 아니야, 앨리스. 맹세할 수도 있어."

"그런 쓸데없는 일에 맹세는 필요 없어."

농담 삼아 한 말임에도 앨리스는 곧바로 고개를 저었다. 어차피 기사의 맹세도 아니라 별다른 의미도 없을 텐데 퍽 단호한 모습이었다.

"오늘은 목걸이를 주러 온 거니까 일단은 돌아갈게. 수도에 막 돌아와서 조금 피곤하거든. 내일도 올 거니까…… 그래도 되겠지?"

"응, 어차피 근신 중이라 나가지도 못해."

"네가 근신? 왜…… 아니, 이것도 내일 얘기하자."

머리를 짚은 채 그녀가 한숨을 내쉬었다. 두통을 호소하는 그 모습이 마치 거울을 보는 것 같아 나도 덩달아 한숨이 났다. 앨리스는 처음 올 때보다 많이 가벼워진 가방을 들고 몸을 일으켰다. 그 애의 목에 걸린 백금 줄이 옷깃 사이로 반짝 빛났다.

애런에게 주었던 목걸이. 내게 준 목걸이. 앨리스의 목에 걸린 목걸이. 모두가 같은 목걸이였다. 애런 클레이모어에게 한때 딴 맘을 풀었던 나로서는 기묘한 감상이 들지 않을 수가 없었다. 다소 충동적으로, 나는 문을 향해 다가가는 앨리스를 불렀다.

"앨리스, 나와 애런이 어떤 관계인지 꿈에서 봤다고 말했지."

"자세히는 모르지만, 끝낼 생각으로 약혼했다는 정도는……. 왜? 무슨 일 있었어?"

"내가 애런과 결혼한다면 어떨 것 같아?"

퍽 진지한 목소리로 물었다. 애런의 청혼에 흔들려 그려 본 가정이었다. 어쩌면 현실이 될 수도 있었을 그 일을 앨리스가 어떻게 받아들일지 알고 싶었다. 애런 클레이모어는 앨리스가 누군지 알고 있었고, 여전히 그녀를 사랑하고 있었다. 그럼에도 앨리스에게 다가가지 않고 본인이 알고 있다는 사실조차 숨기고 있지만.

그렇다면 앨리스는 어떨까. 이 애는 애런이 누구인지 알고 있을까, 에드를 알아봤을까. 남의 마음을 떠보는 것은 솔직히 떳떳한 일은 아니었다. 그러나 누구 하나 등을 떠밀지 않는다면, 어쩌면 두 사람은 영영 맺어지지 못할지도 모른다.

솔직히는, 애런을 잠시 가로챌까 생각했던 죄책감과 스스로에 대한 반성으로 오지랖을 부리고 있는 거였지만, 나는 진심으로 두 사람이 맺어지길 바랐다. 내가 원작과 다르게 행동한 일로 많은 것이 바뀌었으나, 애런을 통해 알 수 있듯 주인공의 사랑은 바뀌지 않았다. 앨리스도 그럴 터였다.

나는 앨리스의 얼굴이 굳어지거나 희게 질리거나, 아무튼 내가 녹턴의 정체를 안 순간 지었던 표정을 짓기를 바랐지만 그녀의 얼굴은 오히려 밝아졌다. 커다랗게 떠진 눈, 발그레하게 달아오른 뺨은 영락없이 기뻐하는 기색이었다.

"세상에, 진짜야? 파혼할 예정이었으면서 결혼……. 사랑에 빠진 거야? 정말 로맨틱하다! 소설 같아!"

정말 축하해!

앨리스의 얼굴을 보니 속내를 숨긴다고는 생각할 수 없었다.

이 애는 정말로 모르는 게 확실하군.

나는 애런의 얼굴을 떠올리며 한숨을 삼켰다.

최소한 인식 방지 아티팩트는 좀 빼고 가지. 그 시골 마을에 저를 알아볼 사람이 누가 있다고 꾸역꾸역 그걸 차고 가서는 일을 복잡하게 만든담.

말도 안 되는 말로 애런을 험담하는 것은 나중으로 미루고, 나는 당장 일을 수습하기로 했다.

"아니, '만약'의 얘기야. 그냥 정말 결혼하게 되면 어떨까 생각해 본 것뿐이니까."

"그런 상상을 한 것 자체가 마음이 생긴 거 아니야?"

"전혀 아니야. 오히려 점점 형제같이 느껴져서 곤란한걸."

"음…… 그건 좀 재미없다."

앨리스의 얼굴이 심드렁하게 변했다. 나는 어쩐지 지금의 대화를 애런에게 들려주고 싶어졌다. 이런 흐름의 이야기를 듣고도 앨리스가 그 여자가 아니라고 단언할 수 있을까.

"아무튼 네가 사랑에 빠진다면 응원할 거야, 상대가 에드가 각하만 아니라면."

"재수 없는 소리 말아 줄래."

얼토당토않은 소리의 연속에 얼굴이 절로 떨떠름해졌다. 그러나 앨리스의 얼굴에 떠오른 웃음은 이번에도 진심인지라 쓴웃음이 올라왔다. 이런 애를 두고 나는 무슨 생각을 한 걸까. 다른 사람도 아닌 앨리스의 남자를 가로채겠다니, 너무도 터무니없는 소리였다.

"나도 마찬가지야, 앨리스. 네가 사랑에 빠지면 응원할게."

"어……? 응, 고마워."

"나는 상대가 녹턴이라도 응원할 수 있어."

"재수 없는 소리 말아 줘."

앨리스의 얼굴에 떠올랐던 미소가 순식간에 사라졌다. 오래간만에 보는 그녀의 정색에 나는 웃음을 터뜨렸다. 앨리스 역시도 소리 높여 웃기 시작했다.

때는 봄, 녹턴이 커프스 버튼을 호수에 던지고도 조금 지난 때였다.

녹턴 에드가와 두루아 발로즈는 서로 웃고 고상을 떨던 관계에서 조금은 악우처럼 변해 있었다. 오기가 붙은 건지 발로즈는 매일같이 저택을 찾았고, 녹턴도 매일같이 '또 와, 발로즈.'라는 말을 입에 담았다. 그날도 마찬가지로, 두 사람은 서재에서 책을 읽던 중이었다.

녹턴의 옆으로 날벌레가 날아왔다. 별로 집중하지 못하고 있던 소년의 눈이 벌레에게로 향했다. 마찬가지로, 봄볕에 조느라 집중하지 못하던 두루아 발로즈가 돌연 비명을 내질렀다.

"죽이지 마, 녹턴!"

"뭐?"

난데없는 소리에 놀라 녹턴이 눈을 깜박였다. 그러나 곧 말의 대상을 깨닫고, 그는 앞에 있는 풍뎅이를 가리켰다.

"이런 걸 좋아해?"

"아니, 전혀. 조금도. 날아다니는 건 털 달린 거 빼고 다 싫어. 빤질빤질한 게 날아다니면 보는 것만으로 죽고 싶어져."

"그럼 왜 죽이지 말라는 거야. 애당초 그럴 생각도 없었지만."

변명처럼 덧붙이긴 했지만 의심의 눈초리는 거두어지지 않았다.

말해도 안 믿겠다는데 굳이 들어줄 필요는 없겠지.

짜증이 난 소년은 풍뎅이를 죽이려 손을 들었다.

"나는 생명을 죽이는 건 진짜 최악 중의 최악이라고 생각해."

그러나 이어지는 발로즈의 말에 그는 손을 들지 않은 척 오므렸다.

"······겨우 벌레 한 마리잖아."

"너한텐 인간도 벌레로 보이잖아."

"매도하지 마, 발로즈."

"이건 농담이지만 진심으로. 벌레를 죽이다가 고양이를 죽이고, 고양이를 죽이다가 사람을 죽이게 되는 거야. 내가 본 책에서 그랬어."

"과잉 해석이야. 네가 봤다는 책 제목이 뭔데?"

"생명의 신비."

"처음 들어본 책인데."

"저자는 두루아 발로즈야."

이건 또 어디서 주워들은 헛소리야. 어이가 없어 녹턴이 헛웃음을 터뜨렸지만, 발로즈는 여전히 진지한 기색이었다.

"아무튼 죽이지 마, 녹턴. 그런 거 진짜 싫단 말이야. 아무리 잘못했어도 사람을 죽이다니, 게다가 화형이라니 말만으로 너무 끔찍해. 화형이라니, 사람이 불나방도 아니고 으아······."

"갑자기 화형이 왜 튀어나와?"

"음······ 그것도 내가 본 책에서 나왔어. 그와······."

"됐어, 어차피 저자는 두루아 발로즈겠지."

벌레 얘기에서 왜 사람을 화형에 처하는 이야기로 넘어가는 건지 녹턴은 이해할 수 없었지만 말을 나눠 봐야 제대로 된 답이 나올 것 같지도 않았다. 부루퉁하게 노려보는 발로즈를 무시한 채, 녹턴은 벌레를 바라보았다.

그의 눈에서 희미하게 마나가 뿜어지고, 앞을 기고 있던 풍뎅이가 날개를 폈다. 존재감조차 없던 조그만 날벌레는 목숨을 부지한 채로 창밖으로 날아갔다.

발로즈가 짝 손뼉을 치며 웃었다.

"오, 네가 노려보니까 무서운가 봐. 나갔다, 나갔어!"

"조용히 해, 발로즈. 다시 돌아오게 하기 전에."

"이미 날아간 벌레를 무슨 수로 돌아오게 할 건데?"

할 말이 없어 녹턴이 입을 다물었다. 아무리 분하다고 해도 흑마법에 대해 이야기할 수는 없는 노릇이었다.

"아무튼 잘했어, 녹턴. 앞으로도 함부로…… 아니 절대로 생명을 죽이지 마. 약속하자."

성가셔서 한 일을 가지고 약속이라니. 결국 면박을 주려 입을 열었지만, 녹턴은 그럴 수 없었다. 환하게 웃는 발로즈가 강제로 제 손을 가져가 새끼손가락을 끼운 탓이다. 이어서 엄지를 맞붙이고 소녀는 만족한 듯이 고개를 끄덕였다.

"절대로 죽이면 안 돼. 알았지? 약속이야!"

마지막 말과 함께 꿈은 끝이 나고 녹턴은 잠에서 깨어났다.

온종일 자고 있었나, 아니 어쩌면 하루 이상…….

깨어난 순간 느껴지는 온몸의 뻐근함에 녹턴은 눈가를 찡그렸다.

그가 눈꺼풀을 들어 올렸다. 그러자마자 가장 먼저 시야에 들어온 것은 얼굴로 날아오는 새파란 칼날이었다.

'아침 인사 한 번 거창하군.'

녹턴은 날아드는 흉기로 오른손을 뻗었다.

칼날이 손바닥을 뚫고 피를 흩뿌렸다. 고통이 없는 것은 아니었으나, 그는 곧바로 왼손으로 상대의 멱살을 잡고 저만치에 집어 던졌다.

컥, 커흑. 신음이 나는 걸 보면 죽진 않은 모양이다. 뻐근한 와중에 손바닥이 뚫리고 힘까지 쓰니 온몸에서 삐걱거리는 소리가 심해졌다.

인상을 찡그리며 녹턴은 자리에서 일어났다. 눈앞이 어질어질해 두어 번 눈을 깜박이고 그는 옆으로 시선을 돌렸다. 얼마나 된 지 모를 날 가져오라 시켰던 트롤의 피와 물건을 가져온 시종이 나란히 있었다. 그는 여전히도 멍한 얼굴에 눈빛이 흐렸다.

굶어 죽지 않은 걸 보니 4일이 지나지는 않았군.

녹턴은 제 왼손으로 박힌 칼을 비틀어 뽑고 바닥으로 내던졌다. 질 좋은 카펫은 칼이 떨어지는 소리를 고스란히 삼켰다.

그런 뒤, 그는 피가 담긴 병으로 손을 뻗었다. 병의 마개가 열리고 푸른색의 피가 손바닥에 쏟아졌다. 잠들어 있는 동안 몸은 얼추 회복되었으니 내상에는 필요 없었으나 새로 생긴 상처에는 이쪽이 특효였다. 신성력이나 포션, 성수의 힘을 빌릴 수 없는 그에게 유일한 상처 회복제는 트롤의 피뿐이었다. 트롤의 피는 검은 마나와 만나면 재생의 효능을 몇 배로 발휘했으니까 딱히 앞의 물건들이 필요하지도 않았지만.

순식간에 찢어진 손아귀가 아물고 뻐근하던 몸도 호전되었다. 그는 마나를 돌려 몸 상태를 확인하고, 그제야 저를 암살하려던 침입자에게 고개를 돌렸다. 땅으로 떨어지면서 어깨가 탈골된 건지, 중년의 사내는 반대쪽 손으로 어깨를 움켜쥐고는 기듯이 물러나고 있었다.

"어, 어떻게……! 분명 의식을 잃고 있었잖아!"

"뭘 새삼스럽게."

비죽 웃고 녹턴은 침입자에게로 다가갔다. 카펫에 먹힌 발걸음 소리는 다소 먹먹했으나, 소리 없는 발걸음이 오히려 공포를 자극했다.

"내가 모를 줄 알았어, 브라만 더프? 정말 그렇게 생각했다면 실망인데."

"살려 주세요, 살려 주십시오! 저는 그저 시켜서 했을 뿐입니다. 패트시아 님께서 시키셔서 저는 정말로 할 수 없이……!"

"그래, 그것도 알고 있었지. 네 덕에 아직 어머니가 정정하시구나, 생각했거든. 가끔 그분의 안부가 궁금할 때마다 너를 통해 호기심을 풀었지."

녹턴 에드가에게는 남의 꿈을 통해 기억을 훔쳐보는 능력도 있었으니까. 굳이 어릴 때부터 감정이 나쁜 브라만 더프를 수족으로 부리고, 굳이 몸이 안 좋은 상태에서도 그를 회수해 돌아와야 했던 이유는 그 때문이었다. 녹턴을 감시하려 사람을 보냈는데 역으로 감시당할 거라고는 생각도 못 했을 것이다. 실제로 브라만 더프는 녹턴의 말을 듣고도 무슨 뜻인지 몰라 눈만 끔벅이는 중이니까.

그래도 연기는 칭찬해 줄 만했다. 그저 권력에 빌붙은 실력도 없는 멍청이인 줄로만 알았는데, 그 흐리멍덩한 눈빛을 고스란히 흉내 낼 줄이야. 차라리 극단으로 갔으면 빛을 봤을 텐데.

브라만 더프의 코앞까지 다가간 녹턴은 눈동자를 굴려 아래를 내려다보았다. 옅은 색의 눈동자에 중년 사내가 고통에 꿈틀거리는 모습이 들어왔다. 벌레처럼 바르작거리는 모습이다.

그래, 그 애의 말대로다. 제게 이런 인간은 그저 벌레로만 보였다. 탐욕스럽고 주제를 모르는 날벌레. 더러워서 불태워 버리고 싶은 미물. 청년의 입매가 혐오를 담아 비틀린다.

그 순간 바닥을 기고 있던 브라만 더프의 몸이 휙 튀어 올랐다. 소매에 숨기고 있던 접이식 나이프가 곧게 펴지고 곧바로 녹턴의 목을 향해 찔러 왔다.

그러나 잠결에도 눈치챘던 살기인데 멀쩡히 깨어 있을 때 당한다는 것은 너무도 우스운 일이었다. 녹턴의 눈이 밝게 빛나자 새까만 안개가 생겨났다.

안개는 녹턴에게로 달려드는 브라만 더프의 입 속으로 들어가 속을 헤집어 놓았다. 브라만이 나이프를 놓치고 바닥으로 나동그라졌다. 발작적으로 사내의 몸이 뒤틀렸다.

"절대로 죽이면 안 돼. 알았지? 약속이야!"

"차라리 다행이야. 그날 성수를 마셔서. 하마터면 죽일 뻔했지 뭐야."

"아아악! 제발 목숨만, 제발! 제발! 잘못했습니다, 각하, 에드가 각하!"

"그래, 사람을 죽이면 안 되지, 발로즈."

브라만 더프의 애원은 들은 체도 않고, 녹턴은 상상 속의 얼굴을 떠올렸다.

웃으려고 입매를 휘었으나 웃음이 나지는 않았다.

"하지만, 죽이지만 않으면 되잖아."

그 이상의 도덕은 이미 녹턴이 저버린 영역이었으니까, 그는 그렇게 합리화하는 수밖에는 없었다.

날은 빠르게 차가워졌다. 가을 색으로 물들었던 나뭇잎은 냉기가 일면서 바스러지고, 툭하면 빗줄기를 쏟던 하늘은 제법 건조해졌다. 숄은 한층 두꺼워졌고 겉옷에는 풍성한 털이 달라붙었다. 나는 이 계절의 차림을 제법 좋아하는 편이었다. 풍성하고 푹신한 털 뭉치에 파묻혀 있으면, 얄미운 귀족들도 소동물처럼 귀엽게 보였으니까.

그럼에도 오늘은 마냥 달갑지만은 않았다.

"작은 아가씨, 역시 목걸이는 바꾸는 게 좋지 않을까요? 목걸이가 드레스에 비해 수수해 보여요."

"애런과 맞춘 거라니까, 할 수 없어."

나는 가슴께에 장식된 백수정 목걸이를 보며 어깨를 으쓱였다. 이런 종류의 목걸이는 확실히 맑고 깨끗한 이미지와 잘 어울린다. 이를테면 앨리스라든가 혹은 애런이라든가. 그러나 안타깝게도, 오늘의 앨리스는 백수정을 목에 걸고 오지는 않을 것이다.

아무렴, 삼각관계라는 정신 나간 소문을 뒤집어쓸 필요는 없겠지. 적당히 드레스에 장식하고 오너라. 그 애는 녹턴을 무척이나 두려워했기에 그를 만날지도 모르는 장소에 가는데 수정을 두고 오지는 않을 것이다.

"아가씨께는 더 화려한 게 잘 어울리시는데 안타깝네요. 아, 경솔한 말을 드려 죄송해요."

"아니야, 나도 그렇게 생각했어."

용도가 있는 목걸이였지만 이유를 말할 수는 없었기에 목걸이는 애런과의 사랑의 징표가 되었다. 안목이 높은 새디의 눈에는 영 마땅치 않은 것 같았지만. 다른 시종 시녀가 내 차림에 지나치게 간섭한 거라면 조금 불쾌했겠지만 쌓아 온 세월이 있는 탓에 새디의 마음만은 기꺼웠다.

"결혼 때는 네 의견을 참고할게, 새디."

물론 그렇게 되더라도 결혼 상대가 애런이 되지는 않을 것이다. 오늘로 그 확률은 0퍼센트가 되겠지. 그럼에도 그 말에 조그만 위안을 받은 건지 새디는 기쁘게 웃었다.

"감사해요, 아가씨. 저는 그럼 클레이모어 경께서 오시면 올라올게요."

"그래, 고마워."

새디가 드레스룸을 나서고 나는 다시 거울을 보았다. 그동안 이런저런 일이 많았던 탓인지 조금 야위긴 했으나 화장의 힘으로 별로 티가 나지는 않았다. 오히려 좀 더 예뻐진 것 같기도 하고.

오늘은 어깨가 드러난 녹색의 새틴 드레스를 입었다. 프릴과 레이스의 문양이 원체 화려하다 보니 맨 살갗이 드러난 가슴 윗부분이 조금 허전해 보였다. 보통은 이럴 때 목걸이를 걸어 시선을 분산시키지만 백수정 목걸이는 오히려 수수해 보이는 데 한몫했다. 목걸이에 어울리는 옷을 입을까도 생각했으나 통 어울리지 않으니 할 수 없다.

하기야 목걸이가 수수하든 화려하든 그게 무슨 상관이 있겠는가. 진짜로 화려한 건 내 얼굴인데.

남이 들었으면 웃었을 생각이었지만 나는 진지했다. 아무튼 중요한 것은 내가 무도회장에서 얼마나 아름답게 보이는가가 아니었다.

셋 중 둘이 피를 토하는 기괴한 만남이 끝난 지도 제법 시간이 지나고, 완연한 겨울이 되었다. 그때에는 워낙 갑작스레 많은 걸 알게 된 터라 당장이라도 무슨 일이 생길 것 같았다.

앨리스가 에른하르트에서 돌아온 다음 날, 나는 애런에게 안부를 전하는 서신을 보내고 앨리스를 맞았다. 그리고 그 애로부터 많은 이야기를 들었다.

앨리스가 예지몽에서 본 녹턴의 이야기와 흑마법 자체의 이야기. 이번에는 그 애의 말을 끊지 않고 나는 차근히 들었다.

녹턴 에드가는 흑마법사다. 그에게 성수란 맹독과 같고, 남들에게 축복을 선사해 주는 신성력은 칼날과 같다. 몬스터의 이야기를 하는 것처럼 들렸지만, 선천적인 흑마법사는 남들과 마나의 형질이 다른 탓에 그렇다고 한다. 백수정 목걸이는 녹턴의 세뇌, 최면을 비롯하여 혹시나 있을지 모를 저주마법으로부터 어느 정도는 몸을 지켜 줄 거라고 했다. 그의 힘이 어디까지인지는 앨리스도 정확히 몰랐지만, 적어도 보는 눈이 있는 데서 수정이 깨질 만큼 큰 힘을 쓰지는 않을 거라고.

"그러니까 제발 각하를 자극하지 마. 자신이 없으면 피하면 되잖아."

"그건 테라스에서만 해당하는 말인 줄 알았지."

"그래, 내가 그런 뉘앙스로 말한 것 같긴 하네. 이번엔 분명히 말할게. 절대, 무슨 일이 있어도, 정말 어지간해서는 그 사람을 자극하지 말아 줘. 일생의 부탁이야."

음……. 녹턴의 정체를 알기 전까지는 그보다 심한 말도 얼마든지 했기에 사실상 그리 이해되지는 않는 말이었다. 그래도 앨리스가 너무나 간곡해 보여서 나는 녹턴을 피해 다니기로 약속해야 했다. 일단 피할 수 있는 사람인지도 모르겠지만.

다시 본론으로 돌아와서.

흑마법의 종류는 다른 마법만큼, 어쩌면 그 이상으로 다양해서 녹턴의 능력이 어디까지 발휘될 수 있을지는 몰랐다. 딱히 흑마법만 쓸 수 있는 것도 아닌 것 같았고 육체적인 능력도 뛰어나다고 했다. 이쪽은 나도 아는 이야기였다. 테이블을 무너뜨린 걸 직접 봤으니까(유감스럽게도 애런은 테이블을 무너뜨린 죄를 뒤집어쓰고 변상해야 했다. 내 돈으로 다시 변상해 주긴 했지만). 무도회장의 난간도 마법이 아니었던 거겠지.

그러나 안타깝게도 녹턴 에드가가 그리 활개 치고 다님에도 불구하고 이쪽에서 해 볼 조치는 얼마 없었다. 제국법상 흑마법을 익히고 있다는 것만으로 처벌하던 시대는 지났다.

마법의 자유를 주장하던 학자의 운동으로 폐지됐다고 한다. 제국의 힘을 빌리기 위해서는 다른 법을 살펴야 했고, 개중에서도 '에드가 공작'급의 거물에 손대려면 죄목이 대량 학살이나 반역쯤은 되어야 했다. 녹턴이 원작에서 앨리스에게 접근했던 이유를 생각해 보면 얼추 반역과 가깝기는 했지만, 원작의 존재는 나만 알고 있었고 증명할 수도 없으니 의미가 없다.

대량 학살로 처벌하는 것도 무리였다. 정말 미친 소리 같지만, 앨리스는 녹턴이 사람을 죽인 적이 없는 것 같다고 말했다.

"확신할 수는 없지만, 그렇다고 생각해. 심기를 거스른 사용인, 각하의 형제들, 선대 공작 부부 모두 살아 있잖아. 직계 혈족들은 모두 공작령으로 보내 버렸지만."

"굳이 죽이지 않아도 제 손바닥 위라는 건가. 아니면 어떻게든 써먹을 수 있어서?"

"아, 꿈에서 그런 말을 들은 적 있어. '내가 누굴 죽일 리가 없잖아.'였나…….
그렇게 말하고 저주를 걸긴 했는데."

"역시 내 생각이 맞는 것 같네. 정말 안 죽인 건지도 의심스럽고. 당장 네 꿈에서도 너와 애런을 죽였다며."

"그건…… 나도 모르겠어."

그렇게 말하니 앨리스도 고민하고 있던 부분인지 얼굴을 흐렸다.

그 애에게 말하지는 않았지만, 역시 사람을 죽이지 않는다는 건 착각이 아닐까. 그러나 녹턴이 살인을 저지르는 것이 예지몽에도 잡히지 않을 정도로 드물거나 혹은 없는 일이라면, 어쨌거나 대량 학살로 그를 잡아넣기는 무리한 일일 것이다. 그러한 얘기 끝에 우리는 의견을 모았다.

녹턴이 죄를 짓기 전까지 공식적인 방식으로 그를 끌어내릴 수 없으며, 무력적인 방식으로도 그를 처치할 수 없다는 최악의 결론이었다. 뭐, 앨리스는 다른 꿍꿍이가 있는지 눈을 빛냈지만. 이번에도 말하지 않으려다가 캐물으니 대답해 주긴 했다.

"그렇다면 함정을 깔면 되잖아."

역시 허황한 소리 같아서 나는 고개를 젓고 무시했다.

녹턴 에드가가 그런 행동을 벌인 이유에 대해서도 생각해 보긴 했다. 차라리 앨리스에게 집착한다면 리모란드 공작을 세뇌해서 황제까지 손에 넣으려는 것으로 받아들이겠지만, 원작과 달리 녹턴이 집착하는 상대는 나였다.

어중간한 시험을 벌이다 외려 녹턴이 내게 집착하게 된 걸까. 내 저항에 대한 순간적인 반발로 화가 난 걸까.

솔직히 어느 쪽도 와닿지 않는다. 전부 근거가 부족한, 가난한 추측이었다. 개중 가장 와닿지 않는 것은 앨리스가 제기한 두루아 발로즈 짝사랑 설이었지만(지금도 나는 그 이야기를 떠올리면 웃을 수 있다).

무슨 생각인지, 왜 그러는 건지, 그의 능력은 어디까지이며 원작과 달라진 부분은 뭔지 앨리스의 예지몽 이야기를 많이 들었지만, 어느 하나 확신할 수 없었다.

그러나 이제는 답답하기보다는 해탈하게 되었다. 앨리스는 그래도 계속 꿈을 꿀 테니까 언젠가는 알 수도 있겠지. 하지만 녹턴이 죄를 짓는 순간까지 마냥 기다리다가는 죄의 피해자가 우리가 될 것 같았기에 몇 가지의 대비책을 추가로 마련하였다.

물론 가장 좋은 방법은 녹턴과 마주치지 않는 것이다. 어쩌면 그게 가능할 것 같기도 했다. 녹턴은 앨리스와 처음부터 약혼할 생각이 없었다고 말했고, 실제로 리모란드와 에드가 사이의 약혼은 파탄 났다. 진실을 알게 된 애런은 앨리스가 그 여자라고 밝히지도 못하는 주제에 나를 배신자 보듯 쳐다봤다. 하여튼 순진한 사람 같으니.

그리고 녹턴 에드가, 당사자는 내내 침묵을 지키고 있었다.

티파티에 초대하지를 않나, 깨어난 다음 날 찾아와 성수를 가져오지 않나. 독이 없는 걸 증명한다며 성수를 들이켜질 않나. 이후로는 애런을 살해하려다가 피를 토하고……. 앨리스에게 티파티에서 벌어질 일들을 듣고 난 뒤는 한결 소름이 올라 나는 무슨 기척만 나면 움찔거렸지만, 녹턴은 이상할 정도로 조용했다.

성수의 후유증이 오래가는 것인지 다른 꿍꿍이를 꾸미는 건지. 무소식이 희소식이라고 하지만, 이 경우에는 폭풍 전의 고요가 오히려 어울리는 말 같았다. 차라리 아무 일도 없이 이대로 시간이 지나면 좋으련만. 불행하게도, 오늘은 제법 큰 행사가 있었다. 다름 아닌 직계 황족의 세 번째 생일 파티였다.

현 황제의 나이가 78세인 덕에, 오늘로 세 살이 되는 아이는 황제의 증손녀였다. 황제가 워낙 고령까지 황좌를 차지하고 있어 조금 미묘한 위치였지만, 아무튼 대를 이어 간다면 3대 이후 제국의 주인이 될 아이였다. 그렇기에 나는 파티에 참석해야 했다. 장례를 치르거나, 중병으로 앓아눕거나, 황실의 업무로 참석할 짬이 안 나거나, 혹은 가문의 이름이 '에드가'가 아니라면 귀족으로서는 피할 수 없는 의무였다. 법적으로 문서화된 의무는 아니었지만, 그랬다. 부모님과 알로이는 세 번째 이유를 사용해 빠질 수 있었지만 아무튼.

나는 불참할 권리가 있는 녹턴이 모습을 비추지 않기를 소소하게 바라고 있었다. 오늘만이라도 무사히 넘어갈 수 있도록. 물론 크게 기대할 수는 없었지만.

한 달이나 아무 일이 없으니 긴장이 느슨해지고 일이 벌어지기 전으로 돌아온 것 같았지만, 막상 녹턴과 마주칠 날이 오자 때를 기다린 듯이 심장이 쿵쿵거렸다. 나는 가슴께에 걸린 백수정 목걸이를 손에 쥐고 길게 한숨을 내쉬었다. 그때, 똑똑 노크 소리가 나고.

"두루아 아가씨, 클레이모어 경께서 도착하셨어요."

나는 지옥으로 끌려가듯 발걸음을 옮길 수밖에 없었다.

"아주 멋지네요, 애런."

저택을 나서자마자 바로 보인 남자에, 나는 손뼉을 치며 감탄했다. 누가 소설의 주인공 아니랄까 봐 머리끝부터 발끝까지 모든 것이 완벽했다.

흰 연미복보다는 검은 제복을 선호하는 편이었으나 애런 클레이모어에게는 금빛 문양이 새겨진 지금의 테일 코트가 가장 잘 어울렸다. 자연스럽게 쓸어 넘긴 백금발이며 피부색, 그리고 입고 있는 정장의 색이 모두 옅었기에 애런의 붉은 눈동자가 한층 태양처럼 돋보였다.

아니, 붉은 것은 그의 눈동자뿐만이 아니었다. 애써 태연한 척하려 해도 애런의 귀 끝이 또 슬금슬금 달아오르고 있었다.

"놀리지 마세요, 두루아."

"놀린 게 아니라 진심이에요. 마치 한 마리의 제비…… 음, 한 마리의 페가수스…… 도 아니고 한 마리의…… 한 마리의…….."

"이왕이면 짐승 말고 사람으로 비유해 주면 좋겠습니다."

"좋아요, 유니콘 같아요. 이런 미남의 파트너라는 게 영광스럽네요."

"……뿔이 달려도 말은 사람이 될 수 없습니다."

사람이든 아니든 잘생기기만 하면 됐지.

나는 가볍게 웃고 에스코트를 받기 위해 허공으로 손을 올렸다. 애런이 뒤늦게 팔을 내밀었다. 정장을 입고 있음에도 전보다 단련된 것이 확연히 느껴지는 팔이었다. 녹턴과의 일로 수련 시간을 늘린 걸까. 자존심을 상하게 할까 내색하지 않으며 나는 눈을 가늘게 떴다.

"이렇게 잘 차려입고 왔는데, 하필이면 약혼의 마지막 날이라니 좀 아쉽네요."

"순수한 친구가 된 첫날이라고 생각해 주십시오."

"네? 나는 전부터 애런과 친구라고 생각했는데……."

"제가 당신의 그런 생각을 알게 된 첫날이기도 하군요."

언제 이렇게 능청이 늘었담. 나는 다시 소리 내어 웃었다.

"가실까요, 두루아."

어느 때 가더라도 황실 무도회에는 사람이 많았지만, 약간의 의무가 섞이다 보니 오늘은 유독 많았다. 사람들이 지나치게 많으면 어쩐지 현실감이 사라지는 기분이다. 그들이 이쪽을 향해 웅성거리기 시작한 순간 다시 현실로 끌려 들어오지만. 시종장의 호명을 듣고 우리는 무도회장으로 들어섰다.

곳곳에서 여러 종류의 시선이 느껴졌다. 할퀴듯 노려보는 시선, 탐욕스러운 시선, 그리고 호기심에 가득한 시선. 저 사람들이 나를 보며 무슨 생각을 할지 알 것 같았다.

녹턴 에드가와 앨리스 리모란드의 약혼이 깨진 일에 대하여, 혹시 그게 내 탓이 아닌가 추측하고 있겠지. 아니, 추측보다는 바람이라는 말이 어울릴 것이다. 그네들은 언제나 가십을 사랑했으니까.

나중에야 알게 된 일이지만 두 사람의 약혼 건은 낭설에서 시작된 이야기였다. 녹턴이 앨리스에게 내 이야기를 캐물으러 오는 동안, 두 사람이 연인이라는 소문이 퍼졌다고. 뒤늦게 낭설을 알게 된 앨리스가 소문을 정정하려 했으나 녹턴의 저의 모를 만류에 그러지도 못했다고 한다. 그러는 동안 리모란드의 사람들도 두 사람의 사이를 오해하기 시작해서 정말로 약혼 직전까지 갔던 거라고. 녹턴도 처음부터 약혼할 마음이 없었다고 하니, 결국 가십으로 시작해서 가십으로 끝난 이야기였다. 사교계에서는 이런 허무한 사정 같은 건 궁금해하지도 않겠지만.

귀족들의 시선이 느껴짐에 따라 나는 허리를 더 꼿꼿이 펴고 눈에 더 힘을 주었다. 무도회장에 오면 으레 하는 짓이었다.

"괜찮습니까, 두루아?"

"뭐가요?"

"기분이 좋지 않은 것 같아서요."

아, 눈꼬리에 힘줘서?

"저는 원래 무도회장에 올 때마다 이래요. 안 그러면 물어뜯기거든요. 녹턴 에드가의 1번 추종자, 2번 추종자, 3번 추종자에 가십을 좋아하는 수다쟁이 4번, 5번, 6번……."

"무슨 말인지 모르겠습니다."

"경께서는 무도회장에 모습을 비추는 일이 드물어 잘 모르시겠지만, 사교계에 능통한 신사가 되려면 알고 있어야 해요. 얕보이면 안 되거든요. 시답잖은 농담이니 그렇게 열심히 듣진 말고요."

입에서 흘러나오는 대로 말했을 뿐인데 뭐 이런 걸 주워듣고 있어.

나는 에스코트를 받던 손을 들어 올려 그의 어깨를 툭 쳤다. 저만치에서 앨리스가 보였다. 녹턴과 약혼이 무산됐기 때문에 그 애의 파트너는 녹턴에서 아르한 리모란드로 바뀌어 있었다.

무도회장에 진짜 안 나오는 사람인데, 역시 황족의 생일 파티란 대단하군. 아니, 앨리스의 약혼이 무산된 탓에 애써 나온 걸까.

나는 앨리스만 보면 표정이 굳는 애런을 위해 '조금 뒤에 봐요.'라고 속삭이고는 몸을 돌렸다.

"참, 두루아. 아까 말하는 걸 잊었습니다만."

"네?"

"당신도 오늘 무척이나 아름답습니다."

뭔가 진심 같기는 한데, 성애적인 매력을 칭찬하기보다는 예술품이나 자연 광경에 대해 말하듯 담백한 칭찬이었다. 생소한 기분에 나는 두어 번 눈을 깜박이다가 웃었다.

"나도 알아요."

애런에게 인사를 건네고 나는 빠른 걸음으로 무도회장을 가로질렀다. 누군가 달라붙기 전에 앨리스와 합류하는 편이 좋았다. 그러나 유감스럽게도, 나는 이미 누군가의 시야에 걸려 있었다.

"오래간만에 뵙네요, 발로즈 후작 영애."

녹턴 에드가의 1번 추종자, 셰릴 보르나인이다.

보르나인 후작 영애를 필두로 세 명의 남녀가 나를 향해 걸어왔다. 못 본 척 무시하고 도망가면 어떨까, 그런 생각이 들었지만, 은근히 시선이 모이기 시작했으니 의미 없는 일 같았다. 하는 수 없이 나는 상대를 향해 몸을 틀었다.

"오…… 보르나인 후작 영애. 오랜만이에요. 그래서 오늘은 무슨 일이신가요."

"저희 사이에 꼭 무슨 일이 있어야만 말을 거나요."

그러고 보니 이 사람, 저번에 에드가한테 혼담 넣었다가 거절당한 일로 망신당하고 뛰쳐나가지 않았던가. 겨우 한 달 조금 지났을 뿐인데 회복력이 좋다.

"저희 사이라면…… 혼담을 거절당한 사람과 혼담을 거절당한 사람으로 오해받는 사람?"

"언제까지 혼담, 혼담, 그 재미도 없는 얘길 들먹거릴 셈이세요?"

"저번에 뵀을 때 그 얘길 즐기시는 것 같기에 영애를 즐겁게 해 드릴까 해서요. 아니라면 됐어요."

나는 어깨를 으쓱였다. 셰릴 보르나인 후작 영애는 분한 듯이 어깨를 떨었으나, 곧 부채를 펴고 일그러진 얼굴을 가렸다.

"뭐, 크게 보면 그쪽 이야기긴 하네요. 가십으로 하는 말은 아니지만. 에드가 각하 말이에요, 이번에 리모란드 영애와의 약혼 건이 무산된 모양이지요?"

"그렇다고 들었지만, 왜 제게 물으시는지 모르겠네요."

"왜긴요, 발로즈 후작 영애께서 자랑삼아 떠벌리고 다니셨잖아요. 공작 각하께서 친히 후작 영애를 친구로 여겨 주신다고. 물론 각하께서는 워낙 친절하신 분이라 친하게 지내 주시는 것뿐이겠지만요."

역시 셰릴 보르나인은 예상 문제 같은 사람이었다. 어쩜 저렇게 한 치의 특이점도 없는지.

나는 보르나인 후작영애가 하는 대로 똑같이 비꼬아 주려다가 멈칫했다. 언성을 높이지는 않았지만 고위 귀족 중에도 후작의 자제들이 모인 탓인지, 시선이 점차 많아지고 있었다.

차라리 이 기회를 이용해 녹턴과 아무 사이가 아니라고 못 박는 건 어떨까. 나는 이제 녹턴 에드가와 멀어지고 싶었고, 더는 그에게 달라붙는다니 친구인 척한다니 하는 모욕적인 말을 듣고 싶지도 않았다. 녹턴을 보통 좋아하는 사람이 아니니, 이런 일로는 제법 도움이 되지 않을까.

나는 화를 내려다 말고 침착하게 입을 열었다.

"저기요, 보르나인—."

"갑자기 끼어들어 미안하지만, 그 말은 틀린 말이군요."

갑자기 들린 목소리에 등허리가 차게 얼어붙는다.

"어울려 준 사람은 제가 아니라, 발로즈입니다. 보르나인 후작 영애."

내 바로 뒤에, 녹턴 에드가가 서 있었다.

"가, 각하……."

셰릴 보르나인의 얼굴이 희게 질렸다. 그러나 모르긴 몰라도, 내 얼굴이 그보다 질렸을 것이다. 한동안 얌전하더라니, 심장이 살갗을 뚫고 나올 것만 같았다. 오늘 마주칠 거라고 예상했고 마음의 준비도 했다.

그래도 무도회장에 들어선 지 얼마나 됐다고 벌써 이러는 건 너무하잖아. 그것도 하필이면 셰릴 보르나인과 실랑이를 벌이는 중이라, 긴장도 풀려 있을 때인데.

생각 같아서는 녹턴과 보르나인이 말을 나누는 동안에 슬쩍 몸을 빼고 도망가고 싶었다. 이쪽을 보는 시선이 조금만 적었어도 그랬을 것이다.

"이렇게 말씀드리면 또 제가 발로즈를 감쌌다고 생각하실까요. 하지만 친애하지 않는 이를 감싸는 건, 더 이상한 일이 아닌가요."

"저는 그렇게 말하려던 것이 아니에요. 그냥…… 그저……!"

"말씀하세요, 보르나인 후작 영애."

보르나인이 입술을 깨문 채로 침묵했다. 하기야 순전히 나만 가지고 시비를 걸었으면 모를까, 이번에 이 여자가 건든 부분은 녹턴의 약혼 건이었다. 설사할 말이 있더라도 에드가 공작의 명예가 걸린 이상, 입을 열지는 못할 것이다. 수백 명이 보는 앞에서 입을 잘못 놀린 대가를 치르는 모습이 안타깝긴 했지만, 한편으로는 다행스럽기도 했다.

이렇게 직접 망신당하면 녹턴을 향한 감정은 사라지겠지.

예전이라면 모를까 녹턴 에드가의 정체를 알게 되니 그를 좋아하는 여자가 있다는 건 상상만으로 두려웠다. 막상 살인을 저지르지는 않았(을 수도 있)다지만, 연쇄 살인마를 사랑하는 사람을 보는 기분이다.

"하실 말씀이 없다면, 앞으로는 같은 일에 제 이름이 거론되지는 않았으면 하는군요. 셰릴—."

녹턴이 느리게 말을 끌었다.

248

풀네임으로라도 보르나인 후작 영애의 이름을 언급한 적은 없던 것 같아서 나는 조금 당혹스러웠다. 그리고 나보다, 셰릴 보르나인은 훨씬 놀란 것 같았다. 원래도 눈이 큰 사람이었지만 한껏 커진 눈에는 경악과도 같은 감정이 담겨 있었다.

"—보르나인 후작 영애."

마치 그게 신호가 된 것처럼 보르나인 후작 영애가 이상한 소리를 냈다. 상반신이 크게 경련하고 과호흡이 온 것처럼 숨소리가 이상했다.

그리고 다음 순간, 보르나인이 쓰러졌다.

뒤쪽에서 은근히 녹턴을 노려보던 엘포드가 놀라 그녀에게로 다가갔다.

"셰릴 님!"

갑자기 벌어진 당혹스러운 일에 무도회장이 웅성거리기 시작했다. 보르나인의 뒤에서 보초병처럼 서 있던 두 명의 영애는 당황해 어쩔 줄 모르고, 엘포드 백작 영식은 쓰러진 보르나인 영애를 끌어안은 채로 도움을 청하듯 두리번거리고 있었다.

그리고 나는 다른 의미로 얼어붙어, 녹턴을 보고 있었다.

셰릴 보르나인은 언제나 건강해 보였고 몸에 이상이 있다고는 들어본 적도 없다. 그런데 녹턴이 이름을 부르는 것과 동시에 발작하며 쓰러지다니, 타이밍이 너무 나쁘다.

의심하지 않을 수가 없는 상황, 녹턴은 짐짓 심각한 얼굴로 보르나인 후작 영애에게 다가갔다. 그러나 실제로는, 지금의 상황을 당혹스럽게 여기지 않는 것 같았다.

녹턴이 놀라지 않는 건 상황의 주체가 셰릴 보르나인인 탓일까, 아니면 이 상황 자체가 그로 인해 만들어졌기 때문일까.

나는 그가 몸을 낮추고 쓰러진 이를 들여다보는 것을, 숨죽인 채 바라보았다.

"후작 영애께 평소 지병이 있으십니까?"

"그, 그런, 그런 건 없으실 텐데! 갑자기 왜 이런······!"

"진정하세요, 엘프도 백작 영식."

엘포드와는 확연히 대비되게 차분한 소리로 그를 진정시키고, 녹턴은 셰릴 보르나인에게로 손을 뻗었다. 그러고는 초점이 흐린 그녀의 눈을 가리듯이 손바닥을 눈 바로 앞에 두었다. 그뿐인데도, 거칠고 밭던 숨결이 천천히 진정되고 잠시 뒤 보르나인 후작 영애의 몸이 축 늘어졌다.

"셰릴 님!"

"걱정할 것 없습니다. 가지고 있던 마법 물품으로 재운 것뿐이에요. 이대로 성에 거주 중인 신관을 찾아가면 될 겁니다."

"아······ 감사, 감사합니다."

로직스 엘포드가 셰릴 보르나인을 품에 안은 채로 일어났다. 그리 힘이 좋지는 않은지 한 번 몸을 휘청였지만 후작 영애를 단단히 끌어안은 손은 절대로 놓치지 않을 것만 같았다. 설마 마음이 있던 건가.

내가 잠시 다른 생각에 빠져 있는 차에, 물끄러미 두 사람을 보던 녹턴이 로직스 엘포드의 이름을 불렀다.

엘포드 백작 영식.

"도움을 받은 입장이니, 더는 건들지 않을 거라 믿겠습니다."

의미를 알 수 없는 말에, 엘포드가 무겁게 고개를 끄덕였다.

곧 보르나인 후작 영애가 사라지고 웅성거리던 사람들의 시선도 무도회장의 문 쪽으로 번져 갔다. 나는 그 틈을 타 구둣발을 슬쩍 물렸다. 이토록 어수선한 때라면 도망치기 좋을 것 같다.

그러나 내 발걸음이 미처 떨어지기도 전에, 내 그림자가 한결 짙어졌다.

"잠시 시간 좀 내줄래, 발로즈."

화가 난 것 같지는 않지만 그렇다고 웃지도 않는 얼굴. 눈처럼 흰 피부색 때문에 무표정한 것만으로도 차게 보이는 얼굴에서, 옅은 보랏빛이 나를 가두고 있었다. 말로는 권유였지만 심정적으로는 강요나 다름없었다.

나는 할 수 없이 고개를 끄덕였다.

녹턴을 따라 걷는데, 내가 향해 가던 방향에서 앨리스의 모습이 보였다.

한눈에 보기에도 얼굴빛이 좋지 않다. 상황을 지켜보던 중 나와 같은 생각을 한 모양이다. 그녀는 머뭇거리면서도 내 쪽으로 다가오려는 것 같았지만 나는 조용히 고개를 저었다.

아무리 녹턴 에드가라도 황실 무도회에서 일을 치르진 않을 것이다. 일일이 최면을 거는 것도 한둘이지, 수백 명을 상대로 그게 가능하려고. 나를 해칠 의도였으면 좀 더 조용한 장소와 은밀한 시간대를 골랐을 것이다. 사실, 그런 의도라면 앨리스가 오더라도 희생양이 둘로 늘어날 뿐 아무것도 달라지지 않겠지.

앨리스는 내게 무슨 말을 하듯 입 모양을 벙긋거렸지만, 거리가 거리인 만큼 알아들을 수 있는 건 한 마디뿐이었다.

조심해.

비밀 결사단이라도 된 기분이군.

나는 마른침을 삼키며 녹턴을 따라 테라스로 자리를 옮겼다.

공교롭게도 우리가 향한 테라스는 저번에 녹턴이 난간을 무너뜨린 곳이었다. 다른 곳은 이미 전부 커튼이 쳐 있었으니까. 이제 겨우 한 달이 조금 지났을 뿐인데 난간이 벌써 고쳐져 있을 줄이야. 황족의 생일 파티가 코앞이라 급하게 처리한 모양이었다.

녹턴 에드가 정말 여러 사람한테 폐 끼치는구나. 설마 부실 공사는 아니겠지.

"오랜만이야, 발로즈."

다른 생각으로 현실을 외면하려 했지만, 녹턴의 인사말에 잡생각은 한순간에 무너졌다.

하필이면 그는 달빛을 등지고 역광이 진 상태라 보다 섬뜩해 보였다. 나는 그를 따라 인사를 건네려다 바보짓 같아서 한숨만 내쉬었다.

"왜 보자고 했어."

"그러네, 이제는 용건을 말해야 하는구나. 너와 나 사이에 말이야."

나와 네 사이가 뭔데.

또다시 나를 자극하는 말에, 순간적으로 혀가 움찔했지만 나는 겨우 입을 다물었다. 근 한 달간, 앨리스에게 녹턴을 자극하지 말라는 말을 수도 없이 들어 온 탓에 나도 조금은 인내할 수 있게 되었다. 애당초 그를 자극하는 말이 뭔지도 모르겠지만.

나는 대답 없이 용건을 촉구하듯 녹턴을 바라보았다. 이제는 익숙해질 만도 된 것 같은데 한 달간의 공백이 있었다고 심장은 정말 쉼 없이 달렸다.

녹턴은 나와 가만히 눈을 마주치다가, 시선을 피하듯 눈을 아래로 내리깔았다. 나붓이 내리깔린 속눈썹이 그 와중에 아름답게 보였다.

"궁금하지 않아? 보르나인 후작 영애가 왜 갑자기 쓰러졌을까. 녹턴 에드가가 그 일과 연관이 있을까."

그의 입에서 나오는 말은 조금도 아름답지 않았지만.

"뭘 한 게 아니라, 했던 걸 되돌린 거야."

"되돌린 거라고?"

"셰릴 보르나인은 내게 세뇌당한 상태였으니까."

이젠 아주 대놓고 말하는구나.

그게 통 좋은 징조 같지는 않아 나는 반 발짝 걸음을 물렸다. 녹턴이 커튼 쪽에 있는 통에 뒤에 있는 것은 난간뿐이었지만, 거리를 벌리고 싶었다.

"……눈빛이 달랐어."

"이지가 망가질 정도로 심하게 굴진 않았어. 일회성 최면을 한 번, 두 번, 세 번 정도……? 최면을 건 당시에는 눈빛이든 뭐든 큰 차이가 없었겠지만, 시간이 지나면서 제법 약해졌나 봐."

"보르나인 후작 영애가 내게 적대감을 표출한 게 네 세뇌 때문이라고 말하는 거야?"

"엄밀히는 널 성가시게 하라고 세뇌를 건 건 아니었어. 그래, 정확히 말하면 나를 사랑해 보라고 말했지."

"미쳤……."

정신 나간 소리에 욕설이 턱밑까지 차올랐다. 앨리스를 생각하며 가까스로 억누르고 나는 가늘게 숨을 내쉬었다.

저를 사랑해 보라고 세뇌했다니, 대체 언제부터?

녹턴 에드가에게는 사람의 마음이 그토록 가볍단 말인가.

날카로운 소리가 나는 것은 막았지만 마음이 울컥한 것은 견딜 수 없었다.

"사람 마음이 그렇게 간단해?"

"변명하자면 먼저 가지고 놀려던 건 그쪽이었어. 내가 어릴 때 말이야. 외모는 마음에 드는데, 취급이 안 좋으니 조금 잘해 줘서 마음을 얻고 우월감을 누리려던 어린애들이 많았거든. 개중에는 한층 더 나아가서 조롱거리로 삼으려던 이들도 있었지."

"뭐……?"

"최면도 그때 건 거야. 조롱하러 다가왔으니, 마음을 빼앗는 것도 정당방위

253

라고 생각했어. 확인하고 싶은 게 있었거든."

담담한 목소리에는 비참한 이야기가 담겨 있다. 그 말을 듣는 순간, 나는 지나간 일을 잠시 잊고 있었음을 깨달았다.

셰릴 보르나인이 녹턴을 조롱하려던 것은 나도 알던 이야기였다. 그를 가까이한 지 얼마 되지 않았을 때 내가 엿들은 이야기였고, 어린 날 내가 그녀를 미워하게 만들었던 이야기였다. 내 죄책감을 자극하고, 괜히 전했다가 상처가 될까 삼켰던 말이 오늘 다시 그의 입에서 튀어 나왔다.

알고 있었구나.

후계 구도가 안정되고 나서는 힘도 생겼고 눈치도 빨랐기에 뒤늦게라도 알게 될 거라고 생각하긴 했다. 그럼에도 모르길 바랐던 건지 마음이 요동쳤다.

그럼 나도, 내가 다른 목적으로 접근했다는 것도 눈치챘을까. 나밖에 모르는 그 이야기도 어쩌면⋯⋯.

머릿속이 복잡했다. 셰릴 보르나인에게 최면을 걸었다는 말을 들으니, 녹턴이 내게 최면을 건 게 아닐까 하는 의심이 더 커지기도 더 작아지기도 했다. 아주 가까이에 당하고 있던 사람이 있으니 나라고 무사할 것 같지는 않았으나, 반대로 내 같잖은 의도를 눈치챘다면 최면을 걸 필요조차 없지 않나 회의감이 들기도 했다.

그러나 그런 의심보다도 나를 더 괴롭게 만드는 것은, 녹턴이 사실을 알고 있다는 그 자체였다.

무슨 기분을 느끼고 있는 건지 정의할 수 없을 만큼 막연한 기분이 들었다. 안타깝지도 않고 시원하지도 않았다. 어쩌면 녹턴의 목소리가 지나치게 담담하여 내 기분에 혼동을 주고 있는지도 모르겠다.

나는 무어라 말할 수도 없어서 입만 달싹였다. 그냥 명쾌한 이유도 없이, 내 마음이 괴로웠다. 정작 당사자는 담담히 말했음에도 나는 그 말에서 상처를 발견해 버린 것만 같았다.

그때 침묵해서는 안 되었던 걸까, 아니 처음부터…… 그런 생각을 하면 안 되었던 게 아닐까.

공포심에 떨던 심장은 다른 감정에 파묻혀 가라앉았다. 그러나 공포가 사그라진 것이 마냥 반갑지만은 않았다.

"……왜 나한테 그런 이야길 하는 거야."

"전에 후작저의 응접실에서 말을 나눈 다음에 말이야, 많이 생각해 봤어."

녹턴 에드가가 내게 한 걸음 다가왔다. 반사적으로 나 또한 한 걸음을 물러났으나, 그가 나를 쫓아 한 걸음을 더 내딛지는 않았다. 다만 무슨 생각을 하는지 모를, 내 기분만큼이나 막연한 눈으로 나를 바라보고 있었다.

"그런 이야기를 했었잖아. 나는 널 특별히 여기지 않는다. 장난감처럼 생각한다. 그러니 거리를 벌려야겠다. 솔직히 충격적이었어, 발로즈. 나는 정말…… 그렇지가 않거든."

"뭐…… 내가 네게 특별하다, 이제 와서 그런 말이라도 하려는 거야?"

"맞아, 그래서 네게 사과하고 싶어."

생각지도 못한 말에 순간, 말문이 막혔다.

내가 특별하다고, 사과하고 싶다고.

어린 날의 내가 바랐던 말들이 너무도 가벼이 흘러나온다. 어쩌면, 녹턴 에드가는 나름대로 고심해서 겨우 그 말을 뱉어 낸 걸지도 모른다. 좀 전에 녹턴이 한 말에서 은근한 상처를 발견했던 것처럼, 이번 역시 이면에는 좀 더 복잡하고 내가 바라는 감정들이 숨어 있을지도 모른다.

그러나 나는, 내 감정을 건드는 문제에 대해서는 그리 깊게 생각할 줄 몰랐다. 내 일에 대해서는 직접 듣지 않는 한은 합리적이고 이성적인 추측 같은 건 늘어놓을 수가 없었다. 실은 이미 녹턴에게 사과를 들은 적이 있는 탓일지도 모른다.

애런에 대해 함부로 이야기한 것에 사과한 날, 그는 내게 티파티의 초대장을 내밀었다. 비록 무산되었으나 정상적으로 진행되었다면, 어쩌면 애런을 살해하고 앨리스를 살해할지도 모르던 티파티의 초대장을.

심기가 뒤틀린다. 그의 사과를 믿을 수 있을 리가 없다.

"이번에도 날, 앨리스를, 애런을 티파티에 초대하려고?"

"이제 그런 건 그만뒀어. 제대로 사과할게, 발로즈. 내 방식이 아니라 네 방식대로. 내가 하고 싶은 대로가 아니라 네가 원하는 대로. 그래……."

녹턴은 숨결을 고르고 한결 강한 어조로 말했다.

"네가 원하는 대로 할게."

대답을 기다리듯, 혹은 처분을 기다리듯 그 말을 마치고 그는 잠시 입을 다물었다. 나 또한 바로 입을 열지는 않았기에, 우리의 사이를 가르는 찬바람 소리만이 정적을 메웠다.

초승달이 떠오른 겨울의 밤, 서늘한 바람, 그리고 내 눈앞에 선 녹턴 에드가. 모든 것이 내 마음을 차갑게 만든다.

두통이 일기 시작했다. 왼쪽 눈썹 뼈의 안쪽에서 망치를 두드리는 것처럼, 지끈거리는 울림이 느껴졌다.

"뭘 잘못했다는 건데. 나를 시험한 거? 매번 에드가로 불러대면서 발로즈 저택에는 오지 않은 거? 내 생일 파티에 한 번도 오지 않은 거?"

아니, 사실 그런 거 별로 대단한 일도 아니지.

나는 이마를 짚고 잠시 숨을 골랐다.

"네 시험이라고 해 봐야, 별거 아니었어, 알아. 가끔 심해질 때도 있었지만 그때는 형식적으로라도 사과하긴 했지. 보통은 내가 뭘 좋아한다고 하면 달라고 하든가, 내가 누굴 싫어한다고 하면 붙어서 이야기를 하든가, 그런 시시하고 어린애 장난만도 못한 짓거리였어."

"……발로즈."

"그런 걸 사과하는 건 아니지? 그럼 뭐야. 앨리스를 감시한 거? 애런을 감시한 거? 아니, 이것도 나한테 사과할 일은 아닌가. 녹턴. 나한테 사과하고 싶은 게 뭐야, 네가 되돌리고 싶은 게 뭔데."

내 말에 답하지는 못하면서, 답답하기는 한 듯 녹턴이 눈가를 찡그리며 한 걸음 더 다가왔다. 나는 오기 삼아 두 걸음을 물러나려 했지만, 등허리에 난간이 닿아 녹턴과의 거리는 오히려 가까워졌다. 내가 의식한 것 이상으로 나는 많은 걸음을 물러난 모양이다. 그리고 내 마음 역시도, 의식한 것 이상으로 녹턴에게 멀어져 있었다.

어린 날에는 상상해 본 적도 없었다. 그와 같은 자리에 있는 것만으로 마음이 불편해질 날이 올 거라고는. 녹턴을 두려워하고 동정하고 마음의 거리감을 느끼게 될 거라고 그려 본 적이 없었다. 그러나 예상하지 못했다고, 바라지 않는다고 오지 못할 날들은 아니었다.

어쩌면 아주 오래전부터 이렇게 될 거라 예정되었던 걸지도 모르겠다. 내가 녹턴 에드가의 배역을 착각한 그 순간부터 이미.

알 수 없는 상실감에 나는 바로 뒤에 있는 난간을 양껏 움켜쥐었다.

그때, 난간에서 이상한 소리가 났다. 안에서부터 갈라지는 것처럼 금방이라도 부러질 것 같았다. 설마 진짜로 부실 공사였어?

나는 당황하여 난간에서 몸을 일으켰다.

"위험하니 일단 난간에서는 떨어져."

녹턴이 나를 안으로 당기려는 듯 손을 뻗었다.

예상하지 못한 순간의 연속에, 나는 바짝 몸이 굳은 채로 다가오는 손길을 보고만 있었다. 그리고 그의 손끝이 내 팔에 닿는 순간, 목걸이가 빛나고 흰빛이 사납게 튀었다. 과장해서 이야기하면 작은 번개가 친 것 같았다. 이거……
닿는 것만으로 공격하는 거야?

당황하여 나는 내 목에 걸린 목걸이를 내려다보았다. 조금 전에 그런 일을
벌인 게 자기라고 과시라도 하는 것처럼, 백수정에는 새하얀 스파크가 사납게
일렁이고 있었다. 정작 내 살갗에는 아무런 해를 끼치지는 않았지만, 그렇지
만…… 앨리스, 대체 나한테 뭘 준 거야!

누가 봐도 요란하기 짝이 없는 모양새에 나는 비명을 지르고 싶었다. 여기가
조용한 테라스이길 망정이지, 무도회장에서 벌어진 일이라면…… 상상만으로
끔찍했다.

"이게 뭐야."

당혹감에 어쩔 줄 모르는 내 마음을 일깨운 것은, 한껏 가라앉은 목소리였
다. 조금 전까지도 마냥 기분이 좋아 보이지는 않았지만, 녹턴 에드가의 표정
은 응접실의 그날처럼 완전히 어두워져 있었다. 나는 다시 한번, 녹턴을 자극
하지 말라던 앨리스의 말을 떠올렸다.

그러나 닿기만 해도 스파크가 튀는 목걸이를 걸고 자극하지 말라니 터무니
없는 소리다. 애당초 목걸이가 아니라도 녹턴 에드가를 온순하게 상대하는 방
법 같은 건 영 모를 일이었다. 언성을 높이지 않아도, 비꼬아 말하지 않아도 이
따금 그는 엇나간 반응을 보였으니까.

오히려 백수정 목걸이가 심기를 건드린 게 아닐까. 사람은 누구나 고통에 예
민해지는 법이다. 심각하진 않아도 녹턴의 손바닥은 조금 붉어져 있었고…….

그렇게 생각하니 도로 등줄기가 뻣뻣해졌다. 다른 감정에 짓눌렸던 공포는
단 한마디만으로 고개를 들었다. 그 사실마저 우리들의 관계가 변했음을 상기
시키고 있었다.

"내가 말했잖아. 널 감시하지 않았다고, 감시하지 않을 거라고."

"그 얘기가 갑자기 왜 나와."

"내가 널 해칠 거라고 생각한 거야?"

아무럼 실제 일어나진 않았더라도 앨리스와 애런에게도 칼을 들이밀었는데 나라고 마냥 무사할 리는 없지. 그리고 입지가 어중간해진 원작의 내용을 상기하더라도 '두루아 발로즈'가 안전할 거라 믿는 건 너무 안일한 생각이다. 그럼에도 녹턴은 내가 그런 준비를 한 것만으로 크게 감정이 상한 것 같았다. 휘두르는 대로 휘둘리길 바란 건가.

비꼬아 말하고 싶었으나 참았다.

네가 나를 해칠까 봐 목걸이를 한 거야.

그렇게 말하는 것은 정말 누가 듣더라도 자극하는 말일 테니까.

"이게 뭔데? 뭐로 보이는데."

"발로즈."

"이건 그냥 애런과 나누어 목에 건 목걸이일 뿐이야. 왜 그렇게 과민 반응인지 모르겠네."

아니 못 참은 건가. 의도하진 않았음에도 입에서 나온 말은 녹턴을 잔뜩 조롱하는 것처럼 들렸다. 공포에 적응하지 못했다고 생각했는데, 적어도 내 입만큼은 생명이 달린 위기를 멋지게 극복한 것 같았다.

녹턴의 눈가가 일그러졌다. 그는 화를 참는 사람처럼 잠깐 눈을 감았다가, 떨리는 숨을 내뱉으며 도로 눈꺼풀을 들어 올렸다. 그럼에도 녹턴의 눈동자는 조금도 진정되지 않은 듯이 보였다.

"……그래, 그편이 안심이 된다면 좋을 대로 해."

그의 입에서 나온 목소리는 이질감이 들도록 차분했다. 그 목소리는 외려 불안을 자극하고, 불안감은 정적을 깨기를 재촉했다.

무어라도 말해야 할 것 같아 나는 성급히 입을 열었다.

"네가 말하지 않아도 나는 좋을 대로 하고 있어. 사과한다고 말하고 뭘 사과해야 할지 모르나 본데, 그럼 다른 걸 물어볼게."

나는 녹턴 에드가의 눈을 똑바로 보고 물었다.

"나한테 왜 그래? 누가 보더라도 난 네 장난감보다 조금 나은 정도였어. 내 착각도 아니야. 보르나인 후작 영애가 말한 것처럼 네가 날 불쌍해서 가까이 여겨 주는 걸로 아는 사람만 한가득했어. 그런데 관계를 정리하려니 이제 와 특별하다고, 원하는 대로 하겠다고."

"다른 사람들이 뭐라고 생각하든 그런 게 중요해?"

"그럼 녹턴, 넌 나를 뭐라고 생각해? 우리 관계가 뭐라고 생각하는데."

"……."

"그래, 말하지 못할 줄 알았어. 그런데 녹턴, 그것마저 말하지 않으면서 네 말을 진지하게 들어주길 기대한 건 아니지? 이야기 끝났다면 나가 줘, 아니 내가 나갈까?"

그렇게 말하고 나는 녹턴을 지나쳐 테라스를 나가 버리고 싶었으나 녹턴의 얼굴이 와락 일그러졌다. 이를 꽉 문 탓에 그의 턱에 잔뜩 힘이 들어갔다.

그를 보자, 나는 다시 움츠러들 수밖에 없었다.

"발로즈, 내가 뭘 해야 해. 내가 뭘 어떻게 하면 좋겠어? 대체 앨리스 리모란드가 뭘 알아서 너한테 무슨 소릴 했기에 무슨 말을 해도 들어주지 않는 거야. 원하는 대로 할게, 그걸 말해 달라는 거잖아!"

오늘 중 처음으로 녹턴의 언성이 높아졌다.

새까만 밤, 맹금류의 눈처럼 연보라색 눈동자가 사납게 빛났다.

나는 움찔 어깨를 떨며 입을 다물었다. 심장이 뛰는 소리가 요란했다. 다른 감정에 공포가 짓눌리더라도 말 한마디에 다시 심장이 뛰고, 공포를 다스리고 애써 할 말을 하려 해도 조금만 상황이 바뀌면 입술이 떨린다. 어떻게 생각하더라도 정상적인 관계가 아니었다.

친구 사이라고 말할 수 없었다. 녹턴이 나를 겁주려는 의도이건 그게 아니건 간에 이미 나는 그를 두려워하고 있으니까.

자조감이 밀려들고 조금의 수치심마저 머리를 내밀었다.

이러면서, 이러는 주제에 나보고 뭐라고.

내가 무서워도 티 내지 마, 그렇게 말했던가.

"무서워도 티 내지 말라고 했지, 그런데 어떻게 그럴 수 있겠어."

절로 허탈한 웃음이 났다.

"네가 무서워. 네가 없는 곳에서는 전처럼 생각할 수도 있어. 얄밉지만 정은 좀 든 친구로, 무섭지 않다고 생각할 수 있단 말이야. 네가 피를 토했을 때는 놀라기도 했어. 몸이 안 좋을까 걱정스러웠어. 하지만 녹턴, 그런 게 다 무슨 소용이야."

"뭐……."

"정작 너와 만나고 눈을 맞추고 대화를 나누는 지금, 이 모든 순간이 난 너무 무서운데."

나는 양손으로 얼굴을 덮고 잠시 숨을 골랐다. 손바닥에 닿는 숨결에서 생생한 떨림이 느껴졌다.

무섭다. 두렵다. 모든 걸 다 내버리고 도망치고 싶었다.

"너도 알잖아, 나 연기 못해. 미운 사람들 앞에서 허세를 부리고, 자존심을 세워도 그래도 그것도 어느 정도지. 무서운 걸 어떻게 숨겨. 이렇게 손이 떨리는데."

얼굴을 덮은 손을 애써 떼어 내고, 나는 벌벌거리는 손으로 목걸이를 풀었다. 녹턴의 접촉에서 잠깐이나마 나를 보호해 준 목걸이가 난간의 위로 올라갔다. 단 하나뿐인 방어구를 스스로 내던지고, 나는 녹턴에게로 손을 뻗었다.

예상치 못한 행동이었는지 손이 닿자 그의 손끝이 움칠거렸지만 개의치 않고 나는 그 손을 잡아끌었다.

녹턴의 손을 내 목에 대었다. 공포로, 두려움으로, 불안으로 요동치는 맥박이 고스란히 흘러들도록. 무서운 걸 티 내지 말라고 한 그에 대한 반발로 내 모든 두려움을 드러냈다.

어깨가 튈 만큼 놀란 녹턴이 휙 손을 빼냈다. 고개를 들어 본 그의 얼굴은 색소가 다 빠져나간 것처럼 희다.

너는 무슨 기분을 느꼈을까.

"앨리스가 무슨 말을 했는지가 중요한 게 아니야. 중요한 건, 그 애가 무슨 말을 했든 내가 너를 의심하게 됐다는 거지."

"그게, 무슨 뜻이야."

"만약 네가 내게 앨리스에 대해 같은 말을 했으면, 난 앨리스를 믿었을 거야."

앨리스 미안해, 자극하지 말라고 몇 번이나 말해 줬는데 나는 녹턴을 자극하지 않고는 이 모든 걸 풀어 갈 방법이 뭔지 모르겠어.

"네가 애런을 음해하는 말을 했어도 난 애런을 믿었을 거야. 하지만 앨리스가, 애런이 너에 대해 무슨 말을 하면 난 널 믿을 수가 없어 녹턴. 내가 널 어떻게 믿어. 우리 사이에는 신뢰가 없잖아. 네가 그렇게 만들었잖아."

그의 눈이 크게 떨렸다. 명백히 동요하고 있는 그 얼굴은 상처를 받은 사람처럼 보이기도 했다.

"나는 지금도 모르겠어. 네가 날 왜 저택에 불러들인 건지, 왜 그렇게까지 갖고 놀아야 했는지. 그 시간은 뭐였고, 넌 날 도대체 뭐라고 생각하는 건지. 이제 와서는 왜…… 왜 이런 식으로 구는 건지 정말 하나도 모르겠단 말이야, 녹턴."

그 얼굴을 바라보기가 힘들어 나는 일부러 고개를 돌렸다. 난간의 바깥쪽, 먼 하늘에 희미하게 떠 있는 초승달. 윤곽이 명쾌하지는 않았으나 시선을 돌릴 거리로는 충분했다.

"그러니 이제 그만하자. 너는 이유를 말할 수 없고 나는 이유를 들을 수 없으니, 아니 이유를 듣는다고 하더라도 이전으로 돌아갈 수 없으니까……."

말을 이어 가던 도중 강하게 바람이 불었다. 몸이 흔들리도록 거센 바람이다. 나는 몸을 지탱하려 난간을 움켜쥐었고, 난간은 안쪽부터 무너져 버렸다.

녹턴에게 겁을 먹어 뒷걸음질 치고, 바람에 밀려 난간에 기대었던 몸이 천천히 뒤로 기울어졌다. 무어라도 움켜쥐려 허공을 헤맨 손이 난간 위에 풀어놓았던 목걸이를 쥐었다.

그러나 흑마법으로부터 몸을 보호해 준다는 목걸이는 이 상황에서는 하등 쓸모가 없었다. 손에 움켜쥔 것을 힘주어 쥐고 나는 눈을 질끈 감았다. 발밑이 뜨고 몸이 거의 난간 너머로 넘어갔다.

그리고 다음 순간, 단단한 팔이 내 등허리를 낚아채어 당겼다.

아까에 비할 바 없이 거대한 스파크가 튀고 요란한 소리가 났으며 이상한 냄새가 났다. 당혹감에 질끈 감은 눈을 뜬 순간, 나는 고통에 일그러진 눈과 시선이 마주쳤다.

"녹턴, 팔……!"

"말로 설득할 수 있었다면, 여기까지 오지도 않았을 거야."

고통을 참듯 이를 악물고 녹턴은 나를 테라스 안쪽의 안전한 곳으로 끌어당겼다.

그제야 그의 손이 떨어졌다. 견디기 힘든 건 이쪽도 마찬가지라는 듯, 목걸이가 산산이 조각난 건 거의 동시에 벌어진 일이었다. 그러나 백수정 목걸이보다도 벌겋게 익은 손바닥이, 잘게 떨리고 있는 그의 손이 더 신경 쓰여서 나는 어떤 말도 못 하고 그저 녹턴을 바라보기만 했다.

"내가 널 뭐라고 생각하냐고. 네게 어떤 감정을 품고 있냐고. 묻는데도 대답할 수 있을 리가 없지. 그걸 말해 버리면 넌, 지금보다 더 나한테서 도망치려고 할 텐데."

그의 이마에서 식은땀이 똑똑 떨어졌다.

모르겠다. 그의 일그러진 얼굴이, 고통을 감내하면서까지 나를 끌어당긴 모습이 진실 같아서 이상하리만치 절박하게 느껴져서. 순간적으로 마음이 동요하는 것을 누르지 못했다.

나는 나를 놓아주고 물러나려는 녹턴의 옷깃을 잡고 당겼다. 바투 붙은 얼굴 덕에 녹턴의 동요가 한층 선명하게 느껴졌다. 눈도 깜박이지 않고 그의 눈을 마주 본 채로, 나는 이미 반쯤 열려 있는 판도라의 상자를 완전히 열어젖혔다.

그럼에도 나는 믿고 싶어 한 말이었다. 내가 아는 것이 거짓이라고, 앨리스를 믿었으면서 녹턴에게는 한 번의 기회도 주지 않는 것이 부당하게 느껴졌기에. 부디 너를 믿게 해 달라고 애원하는 것처럼, 그런 의미를 담은 물음이었다.

"티파티에서, 응접실에서…… 애런을 살해하려고 했어?"

침묵, 침묵, 다시 침묵.

비겁하고 무거운 대답은 잔인한 현실을 고스란히 드러냈다. 일말의 기대는 삽시간에 바스라진다.

몇십 초가 지났을까 녹턴의 입에서 쉿소리처럼 가라앉은 답이 나왔다.

"……아니."

거짓말에 미숙하지는 않을 텐데도, 이상하게 지금 녹턴의 거짓말은 너무나 티가 났다.

"나는 사람을 죽이지는 않거든. 그래, 발로즈. 네게 클레이모어가, 리모란드가 그렇게 소중하다면 건들지 않을게."

264

알고 있었지만 역시나, 믿음이란 건 한순간에 쌓일 만큼 가볍지 않다. 십수 년이 지나도록 쌓지 못한 신뢰가 한순간에 만들어지는 건 너무나 꿈결 같은 일이었다.

"또 봐, ……발로즈."

나는 도망치듯 테라스를 떠나는 녹턴의 뒷모습을 그저 멍하니 바라보았다.

허망하고 공허했다.

그토록 무섭게 달리던 심장 소리가 죽은 것처럼 들리지 않는다. 조금 뒤, 파랗게 질린 앨리스가 테라스로 들어올 때까지도 나는 정신이 나간 사람처럼 닫힌 커튼을 바라보기만 했다.

"두루아, 두루아! 괜찮아? 무슨 일 없었어?"

어떻게 아르한 리모란드를 떼어낸 건지 홀로 테라스에 들어온 앨리스가 내 상태를 확인하듯 몇 번이나 같은 말을 반복했다. 걱정으로 가득한 그 얼굴을 보니 어쩐지 다리에 힘이 풀려서, 나는 바닥에 그대로 주저앉고 말았다.

두루아!

앨리스의 비명이 새되게 울린다.

쌓아 올린 세월에 비해 신뢰의 폭은 너무 좁아서. 그럼에도 정인지 무언지 믿고 싶은 마음은 남아서.

난 너를 믿고 싶었어, 믿고 싶었나 봐. 네가 아무리 나를 함부로 대해도, 무서운 소리를 듣고 벌벌 떨면서도, 네가 내 친구를 죽일지 모른다고 의심하면서도 그래도 난 그러고 싶었나 봐.

의식했을 때는 이미 달아오른 눈에서 눈물방울이 펑펑 쏟아지고 있었다. 나를 따라 몸을 숙인 앨리스가 당혹스럽게 내 이름을 불렀으나, 대답해 줄 여력이 조금도 없었다.

나는 앨리스를 끌어안고 그 애는 나를 끌어안고. 친구의 온기에 안겨 나는 엉엉 울었다. 내 유년 시절을 통째로 잃어버린 것만 같았다.

두루아와 떨어진 애런은 클레이모어 후작 부부에게 다가갔다. 후작은 1 기사단의, 후작 부인은 3 기사단의 단장이었기에 그들은 아침부터 황실에 있었다.

아들의 인사를 받으며 후작 부인이 애런을 위아래로 훑어보았다.

"그야말로 제비가 따로 없구나."

"칭찬이시죠?"

"그건 칭찬이 아니오, 부인. 칭찬이라면 모름지기 좀 더 그럴싸한 동물을 붙여야지. 그래, 애런. 아주 페가수스처럼 멋지게 차려입었구나."

비유하는 방식이 영락없는 두루아였다. 그녀를 보면 여동생같이 느껴질 때가 있더니, 이런 이유 때문일지도 몰랐다.

미숙하지만 뿌듯함이 담긴 부모의 칭찬에 애런이 멋쩍게 웃었다. 요즘은 후계 수업 도중에만, 그리고 중요한 용건에 대해서만 말을 나눈 터라, 오래간만에 갖게 된 가족 간의 시간이 애런은 달가웠다. 한 번씩 말이라도 붙여 볼까 기웃거리는 승냥이들이 있었지만 부부의 날카로운 눈빛으로 쉽게 물리칠 수 있었다.

얼마나 말을 나누었을까, 어수선한 분위기가 애런에게도 흘러들어왔다. 고개를 돌리자 무도회장의 가운데쯤에서 두루아의 모습이 보였다. 그녀의 앞에는 보르나인 후작 영애를 필두로 세 명의 남녀가 서 있고, 뒤에는 녹턴 에드가가 있다.

낯익은 청년의 얼굴을 발견한 즉시 애런의 얼굴이 굳었다.

그는 고개를 숙여 부모와의 대화를 끊고 망설임 없이 몸을 돌렸다. 그러나 클레이모어 후작이 어깨를 잡고 만류하는 통에 애런은 걸음을 떼지 못했다.

"안 된다, 애런."

"제 약혼녀입니다, 아버님."

"엄밀히 말하면 오늘까지의 약혼녀. 에드가 공작 각하께서 계신 마당에 네가 나서 도와주는 게 저 영애께 득이 될 성싶으냐?"

"그게 무슨 말씀입니까."

"어차피 파혼할 관계라면 더는 엮이지 않는 게 좋아. 네 명예가 아니라 발로즈 후작 영애의 명예를 생각해. 다른 걸 떠나 네가 도울 상황도 아니다. 기사도는 낄 데 못 낄 데 구별 못 하고 온갖 말싸움에 끼어드는 걸 말하는 게 아니야."

그건 에드가 공작을 모를 때나 할 수 있는 소리입니다.

순간적으로 반발이 치솟아 애런은 그렇게 말하고 싶었다. 그러나 그에게는 근거로 댈 말이 없었다. 에드가 공작으로 인해 피를 토했을 때에도, 애런은 수련이 부족해서 내상을 입었다고 둘러댔다. 녹턴 에드가가 마법사라는 것은 조금도 알려지지 않은 사실이었고, 그를 증명한답시고 전후 과정을 말하자면 두루아를 향한 공작의 집착도 이야기해야 했으니까.

차마 반박하지 못했으나 수긍하지도 못한 채 고개가 돌아간 애런을 보고 클레이모어 후작 부인이 혀를 찼다. 그녀는 곧 애런의 시선을 따라 무도회장의 가운데를 보고는 눈가를 찡그렸다.

"정말 사랑할 줄 모르는 자구나."

"예?"

영문 모를 말에 애런이 되물었으나, 후작 부인은 답하지 않았다.

그러는 새 상황이 변했다. 셰릴 보르나인이 갑작스레 발작을 일으키고 로직스 엘포드가 그녀를 업은 채 무도회장을 빠져나갔다. 알 수 없는 일의 연속이다.

애런이 멈칫했으나 녹턴과 두루아가 테라스로 몸을 빼는 것을 본 순간 좀 전보다도 얼굴을 굳혔다. 단둘이 테라스라니, 두루아의 안위가 위험했다.

"테라스로 갔으니 이제 괜찮지 않습니까. 구태여 테라스의 커튼을 열어 볼 사람은 없겠죠."

"뭐?"

"마침 보르나인 후작 영애께서 몸이 안 좋으신 탓에 시선도 흩어졌군요."

"애런 클레이모어."

"제 친구입니다."

"친구 행세를 할 거라면 처음부터 약혼하지 말았어야지."

"그랬다면 지금도 친구조차 되지 못했을 겁니다."

그는 아직도 제 어깨를 붙잡고 있는 아버지의 손을 정중하게 떼어 냈다.

"그리고 제 친구는, 친구가 돕는 걸 폐라고 생각하진 않을 것 같군요."

애런은 대충 고개를 숙여 인사하고, 잰걸음으로 테라스로 향했다. 결혼 건 이후로는 처음 있는 아들의 반항에 후작이 눈가를 찡그렸다.

"저 애, 혹시 파혼한 마당에 사랑에 빠진 건—."

"그런 건 아닐 겁니다. 사랑에 빠지긴 해도 다른 쪽인 것 같으니."

"발로즈 영애 쪽이 아니라니 따로 아는 게 있소, 부인?"

"기사의 감입니다. 귀찮으니 그만 캐물으시오."

영 마땅치 않더니 그래도 조금은 자랐나 보군.

다급해 보이는 뒷모습을 보며 후작 부인이 가볍게 미소 지었다.

후작 부부에게서 벗어나고, 애런은 서둘러 테라스로 향했다. 장소가 장소인 만큼 달릴 수 없는 것이 아쉬울 뿐이다.

그는 지나간 일을 떠올렸다. 저와 두루아, 에드가 공작 셋이 발로즈 후작저 의 응접실에서 이야기를 나누던 때. 두루아의 말이 조금 사납긴 했으나, 그건 공작이 대화의 발단을 무도하게 연 탓이었다. 대화를 나누다 보면 말은 얼마든지 거칠어질 수 있었으나, 공작은 거의 저를 죽일 기세로……

'잠깐.'

그의 발걸음이 멈추었다. 그러고 보니 이상한 일이었다. 저는 에드가 공작의 기세를 미처 막아 내지 못한 터라 내상을 입어 피를 토했다. 공작의 상태가 이상하지 않았더라면 아마 거기서 그치지도 않았을 것이다. 그런데 왜 피를 토한 사람이 녹턴 에드가와 본인뿐이란 말인가.

생생히 기억하기로 두루아는 힘이 빠져 주저앉았을망정 털끝 하나 다치지 않았다. 부끄럽게도, 지키겠다고 앞으로 나선 주제에 제대로 보호하지도 못했는데도 불구하고 두루아 발로즈는 무사했다.

극도로 흥분한 것처럼 보였는데 그 상황에서도 힘을 제어한 건가. 아니면, 처음부터 저가 피를 토하는 것만으로 그칠 수 있던 건 두루아 발로즈와 바투 붙어 있었기 때문에. 그녀를 해치지 않는 선에서 공격하려던 탓에 기세가 사그라진 건…….

"설마."

애런의 얼굴에 일말의 의혹이 떠오르는 순간, 누군가 그보다 먼저 테라스로 향했다.

옅은 갈색의 직모를 길게 기른 여성은 앨리스 리모란드였다. 테라스에 들어서려는 앨리스를 보고 애런의 눈이 확 커졌다. 조금 전까지 의혹을 짚고 있던 이성은 어디에 간 건지 머릿속이 새하얗게 질렸다.

그는 다급히 앨리스를 만류하려 그녀의 이름을 입에 담았다. 그러나 다행인지 불행인지 그 이름자가 애런의 입에 오르는 것보다 먼저, 테라스의 커튼이 열렸다.

짙은 흑발, 창백한 피부, 밤을 닮은 외형의 녹턴 에드가.

남녀의 시선이 마주친 것처럼 보였다. 불과 얼마 전까지만 해도 약혼 이야기가 오가던 사이였음에도 제 마음 탓인지 마냥 살벌하게만 보였다.

위험할지도 몰라.

이곳이 황실의 무도회장임에도 애런은 그런 터무니없는 생각이 들었다. 그의 심장이 큰북 소리를 내며 울렸다. 숨을 죽인 채 그는 저도 모르게 허리춤을 더듬다가 이번에도 검을 두고 왔음을 깨달았다. 할 수 없는 일이다. 황실의 행사에 별도의 허가 없이 무장하는 것은 반역에 준하는 죄였으니까.

앨리스는 겁먹은 얼굴로 에드가 공작을 양껏 째려봤으나, 정작 공작은 아무렇지 않게 그녀를 스쳐 지나갔다. 앨리스의 존재 자체를 인지하지도 못한 것처럼. 조금의 머뭇거림도 없는 걸음이 무도회장의 바깥으로 이어진다. 아직 황족들이 도착하지도 않았는데 함부로 무도회장을 나가도 되는 걸까, 애런은 잠시 쓸데없는 걱정을 했다.

공작에게 무시당한 것이 황당했는지 앨리스가 당황한 얼굴로 그의 뒷모습을 바라봤으나, 곧 테라스로 쏙 들어가 버렸다.

뭐가 어떻게 돌아가는지 모르겠다. 당연하게도 그가 염려하던 일은 일어나지 않았지만……. 애런은 어째야 할지 몰라 테라스와 녹턴 에드가를 번갈아 보다가 크게 한숨을 내쉬었다.

곧 사내의 발걸음이 공작을 따라 바깥으로 향했다.

무슨 정신으로 걷고 있는지도 모른다. 테라스를 나선 녹턴은 그저 일직선으로 걸었다. 저가 어디에 있는지 어디로 향하고 있는지, 움직이면서도 아무런 자각이 없다.

원래도 창백하던 얼굴은 온몸의 피를 쏟아낸 것처럼 희고, 언제나 여유롭던 얼굴은 누가 보더라도 동요로 일그러져 있었다. 그러나 제 표정이 어떤지에 대해서는 신경 쓸 여유도 없이 그의 머릿속은 조금 전의 일을 끊임없이 되감고 있었다.

바람에 흩어지는 붉은 머리칼, 희게 질린 얼굴, 무슨 말을 할 때마다 뒷걸음질을 치고는 시선을 마주치는 것만으로도 벅차하던 그…….

"나한테 사과하고 싶은 게 뭐야, 네가 되돌리고 싶은 게 뭔데."

"네가 무서워."

"하지만 엘리스가, 애런이 너에 대해 무슨 말을 하면 난 널 믿을 수가 없어 녹턴. 내가 널 어떻게 믿어. 우리 사이에는 신뢰가 없잖아. 네가 그렇게 만들었잖아."

제 손을 쥐던 발로즈의 손이 생각났다. 숨결이 얼어붙도록 추운 겨울날에도 그만큼 차갑지 않았는데. 그만큼 떨고 있지 않았는데.

녹턴의 손을 끌어다 제 목으로 가져간 순간, 그는 형용할 수 없는 공포를 느꼈다. 두루아 발로즈의 공포가 그대로 전염되는 듯이 혹은 그보다도 증폭되어 들어오는 듯이.

손에 닿는 떨림은 너무 강렬했고 손에 닿는 목은 너무 가느다랬다. 조금만 힘을 주면 부러질 것처럼 가늘어서 그게 녹턴 에드가의 공포를 부풀렸다. 잘못하면, 조금만 잘못하면 정말 죽어 버릴 것처럼 그 목이 몹시, 몹시도…….

"티파티에서, 응접실에서…… 애런을 살해하려고 했어?"

"애런을 살해하려고 했어?"

"네가 사람을 죽이려고 했어?"

　두루아 발로즈의 목소리가 머릿속을 떠나지 않는다. 그대로 반복되는 것만
도 아니었다. 그의 유년을 함께한 목소리는 머릿속을 맴돌며 차차 변해 갔다.
　좀 더 탁하고 좀 더 교활한 소리로. 좀 더 무겁고 좀 더 칼날 같은 소리로. 그
리고⋯⋯.

"정말 악마 새끼가 따로 없구나."
"네 실체를 알면 겁먹지 않을 아이가 어디 있겠니."
"애먼 아이를 망가뜨리기 전에 네가 먼저―."

　"녹턴 에드가!"
　갑자기 들린 커다란 소리에 정신이 확 깨어났다.
　놀란 녹턴이 고개를 돌렸다. 언제부터 있던 건지 바로 뒤에 익숙한 외형의
사내가 보였다.
　해가 졌음에도 환하게 빛나는 백금발의 장신, 애런 클레이모어였다.
　"불러도 듣는 시늉도 하지 않으시더니, 이제야 돌아보시는군요."
　얼굴을 굳힌 사내가 가까이 다가오다가 눈가를 찡그렸다. 그의 시선이 창백
한 녹턴의 얼굴에서 발갛게 익은 손바닥으로 흘러내려 갔다. 시선의 이동을 보
고야, 녹턴은 가볍지 않은 통증을 자각했다.
　"팔은 어떻게 된 겁니까."
　눈도 좋지, 대부분은 옷에 가려진 데다가 걷고 있는 도중이라 손바닥도 잘
안 보일 텐데 그걸 어떻게 안 건지. 아니, 이 경우엔 오지랖이 더 좋다고 해야
하나.

상태가 좋지 않은 와중에 달갑지 않은 인사를 만났다. 기분이 좋을 리 없다.

녹턴은 클레이모어의 말을 무시하고 그대로 지나가려다가 사내의 셔츠 깃에 시선을 멈추었다. 크라바트에 가려져 있었으나 특유의 이질적인 기운이 느껴졌다. 그 기운은 애런 클레이모어의 감정이 새어 나가지 않도록 가로막으며 흑마법을 경계하고 있다.

그래, 발로즈에게 있던 것과 같은 종류이다.

"이건 그냥 애런과 나누어 목에 건 목걸이일 뿐이야."

신성력이 제법 느껴졌으나 녹턴의 능력에 비하면 그리 대단치도 않은 성물이라 발로즈에게서 발견했을 때도 별로 신경 쓰진 않았다.

아니, 거짓말이다. 무도회장에 들어선 순간부터, 그는 발로즈의 목에 달린 목걸이를 계속 신경 쓰고 있었다. 앨리스 리모란드가 무슨 일을 벌였는지 확인하기 위해 발로즈 후작저에 향한 날, 그녀는 저가 흑마법사라는 건 알게 되었다. 그 이후 한 달 만에 만난 날, 성물을 목에 차고 왔는데 신경 쓰이지 않을 리 없다.

그럼에도 그걸 따질 처지가 아니었기에, 그보다 우선해야 하는 일이 있었기에, 끽해야 저가 걸 리도 없는 세뇌나 저주를 피하는 용도로만 쓰일 것 같았기에 무시했는데.

발로즈와 닿는 순간 깨달았다. 성물에는 느껴지는 것 이상으로 거대한 힘이 담겨 있다고. 순간적으로 드러난 신성력은 신전의 보물로 보관될 정도로 대단한 힘을 품고 있었다. 닿는 것조차 허락해 주지 않는 막대한 힘을.

신관이 아니라면 사사로이 구하기도 힘들 텐데 저런 걸 어디서 구한 걸까. 그것도 세 개나 말이지.

녹턴 에드가는 애런의 목을 노려보던 시선을 천천히 올려 그의 눈을 노려보았다.

클레이모어의 목걸이에도 같은 힘이 들어 있겠지.

하지만 상대가 두루아 발로즈가 아니라면 아무래도 상관없었다. 상대의 부상을 우려하지 않는다면 목걸이를 부수는 건 너무도 간단한 일이었다. 실제로 무너진 난간에서 발로즈를 잡아끄는 동안, 목걸이는 견디지 못하고 산산이 조각났으니까…….

'아.'

뒤늦게 아차 싶어, 녹턴의 눈이 흔들렸다.

화가 났을까. 침묵이 이어지는 동안 답을 듣길 포기했는지 애런 클레이모어가 길게 한숨을 내쉬었다.

"다름 아닌 공작 각하시니 손은 알아서 치료하실 거라 믿습니다. 제 약혼녀와 테라스에서 나오셨던데 무슨 일이 있던 건지 여쭈고 싶군요."

좋지 않은 상황, 좋지 않은 상대에 이어 클레이모어가 건네는 말이 한층 속을 뒤집는다. 목걸이를 믿고 그러는지 전에 비할 바 없이 노골적인 물음이었다.

그래도 성인이 된 이후로는 잘 참아왔다고 생각했는데, 애런 클레이모어는 점점 녹턴의 살의를 자극했다. 그의 손끝이 불안하게 움찔거린다.

그러나 전에도 그랬고, 앞으로는 더더욱 그는 함부로 손을 쓸 수가 없는 처지였다. 한 달 전에 지나간 일과 조금 전 머릿속을 맴돌던 말이 다시금 그의 뇌리에 새겨졌다. 애당초, 응접실에서 또한 참았어야 했는데.

"경이 상관할 일은 아닌 것 같군요."

도망치는 모양새였지만 그런 걸 신경 쓰기에도 지쳐서 녹턴은 몸을 돌렸다. 그러나 클레이모어는 또다시.

"어떻게 상관할 일이 아닙니까. 저와 두루아는 명백히 약혼 관계입니다. 테라스에서 각하와 둘이 있는 걸 목격해 놓고 아무렇지 않을 수는 없습니다."

"지금, 발로즈를 의심하는 겁니까?"

"터무니없는 소리 마십시오. 제가 의심하는 건 각하입니다. 각하께서 무슨 짓을 벌이셨을까 걱정하지 않을 수가 없군요. 한 달밖에 지나지 않았는데 벌써 그때의 일을 잊으신 겁니까?"

"클레이모어 경."

그냥 넘어가 주려 해도 애써 속을 긁는군.

녹턴은 틀었던 몸을 다시 클레이모어에게로 되돌렸다. 단단한 의지가 서린 눈이 심기에 거슬린다.

그래, 애런 클레이모어가 알 리는 없겠으나 그를 건들 수 없는 상황이긴 했다. 그러나 그게 되지도 않는 시비를 가만히 받아줘야 한다는 의미는 아니었다.

청년이 입매를 비틀어 웃었다.

"그런 걸 물을 시간에 리모란드 영애한테나 가 보시는 게 어떻습니까. 혹시 무슨 일이 일어났을지도 모르잖아요."

사내의 얼굴이 얼음처럼 굳었다. 일전에 발로즈의 앞에서, 그의 다른 사랑을 언급할 때 지었던 표정과 같은 얼굴이었다. 애런 클레이모어가 거슬리는 점은 여러 가지 있었으나 가장 역겨운 것은 그 부분이었다. 고고한 기사인 척, 온갖 바른 척은 다 하고 다니는 주제에, 마음에 다른 사람을 품고 약혼을 감행했다. 비록 다른 사람들은 눈치채지 못하도록 처신을 잘하고 다녔으나, 능력이 자란 녹턴은 클레이모어의 마음이 어디로 향해 있는지 분명히 알 수 있었다.

어쩌다 그렇게 된 건지는 모른다. 과정이 궁금하지도 않았다. 다만 녹턴은 겉과 속이 다른 이들을 좋아하지 않았다. 누구나 그렇겠지만 그는 특히 그랬다. 겉으로 드러난 모습과 마음에서 느껴지는 괴리감을 녹턴은 생생히 느낄 수 있었으니까.

상대가 앨리스 리모란드라는 사실도 기가 막힌 일이었다. 클레이모어만큼은 아니라도 그녀 역시 거슬리기는 마찬가지였으니까. 클레이모어의 얼굴이 굳은 걸 보니 그제야 조금 기분이 나아진다.

하나 그도 잠시. 달갑게 다물렸던 입이 또다시 열렸다.

"각하께서는 시력이 좀 나쁘신 모양이군요."

"……무슨 뜻입니까."

"좀 전에 테라스에 나오면서 마주치시지 않았습니까? 분명 리모란드 영애가 무사한 모습으로 각하를 스쳐 지나가는 모습을 목격했습니다만, 당혹스러운 말씀을 하시는군요."

저가 앨리스 리모란드와 마주쳤다고? 생소한 이야기에 녹턴이 기억을 더듬었다. 그러나 테라스에 나오면서부터는 쭉 백지나 다름없었기에 기억을 더듬은들 의미 없는 일이었다.

적당히 클레이모어를 물릴 이야기로 꺼낸 이와 하필이면 조금 전에 마주쳤다니, 운도 나쁘지. 스스로가 생각하기에도 기가 막혀 녹턴이 헛웃음을 터뜨렸다.

"그래, 너무 존재감이 없어 몰랐나 보군요. 그래서요."

내내 인내심을 갉아먹던 불길이 한계까지 들이닥쳤다. 애런 클레이모어를 죽여서는 안 된다는 결박은 여전했지만, 그럼에도 녹턴의 눈빛이 변했다. 주위의 공기가 단번에 서늘해졌다.

"못 알아듣습니까? 아직 황족들이 도착하지 않은 탓에 도착한 귀족들은 마냥 무도회장에서 기다리고 있습니다. 밖으로 나온 사람은 그래도 되는 나와, 그러면 안 되는 경 둘뿐이로군요. 황실의 정원이라 보는 눈도 없고, 제가 화를 누를 이유도 없는 것 같고."

일변한 기세에 긴장하고 있던 애런이 순간, 묘한 표정을 지었다.

녹턴은 사내의 표정 변화를 분명히 인지했으나 개의치 않았다. 지금 상황에서 중요한 것은 제 인내심이 바닥나기 전에 애런 클레이모어를 쫓아내는 일이었다.

"참아줄 때 돌아가는 게 현명한 판단인 것 같은데 그래, 경은 어떻게 생각하십니까?"

"참지 않으면 어떻게 됩니까."

"뭐?"

"각하께서 저를 해칠 수 있겠습니까."

너무도 가당찮은 말에 그는 잘못 들은 것이 아닌가, 눈가를 찡그렸다. 애런 클레이모어는 좀 더 굳건한 목소리로, 다시 한번 말했다.

"할 수 있으면 해 보십시오."

⚜

얼마나 시간이 지났을까, 마르지 않을 것 같던 눈물은 동이 나고 추운 줄도 몰랐던 살갗에는 한기가 돌았다. 앨리스의 품에 얼굴을 묻고 운 탓에, 그녀의 드레스가 눈물범벅이 된 것도 이제야 알았다. 한참을 울고 나니 마음은 후련해졌지만, 서러움이 사라진 자리에 창피함이 차올랐다.

세상에 내가 뭘 한 거지. 울었어? 앨리스의 품에서? 그것도 저택도 아니고 귀족들 다 있는 무도회장에서? 바로 저택으로 돌아갈 수 있는 것도 아니고, 황족이 오면 도로 무도회장에 나가야 하는데?

나는 화장이 망가진 것이 분명한 내 얼굴과 퉁퉁 부었을 것이 분명한 내 눈의 모습을 떠올렸다. 거울을 보고 싶지 않아지는 상상이었다.

잠깐만, 생각해 보니 어쩌면 누군가는 내가 녹턴과 테라스로 가는 걸 봤을지도 모르는데……!

무도회장에 다시 나갈 생각을 하니 피가 다 빠져나가는 것 같다. 나는 무너진 테라스의 난간으로 고개를 돌렸다. 뛰어내릴까.

"이제 괜찮아?"

"응? 으응, 뭐 덕분에."

아니야, 여기서 뛰어내렸다가 발각되면 상황은 더 수습할 수 없게 될 것이다. 녹턴에게 차이고 자살 시도를 했다는 소문이라도 돌면 내 인생은 그날로 끝이야.

나는 어색하게 웃으며 앨리스를 마주 보다가 슬그머니 고개를 돌렸다. 앨리스의 입에서 참지 못한 웃음이 새어 나왔다.

"웃지 마……."

"응, 노력하고 있어. 손수건 줄까?"

"아니, 나도 있는데 잠시만."

나는 한숨을 내쉬고 손수건을 꺼내려다가 멈칫했다. 잊고 있었는데 손을 펴자 무언가 산산이 조각난 것이 내 손에 있었다. 나도 모르게 고개를 돌리자 앨리스와 눈이 마주쳤다. 맑은 푸른색의 눈동자가 도르르 굴러 내 손바닥 쪽으로 향했다.

"앨리스…… 나 자백할 거 있는데."

뒤늦은 고백에 앨리스가 말없이 미소 지었다. 선량한 얼굴로 웃는 것이 그렇게 무서울 수도 있다는 걸, 나는 그날 처음 알았다. 나는 폈던 손을 도로 오므리고 등 뒤로 가져갔다.

"아무것도 아니야, 아마도."

"발뺌할 거면 제대로나 하지."

그녀가 한숨을 내쉬었다.

"괜찮아. 그보다는…… 생각보다 도움이 안 된 것 같아 실망이네. 나름대로 어렵게 구했는데 한 번 만났다고 산산조각 날 줄이야. 무슨 일이 있던 거야?"

"어쩌다 보니 말다툼을 좀……. 자극하려던 건 아니었어. 최대한 참고 있었는데 난간에서 이상한 소리가 나더라. 좀 급하게 고쳤나 봐. 아무튼, 그것 때문에 녹턴이 안쪽으로 오라고 날 잡았는데 백수정에서 빛이 나더니 그 애를 공격했어. 끝났지. 그 상황에서 차분하게 대화를 나누는 건 성자라도 무리일 거야."

"탓할 생각 없으니까 변명은 안 해도 돼. 그런데 닿기만 해도 공격했다고?"

"응, 조각난 건 그때는 아니었고, 좀 다투다가 난간이 고장 난 걸 잊고 내가 기댔나 봐. 그러니까 아예 무너져서 내가 떨어지려고 할 때 녹턴이 잡아……줬어."

"뭐? 잠시만, 두루아. 다친 거야?"

"말했잖아, 녹턴이 잡아 줬다고. 그래서 그 애 팔은 좀 난리 난 것 같지만. 수정이 조각난 건 그때야."

그렇게 말했음에도 앨리스는 내 팔을 들어보고 머리칼을 들춰 보기도 하며 내가 다친 곳이 없는지 살폈다. 괜한 걱정이었지만 가라앉아 있던 기분이 조금은 좋아졌다.

"정말로 안 다쳤다니까, 나는."

"그런 것 같네. 각하가 도움이 될 때가 다 있구나."

"네가 그렇게 비꼴 줄도 아는구나……."

"백수정은 좀 이상하다. 닿는 것만으로 공격한다는 말은 들어보지 못했어. 그냥 저주와 세뇌같이, 정신 마법에 방어할 수 있다고만 들었는데."

"뭐? 어쩐지, 자극하지 말라고 하면서 그런 걸 줬을 때 이상하긴 했어."

그럼 백수정이 왜 녹턴을 공격한 거지? 새로 고친 난간이 무너져 내리는 경험을 했기 때문에 수정이 불량인가 하는 생각이 가장 먼저 들었다. 앨리스에게 들기로 보통 비싼 물건이 아니라던데 불량이면, 사기당한 거 아닌가?

생각을 이어 가던 중 커튼에 사람 그림자가 비추어졌다. 누군가 테라스로 다가오고 있는지 그림자는 점점 짙고 커졌다.

커튼을 쳐 놨는데 왜 이쪽으로 오는 거지?

어쩔 줄 모르고 당황하던 내 눈에 무너진 난간의 모습이 들어왔다. 그러고 보니 난간이 무너져 내리는 소리가 제법 컸다. 무도회장의 음악 소리며 말소리가 시끄럽다고는 해도 테라스의 근처에 있었다면 충분히 들을 만한 굉음이었다. 그 소리를 듣고 확인하러 오는 건가?

"두루아, 손수건!"

나못지 않게 당황하여 허둥대던 앨리스가 다급히 손수건을 내밀었다. 그제야 나는 내 얼굴이 아직 축축하다는 걸 깨달았다.

손수건을 꺼내려다 수정 이야기로 넘어갔었지.

나는 손수건을 다급히 건네받고 얼굴을 꾹꾹 눌렀다.

화장은 어떡한다. 분명히 무너져 내렸을 텐데.

아니, 앨리스와 함께 있는 것도 문제. 약혼이 무산된 친구 앞에서 펑펑 운 두루아 발로즈라니, 그 친구와 약혼이 오가던 상대가 녹턴 에드가만 아니었어도 제법 보기 좋은 그림이었겠지만 나는 하필이면 앨리스와 있었다.

하기야 요즘 같아서는 내가 앨리스나 녹턴과 같은 자리에 있는 것만으로 온갖 상상을 다 할 수 있을 것이다. 아까 녹턴이 내 편을 들어 보르나인을 비판한 것도, 부풀어 뒷말이 돌겠지. 그 와중에 보르나인이 쓰러지기까지 했으니 소문이 얼마나 창의적일지 벌써부터 두렵다.

됐다, 그냥 다 포기하자. 이미 수습하긴 그른 것 같다. 그래, 이김에 구설이고 뒷말이고 신경 쓰지 말고 편해지도록 노력하자.

나는 반쯤 체념하여 한숨을 내쉬었다.

그때, 마침내 테라스 가까이로 다가온 이가 나를 불렀다.

"애런 클레이모어입니다, 두루아. 들어가도 괜찮을까요?"

○4장○

녹턴 에드가,
15세

열다섯 살이 되었음에도, 녹턴 에드가는 여전히 살아 있었고 여전히 에드가 공작의 후계로 남아 있었다. 이제는 소년을 조롱하는 이보다 그의 능력에 감탄하는 이들이 더 많았다. 엄청난 이변이 생기지 않는 한은, 다음 대의 에드가 공작은 확정된 것이나 다름없었다.

그럼에도 녹턴은 외려 찝찝함을 느꼈다. 점점 노골적으로 그의 목을 조르던 손길이 돌연 멈추어 버렸기 때문이다.

패트시아 에드가가 지나칠 만큼 조용했다. 비록 오늘처럼 가벼운 수작질은 이어졌으나 그 정도는 공작의 손이 닿은 것도 아니었다. 패트시아 에드가에게 충성하는 그녀의 수족들이 어떻게든 귀염을 받아보겠다고 꼬리를 흔든 결과였으니까. 갑작스레 흥분한 말에서 떨어져 발에 붕대를 감았어도, 실제 부상은 살갗이 조금 까진 정도다. 그렇기에 이번 일로 공작이 그를 부를 거라고는 조금도 예상치 못했다.

에드가 공작의 집무실로 들어가 짤막하게 인사하고 소년은 제 모친을 바라보았다. 서류를 정리하던 흑발의 여인은, 웬일인지 녹턴이 집무실에 들어서고도 1분이 지나지 않아 만년필을 내려놓았다. 심지어 웃고 있지는 않아도 얼굴빛이 밝았다. 제가 말에서 떨어진 정도로 즐거울 리는 없을 텐데도.

녹턴의 눈이 살짝 가늘어지는 차, 그녀가 입을 열었다.

"오늘 승마 중에 말에서 떨어졌다고 들었단다. 발목을 접질렸다고."

"유독 제 말만 흥분해서 날뛰는 게 하루 이틀 일은 아니지요."

"네 승마술이 부족한 탓이지. 프렐류드도, 단차도 말에서 떨어진 적은 없는데 말이야."

"모르시는군요. 프렐류드는 말의 뒷발에 옆구리를 걷어차인 적이 있고, 단차는 처음 승마를 배울 때 말에서 떨어지는 바람에 마구간의 근처도 가지 않아요."

패트시아 에드가 슬쩍 눈썹을 찡그렸다.

입 밖으로 꺼내지 않은 속마음이 녹턴에게 생생히 전해진다. 약간의 짜증과 한심스럽게 여기는 마음. 그녀는 분명 녹턴을 증오하고 있었으나 그렇다고 다른 자식을 사랑하는 것은 아니었다. 애정이란 한 점도 없고, 있는 것이라고는 왜 녹턴 에드가를 뛰어넘지 못했는가 탓하는 마음뿐이다. 애당초 이 여자에게 사랑이란 감정이 있는지도 모를 일이지만.

"그래서 어쩐 일로 부르셨나요."

"다친 곳에 부어라."

공작이 책상 위에 있는 유리병을 녹턴의 앞으로 밀어냈다.

손가락 길이의 병에 푸른 액체가 영롱하게 반짝인다. 그 아름다운 색감에 소년의 안에서 불길함이 올라왔다.

독은 아니고 저주가 담긴 물약도 아니었다. 액체에 담긴 익숙한 기운은, 이따금 저택을 찾는 신관들의 신성력과 몹시도 닮았고 그들의 힘보다 훨씬 순도가 높았다.

녹턴의 불안한 예측에 마침표를 찍어주듯 패트시아 에드가가 우아하게 웃었다.

"성수란다, 붓는 즉시 곧바로 나을 거야."

"성수를 이런 데에 쓸 수는 없지요. 오늘 중에 낫지 않으면, 차라리 신관을 부르겠습니다."

"굳이 바쁜 사람을 번거롭게 할 거 없지. 게다가 어지간한 신관보다는 이쪽의 성능이 좋을 건 뻔하지 않니. 부담을 느낄 건 없다. 넌 어엿한 에드가 소공작이 아니더냐? 세상에 네 몸보다 귀한 건 없어."

그렇게까지 말하는데 거절할 명분은 없다.

녹턴은 결국 유리병을 집었다. 한 겹의 유리로 막혀 있음에도 액체에 손을 담근 양 손끝이 기분 나쁘게 간질거렸다. 신성력에, 성수에 닿으면 고통스러울 것은 분명하다. 녹턴은 어느 정도 입지를 굳힌 뒤로 황실 도서관에 드나들면서 마법 책을 읽었으나, 서적을 보기 전에도 이미 체감하고 있던 사실이다. 짐승이 불을 두려워하는 것처럼, 마물이 신관을 피해 달아나는 것처럼.

이걸 발목에 부으면 어떻게 될까, 고통의 양을 가늠할 수가 없다. 한 번도 겪어 본 적 없었기에 예측치는 백지와 같았다.

막연한 무지는 공포를 자극한다. 병을 움켜쥔 녹턴의 손이, 병을 내려다보는 옅은 색의 눈이 상황을 고려하지 못하고 흔들린다. 그래도 열다섯의 소년치고는 훌륭히 감정을 절제했으나 그를 칭찬해 줄 사람은 없었다.

패트시아 에드가가 돌연, 미친 사람처럼 웃기 시작했다. 조금도 다듬어지지 않은, 크고 거친 웃음소리는 그렇기에 괴기하고 섬뜩했다.

소년의 얼굴이 굳었다.

'흑마법을 들켰어.'

녹턴의 머릿속이 새하얗게 물들었다.

조심하고 또 조심했는데 어쩌다 들킨 거지.

그의 머릿속으로 수백 가지의 추측이 떠오르다 가라앉기를 반복했다. 언젠가 발각될 거라 생각했으나 그게 지금 순간은 아니었다. 적어도 좀 더 마법에 능숙해진 다음에, 좀 더 힘을 얻은 다음에, 좀 더…….

뚝, 갑자기 시작된 것처럼 웃음소리가 갑자기 멈추었다. 패트시아 에드가는 대단히 유쾌한 미소를 그리고 있었다.

"정말, 정말 이상하다고 생각했지. 나도 네게 검을 가르칠 생각이 없었으나, 너도 그리 흥미 있는 건 아니었잖니? 비단 검뿐만이 아니라 너는 기사조차 혐오했지만. 아무튼 타고난 재능이 있다 한들 그렇게 몸을 지킬 재주가 출중한 것도 아닌데 어쩌나 그리도 질기게 버티는지……. 태워도, 태워도 사라지지 않는 벌레처럼 말이야."

의자에서 일어난 공작이 가까이 다가왔다. 그녀의 손이 다정하게 녹턴의 머리를 쓰다듬었다.

벌레가 기는 기분에 그는 조금의 망설임도 없이 제 모친의 손을 쳐냈다. 그럼에도 패트시아 에드가는 여전히도 기쁘게 웃고 있었다.

그녀는 즐거운 얼굴로 녹턴의 손에서 병을 빼앗아 마개를 열었다.

"마음에 드는구나, 아가. 네게 있는 재주가 그리도 비천하고 더럽다는 게, 누구도 사랑할 수 없는 새까만 마법이라는 게 참으로 마음에 들어."

일말의 망설임도 없이 그녀의 손이 기울어진다.

녹턴의 발 위로 푸른빛의 성스러운 액체가 떨어졌다. 대부분은 구두 위를 흘러 카펫으로 스며들었으나, 일부는 소년의 양말을 적시고 기어이 안쪽의 살갗에 닿았다.

액체가 닿은 피부가 끓는 듯이 뜨거웠다. 인내하고 태연한 척하려 해도 그럴 수가 없다. 손톱이 살갗에 박히도록 손을 웅크리고, 턱이 불거지도록 이를 악물고 녹턴이 고통을 견뎠다.

그를 바라보며 패트시아 에드가가 다시 한번 웃음을 터뜨렸다. 지독한 고통과 웃음소리가 유리되어 들리고 눈앞이 어지럽게 일렁였다.

"정말 악마 새끼가 따로 없구나."

"……."

"발로즈 후작 영애도 그 재주로 꼬여낸 거니?"

순간적으로 소년은 고통도 혼란도 모두 잊었다.

바닥으로 내리깔린 녹턴의 눈에 번뜩 빛이 돌았다.

그는 인내할 수밖에 없는 상황이었으나, 그럼에도 눈앞의 상대를 이겨낼 자신이 없어 인내하는 것은 아니었다.

손바닥을 파고들도록 주먹을 쥐었던 손이 천천히 펴진다.

"하기야 뻔한 걸 물었구나. 네 실체를 알면 겁먹지 않을 아이가 어디 있겠니. 그 더러운 술수로 꼬여낸 게 아니면 곁을 지키고 있을 리도 없지."

내용물이 빈 유리병을 책상에 올려 두고, 공작은 느리게 창가로 걸어갔다.

창을 열자 집무실의 창밖까지 자라난 단풍나무가 발간 이파리를 드러냈다. 새파란 하늘을 배경 삼아, 단풍잎의 사이로 햇빛이 가늘게 쏟아지는 것이 퍽 아름다워 보였다.

"참으로 예쁜 아이지. 머리칼도 화사하고 얼굴도 말이야, 눈매는 좀 사나워도 꼭 작은 짐승처럼 귀엽잖니. 발로즈 후작가면 집안도 훌륭하고. 마침, 프렐류드에게 괜찮은 상대가 필요했단다."

녹턴 에드가의 고개가 천천히 들렸다. 그의 시선은, 저를 등진 채 창가에 선 모친의 등을 똑바로 향하고 있었다. 고통에 젖었던 눈이 무섭도록 가라앉는다.

"아직 나이가 덜 차긴 했지. 하지만 4년 정도만 기다리면 그 아이도 성인이 되니까."

소년의 손끝이 검게 물들었다.

녹턴 에드가에게 마법은 쉬웠다. 손발을 움직이는 것만큼이나, 눈을 깜박이는 것만큼이나. 별다른 계산도 없이 손을 까딱이기만 해도 남을 해치는 것은 터무니없이 쉬운 일이었다. 패트시아 에드가는 기사 서임까지 받을 정도로 검에 능하고, 주위에 숨은 호위가 열 명에 가까웠기에 녹턴이 흑마법사라는 걸 알고도 그리 경계하지 않는 모양이었다.

하나 소년은 자신 있었다. 열 명이 아니라 스물이라도, 스물이 아니라 백이라도, 호위들이 눈치채지 못한 새 패트시아의 심장을 움켜쥐는 것은 조금도 어렵지 않다. 그러나 그 능력은 비단 오늘이 되어, 지금 순간이 되어 갑작스레 개화한 힘은 아니었다.

"앞으로도 함부로…… 아니 절대로 생명을 죽이지 마."

누군가를 해치는 건 너무 쉬운 일이다.

제 뜻대로 굴러가도록 사람을 조종하는 건 너무도 쉬운 일이다.

녹턴은 오래전부터 알고 있었다.

그러나 지금보다 어릴 때도, 지금보다 인내심이 약할 때도 그는 단 하나의 생명도 죽인 적이 없었다. 이유는 간단했다.

"절대로 죽이면 안 돼. 알았지? 약속이야!"

비록 일방적일망정, 두루아 발로즈와 약속한 일이었으니까.

죽이지만 않으면 되잖아, 그런 삐딱한 마음이 올라온다.

그러나 생명을 죽이지 말라는 발로즈의 말은 정말로 살해하지만 않으면 된다는 뜻은 아니었다. 그 말에는, 그 약속에는 생명에 대한 도덕이 함의되어 있었다. 그 애는 당한 대로 갚아 주는 성격일망정, 보편적인 수준보다 높은 도덕관을 갖고 있었다. 그러니 간단한 최면이라면 몰라도 남의 정신을 망가뜨리는 것은 용납하지 못할 것이다.

용납해 주지 않을 것이다.

"너무 그렇게 열렬히 볼 것 없어. 나는 모두에게 좋은 길을 택하는 것뿐이야. 성숙하게 굴렴, 사랑하는 내 아가."

그렇기에 비죽 웃은 공작이 녹턴의 마음에 비수를 꽂더라도, 그는 끝내 손끝을 움직이지 못했다.

"애먼 아이를 망가뜨리기 전에 네가 먼저 놓아줘야지."

⚜

그날부터 에드가 공작은 식사 시간에 이상한 짓을 벌이기 시작했다.

가족들과 식사를 마친 뒤, 그녀는 잔에 술이 아닌 다른 것을 따랐다.

"요즘 제국에 저주를 걸고 남의 정신을 조종하려는 무리가 있는가 봐. 조심하는 게 좋을 것 같은데, 매일 신관을 부르기도 곤란하니 직접 준비해 봤어."

잔에 야트막하게 깔린 푸른 액체는 분명히 성수였다. 패트시아 에드가가 온화하게 웃으며 잔을 들어 올렸다.

"에드가 공작가의 영광스러운 미래를 위하여."

프렐류드와 단차는 저들의 모친이 미친 것이 아닌가, 표정을 일그러뜨렸고 제라늄 에드가는 무슨 생각인지 모를 얼굴로 액체를 들이켰다. 그리고 녹턴 에드가 역시도, 태연한 얼굴로 잔을 기울였다. 목 안으로 성스러운 액체가 잠겨 들었다.

이후로도 매일매일, 공작은 저녁 식사를 마칠 때면 같은 일을 벌였다. 성수의 값어치가 귀하다고 한들 그 정도는 아깝지 않다는 듯이.

점점 조바심을 내보이던 패트시아 에드가의 얼굴에 이제는 완연한 여유가 돌아왔다. 공작은 그녀가 바랄 때면 언제든지 녹턴을 끝낼 수 있는 듯이 굴었다.

하지만 녹턴은 패트시아 에드가가 가늠하는 이상으로 뛰어난 마법사였기에, 매일같이 성수 몇 방울을 마시는 정도로 목숨이 위태롭지는 않았다. 분명히 고통스러운 시간이었으나, 아이러니하게도 그 과정에서 그는 신성력에 대한 내성을 키워 가고 있었다. 나중에는 성수를 입에 넣으면서도 다른 생각을 할 수 있을 정도로, 그는 제 비극에 수월히 적응해 냈다.

패트시아 에드가의 행동에 여유가 생긴 것은 녹턴에게도 여유를 주었다. 몰아치던 암살 시도가 사그라들자, 그에게는 공작이 어떻게 마법을 알아차렸나 알아볼 시간이 생겼다.

답은 벨로 리퍼드였다. 잔에 독을 타 놓고, 흑마법으로 인해 제 입에 독을 처넣었던 그 멍청한 시종 탓이다. 녹턴에게 먹이려던 독을 대신 먹긴 했어도 벨로가 목숨을 잃지는 않았다. 서재를 뛰쳐나간 벨로가 곧바로 토악질한 덕도 있었고, 녹턴이 발로즈를 돌려보낸 즉시 포션을 챙겨 준 덕도 있었다. 몇 년을 함께한 시종은 녹턴의 속을 샅샅이 긁어냈지만 그렇다고 약속을 저버리고 죽게 할 수도 없었으니까.

대신 벨로 리퍼드는 독의 후유증으로 목소리를 잃었고, 주인의 말을 거슬렀다는 죄목으로 저택 밖으로 내쫓겼다. 시녀와 시종은 작위가 없거나 낮아도 귀족이었기에 그럼에도 그는 돌아갈 곳이 있었다.

이후로는 볼 일이 없겠지, 잊고 있었는데 독살에 실패했음에도 공작에게 처리당할 것이 두렵지도 않은지 벨로 리퍼드는 패트시아 에드가를 찾아갔다. 결국 그림자도 볼 수 없게 되었지만.

일의 경과는 공작저의 집사장을 통해 알게 되었다. 그는 패트시아의 열렬한 추종자로서 녹턴을 혐오하는 이들 중 하나였으나, 흑마법 앞에서는 존경도 혐오도 하등 의미 없는 감정이었다. 이미 들킨 이상, 녹턴은 더는 조심할 필요가 없었다. 애석하게도 공작은 녹턴이 그녀를 건들지 않는 것으로 소년의 능력을 과소평가해서 제 수족이 모든 것을 불었다고는 생각지도 못했지만.

그러나 시간이 지나도 소년의 모습이 지나치게 멀쩡한 것만은 눈에 거슬렸는지, 나날이 성수의 양이 늘어나기 시작했다. 녹턴의 두 형제며 아버지며 저택의 사용인들 몇몇조차 패트시아 에드가의 행보를 이상하게 봤으나, 공작은 절대적인 권력자였기에 만류할 수 있는 사람은 아무도 없었다.

녹턴의 몸 상태는 나날이 나빠졌고, 그는 생에 처음으로 몸살을 앓았다. 성수를 마실 때의 열감이 온몸으로 퍼져 나간 것처럼 몸이 불덩이 같고, 옷이 식은땀에 젖어 피부에 달라붙었다. 불쾌하고 짜증스러운 감각에 그는 사용인들을 다 내보낸 채 홀로 침대에 누워 있었다. 누가 보더라도 죽이기 좋은 상태였으나, 녹턴은 오히려 어느 때보다 안전했다.

그는 침실의 문에 마법을 걸어놓았다. 문을 열고 싶지 않게 만드는 최면 마법이다. 대상은 녹턴의 침실로 들어서려다가도 마법에 당한 것도 모른 채 문 앞에서 돌아갈 것이다. 한 번 문이 열린다면 의미 없어질 마법이지만, 공작을 상대로도 무리 없이 통한다는 것은 전에 시험해 봤기에 알고 있었다. 저가 앓는 동안 무슨 일이 있을지 몰라, 그는 발로즈에게도 당분간 오지 말라고 말을 전한 상태였다. 어차피 성인이 되기 전에는 약혼을 맺을 수 없으니 후작저에 있으면 괜찮을 것이다.

그리 생각하며 녹턴은 깊다면 깊고 얕다면 얕은 잠에 잠겨 들었다. 그러던 중, 갑작스레 이마에 무언가가 닿았다.

녹턴이 벌떡 몸을 일으켰다. 그는 제 이마에 닿은 손목을 세게 움켜쥐고 침대의 헤드로 상대를 밀어붙였다.

갑자기 깨어나 몸을 움직인 탓에 눈앞이 어지럽고 속이 매스꺼웠다. 울렁이는 시야에 붉은 빛깔이 보였다.

꽃잎처럼 붉은 머리칼, 놀란 표정의…….

"……발로즈?"

몸살에 갈라진 목소리가 형편없이 울린다. 녹턴은 제 목에 손을 대며 인상을 찡그렸다. 몸 상태로 인해 잘못 본 것이 아닐까 생각해도 점점 선명해지는 시야에 잡힌 이는 두루아 발로즈가 분명했다.

"왜 온 거야. 당분간 오지 말라고 했잖아. 게다가 허락도 없이 방에 들어오다니."

"어…… 미안해, 녹턴. 방으로 올라가도 좋다고 해서 멋대로 들어와 버렸어. 전에 내가 공작저에서 잃어버렸던 책을 어떻게 구해서 돌려주러 왔거든. 그런데 네가 아프다고 해서 잠시 상태를 좀 보려고…….

침대의 옆쪽으로 툭 떨어진 책이 눈에 들어왔다. 확실히, 수년 전에 발로즈가 읽다가 호숫가에 떨어뜨려 버린 고서였다.

이깟 걸로 저택에 왔다고. 패트시아 에드가가 무슨 일을 벌일 줄 알고, 겨우 이까짓 걸로…….

몸이 아파서인지 마음이 평소보다도 민감하게 반응한다.

날카로운 소리를 내려 녹턴의 입이 벌어졌다.

"예민할 텐데 와서 미안해. 그렇게 떨지 마, 내가 잘못했어."

영문 모를 소리다. 무슨 헛소리냐고 되물으려는데, 발로즈의 시선이 그녀의 손목으로 향했다. 녹턴은 그제야 제가 아직 발로즈의 손목을 움켜쥐고 있다는 걸 알았고, 제 손이 잘게 떨리고 있다는 것도 알았다.

몸에 열이 있어서 그런가, 그는 당황하며 손에 힘을 풀었다. 그러나 흰 손목에 발갛게 손자국이 난 것을 보고, 당혹감은 한층 강해졌다. 열기가 번져 붉어진 것이 아닌가, 잠시 멍청한 생각을 했지만 그럴 리가 없었다. 정신 상태가 좋지 않아 제대로 힘 조절을 못 했는가 보다.

녹턴이 입을 달싹였다. 그 당황한 얼굴을 보고 발로즈가 어깨를 으쓱이며 웃었다.

"내가 잘못한 거니까 이건 봐줄게."

그리 말하고 발로즈는 녹턴을 끌어안았다. 아니, 엄밀히 말하면 안은 것은 아니었다. 그를 다시 눕히기 위해 베개를 조정하고 그의 어깨를 조심스레 밀었을 뿐.

그럼에도 몸이 닿는 정도는 포옹과 크게 차이가 없어서 녹턴은 괜히 숨을 죽였다. 이상하게 손끝이 움찔거리고 가슴 안쪽이 간지러웠다. 옷자락을 들춰 보면, 발로즈의 손이 닿은 곳에 붉은 물이 들어 있을 것처럼 기묘한 열감이 느껴졌다.

저항을 못 하는 소년을 침대에 눕히고 발로즈는 이불을 그의 턱밑까지 끌어올렸다. 이불 밖으로 얼굴만 빼꼼 내민, 다소 우스운 모양새가 되었다. 발로즈의 입매가 웃음기로 떨리는 걸 보고 무어라 말하려 녹턴이 입을 열었지만, 조그만 손이 입을 틀어막았다.

입을 막은 손에 녹턴은 필요 이상으로 놀랐다. 그를 무어라 생각한 건지, 발로즈가 장난스럽게 웃으며 반대쪽 검지를 입가에 대었다.

"목소리가 다 갈라졌으니까 이제 짜증은 금지."

마음이 울렁거렸다. 먹은 것도 없는데 속이 이상하다. 앓아 본 적이 없어 몰랐는데, 몸이 아플 땐 원래 이런 기분이 드는 걸까.

입술에까지 간질거리는 기분이 옮아가서, 녹턴은 달싹이던 입을 힘주어 다물었다.

"아픈 사람 괴롭히는 취미는 없으니까, 이제 가 볼게."

침대에서 일어난 발로즈가 몸을 돌렸다.

곧은 발걸음이 침실의 문 앞까지 이어진다. 뒷모습이 멀어져가는 걸 보며 녹턴이 저도 모르게 입을 열었다.

그러나 소년의 말소리가 나기보다 먼저, 노크 소리가 문을 두드렸다. 기이한 예감이 녹턴의 등줄기를 타고 흘러내렸다.

설마 하는 불안이 몸을 부풀리는 차, 문이 열렸다. 짧은 흑발을 우아하게 넘긴 여성, 여유롭게 웃고 있는 이는 공작이었다.

심장이 덜컹 흔들려서, 녹턴은 다급히 상반신을 일으켰다. 발로즈가 문을 연탓에 마법은 깨지고 공작이 그의 침실로 들어올 수 있게 된 것이다. 두루아 발로즈는 어떻게 마법을 무시하고 문을 열었지, 야트막한 의문이 들었으나 그를 깊이 생각할 여유는 없었다.

"좀 전에 보고 또 보네요, 발로즈 영애. 생각해 보니 잊은 말이 있어서요."

"좀 전⋯⋯ 이라고?"

"아, 네 방에 올라오기 전에도 각하께서 차를 나눠 주셨어. 말을 나누다가 집사님이 부르셔서, 각하께선 집무실로 가셨지만."

"급한 일은 처리했어요. 그러고 보니. 오늘 아픈 아이를 한 번도 들여다보지 못했더군요. 그게 마음에 걸리기도 해서."

뱀처럼 번들거리는 눈이 도르르 굴러 침대로 내려앉았다.

"가엾게도 아가, 많이 아파 보이는구나."

그녀는 짐짓 안타까운 표정을 지으며 녹턴에게 다가가려 했으나, 발로즈가 패트시아 에드가의 앞을 가로막았다.

"발로즈 영애?"

"어…… 녹턴이 몸이 많이 안 좋은 것 같아서요. 자게 해 주는 게 좋을 것 같아요. 아플 때는 좀…… 예민해지잖아요."

에드가 공작의 눈이 유리구슬처럼 빛났다. 무표정한 얼굴에 눈을 빛내는 것이 퍽 섬뜩하게 보였으나, 발로즈는 당황하면서도 물러날 생각은 없어 보였다.

"……그래요, 그 말대로 몸이 아플 때는 마음도 예민해지는 법이죠. 그래도 손님을 앞에 두고 침대에 누워만 있을 줄이야."

"저도 이제 돌아가 볼 생각이었으니 신경 써 주지 않으셔도 돼요."

"아니요, 벌써 돌려보내긴 아쉬운걸요. 예의도 아니고 앞서 말했듯 영애에게 하고 싶은 말도 있고. 발로즈 후작 영애. 크게는 가문의 일이지만, 발로즈 영애의 의견도 들어보고 싶네요. 다름이 아니고 우리 프렐류드—."

"어머니."

프렐류드의 이름자가 나오기가 무섭게 녹턴이 입을 열었다. 목소리는 무겁고 표정은 서늘했지만 떨리는 눈동자는 감출 수 없다. 그는 초조해하고 있었다.

"발로즈에게 따로 할 말이 있어요. 나가 주세요."

"나가 달라니……. 매정한 말을 하는구나, 아가. 너를 위해 성수까지 준비해 온, 이 어미에게 말이야."

뭐?

당혹스러운 말에 녹턴이 굳어 있는 새, 공작의 뒤쪽에 서 있던 기사가 앞으로 나왔다. 그의 손에는 푸른 액체가 담긴 잔이 들려 있었다. 왜 눈치채지 못했을까 의심스러울 정도로, 강렬한 백색의 기운이 느껴진다.

"그래, 나도 아픈 아이를 성가시게 하는 취미는 없단다. 내 이야기는 다음에

296

해도 되니까. 네가 이걸 마시는 것만 보면, 바로 나가 줄 테니 마시렴."

잔에 가득 담긴 액체를 보란 듯이 흔들며 공작이 미소 지었다. 녹턴의 심장이 한결 빠른 속도로 뛰기 시작했다.

안 돼, 지금 몸 상태로 저걸 마셨다가는 무사할 리 없다. 살아남을 거라고도 장담할 수 없었다.

그간 공작이 여유를 부렸다고 저까지 안이해진 걸까. 발로즈를 바로 앞에 두고, 외부인을 앞에 두고 저를 살해하려 들지는 몰랐다. 도대체 일을 어떻게 수습하려고…… 제가 성수를 마시고 죽게 된다면 발로즈는…….

녹턴은 저도 모르게 발로즈의 눈치를 살폈다. 얼굴에 호기심이 떠오른 소녀는 푸른 액체를 물끄러미 보고 있었다. 그 순진한 눈동자에 심장이 덜컥 내려앉는 기분이었다.

성수를 마시고 그 꼴이 나면 이 애는 저를 뭐라고 생각할까.

"정말 악마 새끼가 따로 없구나."

지나간 말이 되돌아와 심장에 꽂힌다.

녹턴의 손이 떨렸다. 눈이, 발이, 심장이, 온몸의 곳곳이 떨렸다.

발로즈는 최면에 걸려 있으니 괜찮다는 안일한 기대도 그를 진정시키긴 못했다.

방법이 없다.

대답하지 못한 채 아연히 저를 바라보는 소년을 보며, 공작이 입매를 가늘게 늘어뜨렸다.

"잔을 들 힘도 없는 모양이구나."

"다음에―."

"아니, 아플 때 바로 먹어야지. 미룰 일이 아니잖니. 그럼…… 발로즈 후작 영애? 영애가 좀 도와주면 좋겠네요."

"네? 돕다니 어떻게요?"

"이걸 저 애에게 먹이세요."

발로즈의 얼굴에 곤란한 표정이 떠올랐지만, 그렇다고 안심할 수는 없었다. 희열로 눈을 빛내는 공작은 조금도 물러날 생각이 없어 보였으니까.

"필요 없어, 발로즈."

"그건 아픈 사람이 판단하는 게 아니란다, 아가. 내가 영원히 여기 있길 바라니? 그게 아니면, 내가 직접 먹여 주길 바라니? 처음 앓는다고 정신을 못 차리는구나."

"……어머니."

"아무리 그래도 안 돼. 내가 아니라면 이 아이가, 그도 아니면 네가 직접. 그래, 누구의 손으로 성수를 마시기 바라니."

네가 선택할 수 있는 건 그 정도야. 패트시아 에드가의 눈은 그렇게 말하고 있었다.

물러날 길 없는 절벽. 등을 밀릴지 혹은 스스로 뛰어내릴지, 그가 선택할 수 있는 건 그것뿐이라고.

아득한 감정에 말을 잃은 사이, 상황에 떠밀린 발로즈가 컵을 받았다. 마침내, 드디어, 이제야. 공작의 얼굴에 잔인한 미소가 떠올랐다.

그리고 그쯤에는 녹턴도 더는 견딜 수가 없었다.

"어머니."

벌벌거리는 손끝에서 검은 안개가 흘러나왔다. 안개는 보이지 않게 다가가, 웃고 있는 공작의 코로 스며들었다.

발로즈의 등을 떠밀며 재촉하던 패트시아 에드가가 몸을 멈추었다.

곧, 그녀의 눈이 기이하게 흐려졌다.

"역시 이 정도 일로 성수를 쓸 수는 없어요."

"그래, 그렇구나."

"가지고 돌아가 주세요. 일도 남으셨잖아요."

"알겠다. 발로즈 영애, 성수는 돌려주세요."

"어…… 네? 네."

비정상적으로 행동을 바꾸고는, 공작은 곧바로 침실을 나갔다.

도통 이해할 수 없는 변화에 발로즈가 묘한 표정으로 문을 바라봤다.

그리고 녹턴 에드가는 조금 전보다도 더 크게 떨고 있었다.

이제 돌이킬 수 없다. 일회성으로 끝났던 벨로 리퍼드와는 달리, 공작은 한 번의 최면으로 끝낼 수 없었다. 최면에서 벗어나는 즉시 그녀는 저를 죽이려 할 테니까.

위협이 되는 사냥감과 위협이 되지 않는 사냥감은 차원이 다르다. 녹턴 에드가가 그녀의 정신에 손을 댈 수 있다고 알게 된 시점에서 공작은 최선을 다해 녹턴을 사냥하려 할 것이다. 설사 구설을 달게 되더라도, 녹턴이 사고사가 아니라 암살당한 게 아니냐는 의문이 돌더라도 그 모든 위험을 감수하고 최선을 다해.

그러니 죽지 않으려면 공작의 정신을 망가뜨릴 수밖에 없다.

이제 더는 다른 길을 찾을 수가 없다. 타의에 의해 아슬아슬하게 쌓이던 도덕이, 윤리가 삽시간에 무너져 내린다. 발로즈의 말, 약속, 도덕의 족쇄는 생각보다 대단했던 모양이다.

마음속에 폭풍이 이는 것 같다. 자괴감인지, 죄책감인지, 원망인지 증오인지.

남의 감정을 제 것처럼 느끼는 녹턴으로서도 실로 생소한 감정이 엉망으로 뒤엉켜 떠다녔다. 다만 그 감정의 색채가 밝지 않은 것만은 분명해서, 그는 최악이라는 말을 머리에서 지워 낼 수 없었다.

녹턴은 일으켰던 상체를 눕히고 도로 이불 속으로 들어갔다.

"……돌아가."

제발 돌아가. 목소리가 너무 잠겨서 더는 말할 수도 없었지만, 녹턴은 속으로도 그렇게 생각했다. 이불을 뒤집어쓰고 벌벌 떨며 그는 눈을 질끈 감았다. 눈앞이 온통 캄캄했으나 제 마음보다 검지는 않았다. 그는 제 마음의 부스러기조차 추스르지 못하고 몸을 웅크린 채 벌벌 떨었다.

그러다가 문득, 녹턴은 사위가 지나치게 조용하다고 느꼈다. 몸이 둔해져 모르는 건지 아니면 마음이 이상해 못 들은 건지 기척이라곤 조금도 느껴지지 않았다.

간 걸까, 내 말대로. 내 말을 따라서 돌아간 걸까.

돌아간 다음에는 다시 올까.

발로즈에게 가라고 말한 건 본인이었지만, 새까만 정적은 불안을 자극했다. 다른 감정들로 온통 마음이 뒤덮인 상태에서도, 제가 무슨 감정을 느끼는 건지 정확히 분간할 수 없도록 혼란스러운 중에도.

그 와중에도 돌아가라는 제 말이 마지막이 될 것 같아서, 발로즈가 다시는 돌아오지 않을 것 같아서 초조함을 견딜 수가 없었다.

결국 녹턴이 이불을 걷고 발로즈의 뒤를 쫓으려던 순간이었다. 침대 바로 옆쪽이 움푹 들어갔다.

살갗이 닿지는 않았지만, 온기가 느껴졌다. 그는 저도 모르게 숨을 들이켰다.

여전히 이불을 뒤집어쓴 녹턴의 위로 따뜻한 말소리가 내려앉는다.

"여기 있을래."

"뭐……."

"여기 있을게, 녹턴. 네가 잠들 때까진 그럴래."

침대에 걸터앉은 몸이 기울어져 헤드에 기대는 것이 느껴졌다.

이불 한 겹을 사이에 두고 녹턴은 눈을 떴다.

이불 너머로 사람 그림자가 움직이는 것이 보인다. 헤드에 기댄 채, 자기가 가져온 책을 펼친 조그만 체구의 아이, 소녀, 두루아 발로즈.

고서는 좋아하지도 않으면서, 한 글자만 봐도 잠이 온다고 했으면서.

"쫓아내려 해도 소용없을걸. 도로 들어오면 그만이니까."

"발로즈."

"정 쫓아내고 싶으면 건강하게 완치된 다음에, 그런 다음에 꺼지라고 해. 그러면…… 음…… 그땐 생각해 볼게."

마음이 이상했다. 정말이지, 너무 이상하고 변덕스럽고 기분이 좋은 건지 나쁜 건지, 저 말이 반가운 건지 싫은 건지. 어느 하나 명확히 말할 수가 없다.

떨림이 멎어 갔다. 고통스러울 만큼 쿵쿵거리던 심장이 조용해지고 목이 잠겨 든다.

"생각하지 마. 네가 생각하고 말하면 짜증 나니까."

"……너 정말. 야! 아픈 게 유세지?"

대답 없이 녹턴이 베개에 얼굴을 묻었다.

"아무튼 잘했어, 녹턴. 앞으로도 함부로…… 아니 절대로 생명을 죽이지 마. 약속하자."

"절대로 죽이면 안 돼. 알았지? 약속이야!"

저는 머저리가 아니었고, 그 말이 정말로 죽이지만 않으면 된다는 이야기가 아님을 알고 있다. 그러나 그렇게 받아들이면, 그렇게 넓은 의미로 발로즈의 말을 받아들이자면 약속은 이미 산산이 조각나 버린 셈이다.

별것도 아닌 일방적인 약속이지만, 발로즈는 기억하고 있을지조차 불분명한 말 쪼가리였지만 그렇지만.

'그래, 죽이지 않을게.'

죽이지만 않는다면, 어떻게든 변명의 여지는 있지 않을까. 차라리 머저리가 된다면, 그냥 그 말을 그대로 받아들인 셈 친다면 어떻게든.

그런 식으로라도 녹턴은 발로즈의 말을 저버리고 싶지 않았다.

몸이 아픈 탓인지, 열기 때문인지 눈가가 뜨거워진다. 누구에게도 보이고 싶지 않은 모습이었다.

그럼에도 겨우 이불 한 겹 너머에 있는 발로즈에게 다시, 돌아가라고 말하고 싶지는 않았다. 또 오라고 말한 다음, 다음을 기약하며 돌려보내고 싶지도 않았다.

오히려 녹턴은……

발로즈.

발로즈.

발로즈.

그는 이유도 없이 내내 그 이름을 되뇌었다.

무언가를 몹시 바라는 사람처럼.

2권에서 계속.

모든 게 착각이었다 1

초판 1쇄 인쇄 2022년 6월 8일
초판 1쇄 발행 2022년 6월 20일

지은이 과앤
펴낸이 김선식

경영총괄 김은영
IP개발 심미리 **상품개발** 윤세미
엔터테인먼트사업본부장 서대진
웹소설1팀 최수아, 김현미, 심미리, 여인우, 장기호
웹소설2팀 윤보라, 주소영, 주은영
웹툰팀 이주연, 변지호, 윤수정, 임지은, 채수아, 최하은
IP상품개발팀 윤세미, 송임선
디지털마케팅팀 김국현, 김그린, 김선민, 김호애, 김희정, 이소영
지식교양팀 김선욱, 김혜원, 백지은, 석찬미, 염아라, 이수인
저작권팀 한승빈, 김재원, 이슬
재무관리팀 하미선, 김재경, 안혜선, 오지영, 윤이경 **제작관리팀** 박상민, 김소영, 김진경, 양지환, 이지우, 최완규
인사총무팀 이우철, 김혜진, 황호준 **물류관리팀** 김형기, 김선진, 민주홍, 양문현, 전태연, 전태환, 한유현
외부스태프 크리에이티브그룹 디헌(디자인) 영수(일러스트)

펴낸곳 다산북스 **출판등록** 2005년 12월 23일 제313-2005-00277호
주소 경기도 파주시 회동길 490
전화 02-702-1724 **팩스** 02-703-2219 **이메일** dasanbooks@dasanbooks.com
홈페이지 www.dasan.group **블로그** blog.naver.com/dasan_books
용지 아이피피 **인쇄** 한영문화사 **코팅 및 후가공** 평창피앤지 **제본** 한영문화사

ISBN 979-11-306-9101-5 (04810)
ISBN 979-11-306-9100-8 (SET)

다산북스(DASANBOOKS)는 독자 여러분의 책에 관한 아이디어와 원고 투고를 기쁜 마음으로 기다리고 있습니다.
책 출간을 원하는 아이디어가 있으신 분은 다산북스 홈페이지 '원고투고'란으로 간단한 개요와 취지, 연락처 등을 보내주세요. 머뭇거리지
말고 문을 두드리세요.